L'enfant de l'espoir

Chère lectrice,

A l'approche de Noël, fête émouvante entre toutes, votre collection Les Historiques vous propose cinq romans particulièrement intenses. Cinq merveilleuses histoires d'amour et d'aventure que, j'en suis sûre, vous aurez plaisir à offrir... ou à vous faire offrir !

Le libertin amoureux, d'abord, vous entraînera dans l'Angleterre du XIXe siècle, une époque où l'on ne badinait pas avec les convenances. Ainsi, pour avoir, à la suite d'un fâcheux quiproquo, passé la nuit dans la même chambre qu'une inconnue, le vicomte de Raleigh se retrouve contraint de l'épouser. Un sacrifice qui le contrarie fort, car le moins qu'on puisse dire est que la demoiselle ne lui plaît guère ! John Raven, en revanche, ne demande pas mieux que d'épouser la ravissante lady Catherine. Seulement, voilà : pour un roturier américain, obtenir la main d'une richissime aristocrate anglaise relève purement et simplement de la gageure ! *Intrigue et passion*, situé en 1826, vous plongera dans l'univers impitoyable des salons mondains... A propos de défi, celui que doit relever sir Thomas en 1193 est tout aussi périlleux : ce preux chevalier est en effet chargé de réunir *La rançon de la Couronne* qui permettra la libération de Richard Cœur de Lion, le souverain légitime dont le trône a été usurpé. Une mission qui va l'amener à rencontrer une étonnante jouvencelle... Autre époque, autre dilemme : en 1875, dans le Nebraska, Booker Hayes dispute la garde de sa nièce orpheline à une certaine Théa Coulson, qui, chargée de veiller sur *L'enfant de l'espoir*, s'est attachée à elle plus qu'il n'eût convenu. Enfin, en 1854, vous embarquerez sur un luxueux paquebot en compagnie de *La comtesse infidèle* qui, partie rejoindre son fiancé à La Nouvelle-Orléans, commet l'imprudence de s'éprendre d'un dangereux séducteur...

Bonne lecture, joyeuses fêtes, et rendez-vous en février !

La responsable de collection

CHERYL ST. JOHN

L'enfant de l'espoir

HARLEQUIN

LES HISTORIQUES

Cet ouvrage a été publié en langue anglaise
sous le titre :
LAND OF DREAMS

Traduction française de
SYLVIE MÉTAILIÉ

83-85, boulevard Vincent-Auriol, 75013 Paris — Tél. : 01 42 16 63 63
Service Lectrices — Tél : 01 45 82 47 47
ISBN 2-280-16327-6 — ISSN 1159-5981

À cette époque...

L'une des scènes décisives de ce roman se déroule dans le grand hôtel d'une petite ville du Nebraska. Un lieu hautement symbolique à une époque où la pose de la première pierre d'un hôtel était l'occasion d'une cérémonie publique, attestant de l'espoir que d'aucuns nourrissaient de voir grandir une métropole autour du nouveau bâtiment. Ainsi qu'un témoigne un voyageur anglais en visite dans le Nebraska en 1870: « Aux Etats-Unis, le premier signe qu'une colonie s'installe, c'est un hôtel de quatre étages. Dans tous les autres pays, on n'y attendrait rien que des voyageurs ou des étrangers qui séjournent dans le pays. Tel n'est pas le cas en Amérique. Lorsque, au milieu de cette nature sauvage, on construit un hôtel, on présume que les gens viendront exprès pour y habiter. L'hôtel lui-même créera sa population, tout comme le chemin de fer. Chez nous, en Angleterre, les chemins de fer vont au-devant des villes; aux Etats-Unis, les villes vont au-devant des chemins de fer. Et il en est de même pour les hôtels. »

Prologue

Adossé au mur de brique d'un immeuble, Booker Hayes observait les orphelins rassemblés dans la cour de l'Hospice pour Enfants Abandonnés de New York. Les mains crispées sur les barreaux de l'imposante clôture en fer forgé, les malheureux scrutaient d'un œil avide l'agitation de la rue.

Un couple élégant flânant sur le trottoir arriva à leur hauteur. La femme sortit une pomme de son sac et la leur offrit. Aussitôt une main rapide comme l'éclair saisit le fruit, mais le garçon ne put garder longtemps son trésor car les autres se jetèrent sur lui. Horrifiée, l'élégante se couvrit la bouche avec son mouchoir de fine batiste et s'éloigna aussi vite que le lui permettaient ses brodequins de satin blanc et son encombrante tournure.

Le cœur serré, Booker traversa la rue, poussa le portail de l'orphelinat et s'avança à grandes enjambées vers le perron. Il actionna le heurtoir puis attendit, examinant à la dérobée le groupe silencieux parqué dans cette cour triste et grise. Les gamins devaient être environ soixante, calcula-t-il, pourtant ils faisaient moins de bruit que la dizaine de marmots qui jouaient dans la cour de Fort Scott, au Kansas, le jour où il avait quitté l'armée après des années de bons et loyaux services.

Ce jour remontait à plus d'un mois, le temps qu'il lui avait fallu pour retrouver la trace de sa famille... ou de ce qu'il en restait.

Ces sombres pensées furent interrompues par le bruit d'un verrou que l'on tirait. Le lourd vantail s'entrouvrit sur une femme sèche au visage grêlé.

— Madame, salua-t-il en ôtant son feutre. Je m'appelle Booker Hayes et je cherche ma nièce. On m'a dit à l'hôpital qu'elle avait été envoyée ici.

— Entrez...

Le battant se referma avec un bruit mat qui donna le frisson à Booker. Une odeur âcre de désinfectant le saisit aussitôt à la gorge. Sans mot dire, la gardienne le guida le long d'un interminable corridor, dont les murs nus rendaient l'atmosphère étrangement oppressante. Leurs pas résonnaient dans le silence. Ils atteignirent enfin le pied d'un immense escalier.

— Veuillez vous asseoir, dit la surveillante.

Elle lui indiqua un banc de bois et disparut derrière une porte située juste en face. Booker obtempéra et posa son chapeau sur ses genoux. Quelques instants plus tard, la femme réapparut.

— Mme Jennings va vous recevoir dans quelques instants, annonça-t-elle sèchement.

Il hocha la tête et la regarda s'éloigner de sa démarche raide. Quel horrible endroit ! déplora-t-il en son for intérieur. Etait-ce là un environnement propice à des enfants ? Aucun arôme alléchant de gâteaux ne venait chatouiller ses narines ; aucun rire n'égayait cette atmosphère austère ; aucun jouet ne jonchait les parquets luisant d'encaustique. Et sa nièce avait vécu ici des mois durant ? C'était affreux...

Oppressé, il se jura de l'emmener avec lui dès aujourd'hui et de tout faire pour qu'elle oublie ces moments de cauchemar. Oh, si seulement il était arrivé à New York plus tôt... si seulement Julia lui avait écrit lorsqu'elle était tombée malade...

Le chagrin le submergea tandis que le visage de sa sœur se dessinait dans son esprit : un nez fin, des sourcils arqués sur des yeux du bleu le plus pur, une bouche pleine et souriante, des cheveux aussi blonds que les siens étaient noirs. Il ne l'avait pas vue depuis cinq ans, mais ses traits resteraient à jamais gravés dans sa mémoire.

Leurs chemins s'étaient séparés à Chicago. Lui-même s'était engagé dans l'armée, tandis qu'avec leur part d'héritage, Julia et son époux ouvraient un établissement comptable. Alors que le reste du pays se pressait vers les terres vierges de l'Ouest, ils avaient en effet choisi de s'installer à New York... Sa sœur lui avait écrit régulièrement au fil des années, même si les multiples affectations de Booker rendaient le suivi du courrier difficile, voire impossible. Lorsqu'il retrouvait un poste en ville, une pile de lettres l'attendait immanquablement. En parcourant ces missives à l'écriture déliée, il avait appris la création de leur affaire, la naissance de leur bébé, ses premiers pas... Il n'avait vu Zoé qu'une seule fois, lors d'une de ses trop rares permissions. Elle devait avoir bien grandi maintenant...

Un bruit métallique interrompit brusquement ses pensées. Il leva les yeux vers le palier et en découvrit l'origine : à côté d'un seau renversé se tenait une fillette d'environ treize ans. Son allure faisait peine à voir : grande et maigre, elle portait une robe élimée dont l'ourlet défait pendillait lamentablement. Ses chaussettes grises distendues s'étaient affaissées sur ses chevilles anguleuses et elle portait des godillots élimés. Elle le regarda par en dessous, puis se mit à descendre lentement les marches, en faisant glisser sa paume droite le long de la rampe.

— Hé, monsieur !

— Bonjour, répondit-il.

— Vous cherchez un enfant ? questionna-t-elle en se dandinant d'un pied sur l'autre.

— Oui.

— Une fille ?

Il eut un hochement de tête affirmatif.

— Emmenez-moi avec vous, alors. Je serai gentille, vous verrez !

Sa voix enjôleuse, l'expression provocante de son visage, mirent Booker très mal à l'aise. Ce n'était pas possible, elle ne pouvait insinuer ce qu'il imaginait ! Pourtant, elle se plaqua contre la rampe et coula vers lui un regard suggestif.

— Qu'en dites-vous, hein, monsieur ? Je saurai vous tenir compagnie.

Booker détourna vivement la tête, submergé par le dégoût et la gêne. Heureusement, la porte s'ouvrit, le délivrant de cette situation embarrassante. L'orpheline grimpa les marches quatre à quatre pour récupérer son seau.

— Claudia ! Que fais-tu ici ? Tu as du travail ! lança la directrice.

En voyant l'expression dédaigneuse de cette dernière, Booker en conclut qu'elle n'ignorait rien des manières de sa pensionnaire.

— Bonjour, je suis Mme Jennings, reprit-elle en se tournant vers lui. Je regrette de vous avoir fait attendre. Veuillez vous donner la peine d'entrer.

Elle l'introduisit dans une pièce impersonnelle puis ferma le battant derrière lui. Il eut soudain l'impression d'étouffer et résista à l'envie de passer un doigt dans son col trop rigide. Il la laissa s'installer derrière son bureau sur lequel étaient disposés un grand livre de comptes, une lampe à huile et un sous-main, puis s'assit à son tour et s'éclaircit la gorge.

— Madame, j'irai droit au but. En arrivant à New York pour rendre visite à ma sœur, j'ai appris qu'elle et son époux avaient été emportés par une épidémie de grippe et que l'on avait placé leur fille dans votre orphelinat.

La directrice scruta un moment le visage intelligent de son visiteur, son complet noir bien coupé et sa chemise d'un blanc immaculé.

— Vous êtes venu la chercher ?

— Je suis sa seule famille.

— Pourriez-vous m'indiquer son âge et son nom ?

— Zoé Galloway. Elle est née le 2 février 1869.

Son interlocutrice se leva, alla chercher un document, puis revint s'asseoir. Booker observait ces gestes méthodiques avec une exaspération croissante.

Elle ouvrit enfin le dossier et l'examina un moment avant d'annoncer d'une voix neutre :

— Votre nièce n'est pas ici.

— Comment cela ? Où est-elle donc ?

Mme Jennings plaça ses grandes mains sur le bureau et fixa Booker droit dans les yeux.

— Monsieur Hayes, notre établissement manque de fonds pour subvenir aux besoins de tous ses pensionnaires. Nous faisons de notre mieux pour trouver des foyers...

— Je comprends que votre travail consiste à placer les orphelins, coupa-t-il impatiemment. Je veux savoir où est Zoé.

Enfin, un semblant d'humanité passa dans le regard de la directrice.

— Vous êtes dans l'armée, n'est-ce pas ?

— Je viens juste de démissionner. J'ai acheté un terrain voilà déjà quelques années. J'avais décidé de rendre visite à ma sœur avant de m'installer, mais maintenant... Je vais emmener sa fille avec moi... Où est-elle ?

— Je ne sais pas exactement... Voyez-vous, New York est surpeuplée. Aussi, afin d'offrir un environnement plus sain aux enfants des rues, nous essayons de leur trouver des parents adoptifs dans les territoires nouvellement colonisés.

— Vous l'avez envoyée dans l'Ouest ? dit-il, incrédule.

— Oui.

— Où ? Quand ?

— La compagnie de chemins de fer Pacific Railroad met des wagons à notre disposition. Mme Vaughn, une de nos accompagnatrices, est partie en mai pour l'Illinois, le Kansas et le Nebraska avec dix-huit enfants, dont votre nièce.

Booker, peu habitué à dévoiler ses sentiments après tant d'années passées à côtoyer le danger, demeura impassible malgré son effroi. Il se représenta Zoé seule dans cet endroit sinistre, puis parquée dans un train avec des inconnus — perdue dans un monde qui transformait des fillettes innocentes en Claudia...

— Mme Vaughn est fort compétente. Son dernier télégramme précisait que votre nièce était encore avec elle à son arrivée dans le Nebraska.

Son interlocutrice soupira et une expression de compassion sincère adoucit ses traits chevalins.

— Vous savez, il n'a pas dû être facile de placer Zoé. Il y a de fortes chances pour qu'elle revienne ici.

— Que voulez-vous dire? s'enquit-il en s'efforçant de masquer l'angoisse qui montait en lui.

— Les enfants en bonne santé sont toujours adoptés en premier.

— Je ne comprends pas...

— Vous n'êtes pas au fait des affections de votre nièce?

— Non.

— Elle est infirme... elle a une claudication permanente.

— Ah..., dit-il d'une voix neutre qui ne trahissait rien de son désespoir.

— Et elle est muette.

— Je vois..., commenta-t-il sur le même ton.

Pourtant, son cœur se brisait en imaginant Zoé,

si petite, si vulnérable, ballottée d'hospices sinistres en villes lointaines, incapable de communiquer, rejetée à cause de son handicap...

Seule dans un monde impitoyable.

1.

Nebraska, 1875

— Tu as du mérite d'organiser cette réception, déclara Odessa Woodridge.

Elle s'interrompit pour couper en quartiers généreux un cake à la pomme et à la cannelle, puis passa un doigt sur le couteau et le lécha avec contentement.

— J'ai toujours dit, reprit-elle, qu'en matière d'organisation, tu étais la meilleure !

Théa Coulson ne releva pas la remarque et souleva le couvercle d'une énorme casserole puis mélangea les petits pois aux lardons à l'aide d'une cuillère de bois. Etant l'une des rares célibataires de plus de vingt ans dans la région, les tâches communautaires dont les femmes mariées n'avaient pas le temps de se charger lui étaient invariablement dévolues. En somme, nul ne semblait avoir conscience qu'elle s'occupait déjà de la nombreuse maisonnée de son père, avec tout le travail que cela imposait...

— Ce n'était pas difficile, tante Odessa, répondit-elle enfin. Tu sais bien que les convives apportent toujours pléthore de victuailles. J'ai seulement prévenu tout le monde du lieu et de la date, puis j'ai disposé les tréteaux et les planches.

Sa parente haussa les sourcils en examinant les desserts : au moins un tiers des gâteaux et des tartes avaient été préparés par sa nièce.

— Tu es trop modeste, ma chérie. Les hommes de la région raffolent de ta cuisine.

Théa, gênée, ignora le compliment et parcourut du regard la longue rangée de tables accolées et recouvertes de nappes colorées : elles croulaient sous les plats de pain de maïs, de poulet frit, de salade de chou et de carottes râpées. Elle reporta ensuite son attention sur les enfants assis sur des bancs de bois. La plupart s'étaient égaillés dans la nature, et il ne restait qu'un garçon et deux filles ; la plus jeune était inconfortablement juchée tout au bord du siège, une jambe pendante.

— Tout se déroule à merveille, mademoiselle Coulson, la félicita Mme Vaughn, l'envoyée de l'orphelinat.

Théa lui adressa un sourire chaleureux, tout en admirant le bibi à la dernière mode posé sur ses cheveux noirs et bouclés.

— Je vous remercie infiniment. Vous avez accompli un travail considérable en cherchant des couples avant même mon arrivée, poursuivit la représentante de l'hospice. Presque tous sont venus prendre les petits qu'ils avaient promis d'accueillir.

— Ne me remerciez pas. C'était la moindre des choses.

Dès qu'elle avait eu connaissance de la situation

désespérée des orphelins de New York, le cœur de Théa s'était serré. Elle n'avait donc eu de cesse, dès lors, d'aider à en placer le plus possible dans des familles aimantes et respectables.

— J'espère que les O'Connors viendront pour Lucas, reprit Mme Vaughn. Il aurait déjà dû être adopté depuis des années, mais il nous pose des problèmes.

Théa étudia ce dernier : il était debout, nonchalamment adossé au tronc épais du vieux chêne. Sa chemise et son pantalon fraîchement repassés pendaient sur sa silhouette dégingandée, bien trop maigre pour un adolescent. Ses cheveux, bien qu'ils eussent été récemment coupés, étaient tout ébouriffés. Il semblait n'attacher aucune importance à son apparence.

— Quel âge a-t-il ? questionna Théa.

— Quinze ans. Il est orphelin depuis l'âge de sept ans. Nous l'avons placé plusieurs fois, mais il se débrouille toujours pour s'échapper et les autorités doivent nous le ramener.

— Prions pour que cette fois-ci soit la bonne... En tout cas, je réponds des Carsten. Ils viendront prendre Sarah comme prévu, je n'en doute pas. Ils ont simplement dû être retardés.

Odessa les rejoignit, interrompant leur conversation.

— Ma chérie, puis-je sonner la cloche pour le déjeuner ?

— Oui, je t'en prie, les enfants doivent avoir faim. Ils ont fait un voyage long et épuisant. Vous aussi, bien sûr, ajouta-t-elle avec un regard d'excuse vers leur accompagnatrice. Tant de jours et de nuits dans ce wagon ! Vous avez tous besoin de repos. J'ai une chambre à votre disposition, vous pourrez y rester autant que vous le souhaiterez.

— J'ai bien peur de devoir repartir dès demain matin, expliqua Mme Vaughn. Je dois aller m'enquérir des orphelins que j'ai placés au début de l'année dans les comtés avoisinants.

Théa s'émerveillait du dévouement de l'accompagnatrice, qui semblait faire passer le bien-être des enfants avant le sien. Elle se devait au moins de s'assurer qu'elle profitât de la fête et de la nourriture. Elle aperçut alors son père qui se tenait sur le perron au bras de son épouse et leur fit signe de s'approcher.

— Trudy, voudriez-vous trouver un siège à côté de vous pour notre invitée ?

— J'en serais ravie, répondit sa belle-mère avec un sourire avenant.

Bien qu'elle ne fût d'aucune aide pour la cuisine et les travaux ménagers, Trudy Coulson était une charmante hôtesse et une parfaite couturière. Elle et ses filles passaient de longs moments à Saint Louis, laissant Théa s'occuper de la bonne marche de la maison.

La jeune femme déplia une nappe à carreaux blancs et rouges, puis l'étala au pied d'un grand chêne, pour les trois orphelins restants.

— Venez avec moi, dit-elle en tendant les mains aux deux gamines et en invitant Lucas à les suivre.

Sarah avait un adorable minois constellé de taches de rousseur, tandis que Zoé était blonde comme les blés.

— Allons remplir nos assiettes, puis nous piqueniquerons ensemble sous l'arbre.

Sans hésiter, les fillettes lui prirent la main avec confiance.

— Dis donc, tu es drôlement grande, toi ! commenta la rouquine d'un air admiratif.

— N'est-ce pas ? C'est pratique pour cueillir les pommes, répondit Théa d'un air amusé.

Plus personne dans la région ne mentionnait sa haute taille. Lorsqu'elle était enfant, pourtant, ses camarades se moquaient sans arrêt d'elle. Sa belle-mère et ses demi-sœurs ne cessaient d'exprimer leur contrariété à la voir grandir autant. Heureusement, depuis qu'elle était adulte, tous s'abstenaient de remarques désobligeantes, et seul son père s'obstinait à la surnommer affectueusement « ma petite Thea », mais sans aucune malice, tout comme Sarah aujourd'hui.

— Tu les trouves où, les pommes ? demanda cette dernière, qui n'avait apparemment pas la langue dans sa poche.

— Sur les arbres !

— J'en vois pas, s'étonna-t-elle.

— C'est parce qu'il n'y a pas de pommiers dans le jardin, pardi ! expliqua la jeune femme en riant. Tu viens, Lucas ?

Le garçon haussa les épaules et resta adossé au tronc d'arbre, comme s'il ne pouvait s'en arracher. Préférant ne pas le brusquer, Théa n'insista pas et guida les petites à travers la foule.

— Un jour, on m'a donné une orange ! annonça Sarah. Tu as des arbres à oranges ?

— Non, nous n'en avons pas.

— Dommage... Oh, regarde tout ce qu'il y a à manger ici, Zoé ! Dites, madame, c'est quoi ces choses vertes ?

— Ce sont des cornichons. Tu les aimes ?

— Je sais pas.

— Je vais vous en donner, ainsi vous pourrez en goûter toutes les deux.

La jeune femme aida les fillettes à se servir, puis prépara une assiette pour Lucas et se dirigea vers lui ; il n'avait toujours pas bougé d'un pouce.

— Tu as faim ? s'enquit-elle.

Il haussa les épaules d'un air revêche et resta muet.

— Je t'ai apporté de quoi manger. Il y a aussi du dessert, quand tu auras fini tout ça.

Il évitait son regard, mais fixait la nourriture d'un œil avide.

— Veux-tu t'asseoir avec nous ?

Il ignora sa question et détourna la tête.

— Comme tu voudras, conclut-elle en posant le plat sur l'herbe.

Mieux valait ne pas l'effaroucher. S'il le voulait, il viendrait plus tard...

Elle rejoignit les fillettes, qui mangeaient comme si leur dernière heure était venue. Au bout de quelques minutes, Lucas s'assit à l'écart et avala goulûment son repas. L'émotion contracta la gorge de la jeune femme. Elle-même n'avait jamais souffert de la faim ni de la solitude ; elle avait toujours eu son propre lit et surtout une famille aimante. Même après la mort de sa mère, son père s'était occupé d'elle et de sa sœur avec affection.

Ces enfants, eux, ne possédaient rien de tout cela. Il n'était donc pas étonnant que Lucas fût si méfiant. Mme Vaughn, en outre, lui avait expliqué la situation des immigrés new-yorkais : beaucoup étaient morts sur les bateaux qui les emmenaient en Amérique, ou bien avaient succombé aux ravages de la misère et des épidémies. Certains parents, frappés par le chômage ou la maladie, ne pouvaient plus nourrir leur progéniture, qui se retrouvait à la rue et venait plus tard grossir la population des hospices, orphelinats et autres hôpitaux.

— Est-ce qu'on peut en avoir d'autre ? demanda Sarah, interrompant les sombres réflexions de Théa.

Zoé, qui n'avait toujours pas prononcé un mot, leva vers cette dernière des yeux bleus pleins d'espoir.

— Vous pouvez manger autant que vous le désirez. Et toi, Lucas, dit-elle en se tournant vers l'adolescent. Tu veux du dessert ?

— Oui, madame, articula-t-il enfin.

— Qu'est-ce que tu préfères ?

— Je sais pas.

— J'ai préparé des tartes aux pommes ce matin, annonça-t-elle en se levant.

Quelques instants après, elle revenait avec une part pour chacun.

— Merci, marmonna le garçon.

Soudain, Zoé exhiba un gland. Elle l'étudia attentivement, avant de le montrer à la jeune femme avec un regard interrogateur.

— C'est un gland. Il est tombé du chêne. Si les écureuils ne le mangent pas, il se transformera en arbre, expliqua Théa.

La fillette écarquilla de grands yeux étonnés, puis rangea soigneusement sa trouvaille dans la poche de son tablier. Elle allait se remettre à manger quand un bruit de roues et de sabots lui fit lever la tête. Quelques minutes après, un chariot s'arrêtait près de la grange. Un couple en descendit et se dirigea vers le petit groupe. Théa et les fillettes se levèrent pour les saluer. Mme Vaughn les rejoignit aussitôt.

— Je suis M. Carsten, déclara le mari en lui tendant la main.

Une barbe noire lui mangeait le visage et la bonté brillait dans ses yeux.

— C'est merveilleux ! s'écria l'accompagnatrice, ravie. Voici Sarah, ajouta-t-elle en désignant la rouquine.

Une lueur bienveillante éclaira le visage de Mme Carsten.

— Bonjour, ma petite.

La fillette examina ses futurs parents avec attention.

— Vous avez des cornichons ? demanda-t-elle tout à trac.

— Eh bien..., balbutia Mme Carsten, décontenancée, oui, nous en avons.

— Tant mieux. Parce que, moi, j'aime ça !

Le couple sourit, amusé.

— J'aimerais que vous lisiez ce document avant d'y apposer votre signature, dit la représentante de l'orphelinat en leur présentant une feuille. Vous serez soumis à une période d'essai, après quoi, si tout se passe bien, vous pourrez signer les formulaires d'adoption.

Le chef de famille prit le papier, le parcourut et opina du chef.

— Allez vous servir à manger, offrit Théa lorsqu'il eut terminé. Ensuite, il sera temps de danser.

Les Carsten et l'orpheline se mêlèrent à la foule. Mme Vaughn observa Lucas et Zoé en soupirant.

— J'essaierai de vous trouver un foyer avant de partir.

Les yeux bleus de la fillette la fixèrent un instant, puis elle reporta son attention sur ses souliers, usés jusqu'à la corde.

Théa refoula les larmes qui lui montaient aux yeux et s'agenouilla devant la petite.

— Je suis sûre que tu aimerais voir ce qui se trouve sous la terrasse là-bas.

Des prunelles étonnées se levèrent vers elle.

— Des chatons, expliqua la jeune femme. Ma minette a mis bas juste sous les marches, alors je lui ai préparé un lit avec une vieille couverture. Tu peux aller voir.

L'enfant lui adressa un pâle sourire et boitilla vers l'endroit en question.

— Pensez-vous que quelqu'un voudra d'eux d'ici demain ? Il reste si peu de temps. Que se passera-t-il si personne ne vient ?

— Je ferai de mon mieux, mademoiselle Coulson. Il m'est déjà arrivé de trouver des volontaires au dernier moment. Sinon, ils repartiront avec moi pour Lincoln. Bien sûr, comme j'y suis déjà passée, je ne pense pas trouver de famille d'accueil là-bas. Dans ce cas, ils retourneront à New York.

— A l'hospice...

— Oui.

— Pour tout recommencer...

— J'en ai peur. Je suis toutefois satisfaite de mon voyage, j'ai placé seize orphelins, vous savez.

Théa fit un signe de tête approbateur et regarda l'accompagnatrice s'éloigner.

Il fallait pourtant bien que quelqu'un prenne ces gamins ! se révolta-t-elle. Il n'était pas concevable qu'une adorable fillette et un garçon en pleine santé demeurent cloîtrés dans un orphelinat jusqu'à leur majorité ! Certes, Zoé claudiquait, et Lucas était d'un abord revêche, mais ce n'était pas une raison !

Il *fallait* que quelqu'un les prenne !

En ramenant des plats dans la cuisine, Théa y trouva sa sœur cadette assise près de la table. Son bébé de deux mois, David, s'agitait dans ses bras.

— Que se passe-t-il ? s'enquit-elle en posant une main sur l'épaule de Maryruth.

— David est capricieux aujourd'hui.

— Et toi, as-tu mangé ?

— Je n'ai pas eu le temps.

— Alors, vas-y, intima Théa en lui prenant l'enfant. Et ensuite, tu iras danser avec Denzel, cela vous fera du bien.

Comme Maryruth hésitait, sa sœur insista.

— Fais-moi plaisir. Ainsi, tu auras un peu de temps seule avec ton homme..., ajouta-t-elle d'un ton suggestif.

Pendant un moment, elle crut que sa cadette allait refuser, mais Maryruth esquissa un sourire et se leva.

— Je te remercie infiniment, tu es adorable, dit-elle en plantant un baiser sonore sur la joue de son aînée.

— Reste un peu au soleil, ajouta Théa, tu es toute pâle !

— Entendu, acquiesça Maryruth, qui laissa claquer la porte moustiquaire derrière elle.

David sursauta à ce bruit. Sa tante le serra contre sa poitrine en lui caressant les cheveux.

— Eh bien, mon tout petit, comment vas-tu aujourd'hui ?

Elle inspira son odeur de nourrisson avec contentement et ferma les yeux. Rien ne pouvait se comparer aux sentiments que procurait un bébé ! Quoi de plus merveilleux que d'avoir son propre enfant à aimer et à bercer ? Mais pour cela, il eût fallu qu'elle rencontre un homme... Non, se gourmanda-t-elle en balayant aussitôt cette idée. Elle avait fait une croix sur ce rêve depuis longtemps... Maryruth s'apercevait-elle seulement de sa chance, elle qui avait un mari aimant et travailleur, un fils adorable, son propre foyer !

Un foyer... Théa se remémora les orphelins de New York, et ses yeux s'embuèrent. Combien de bébés comme celui-ci avaient été abandonnés ? Combien avaient souffert de maladie et de malnutrition dans les hôpitaux surpeuplés ? Combien étaient morts de faim dans les rues ? De quelles horreurs avaient été témoins les enfants qu'elle avait rencontrés aujourd'hui, durant leur courte vie ? Et surtout, avait-elle fait tout ce qui était en son pouvoir pour les aider ?

La tête de David dodelina, la ramenant au présent. Le bébé s'était endormi. Elle déposa un baiser léger sur son front, l'allongea dans le petit berceau placé dans la chambre du rez-de-chaussée, puis rejoignit la fête.

Le bal battait son plein, et les couples dansaient joyeusement au son des violons. Comme toujours, ses demi-sœurs attiraient les regards de tous les célibataires. Madeline minaudait avec un grand jeune homme, tandis que Lexie, la benjamine, souriait à un prétendant qui lui apportait un verre de limonade. Elsbeth, l'aînée, qui avait épousé un dentiste de Saint Louis l'été précédent, était absente.

Délicates comme leur mère, les trois demi-sœurs de Théa étaient dotées d'un teint de pêche, d'une taille de guêpe et de cheveux lustrés dont les nuances allaient du brun cuivré à l'acajou. Elles étaient toujours coiffées avec art et vêtues de robes à volants aux ravissantes couleurs pastel. Quoi d'étonnant, dès lors, à ce qu'en leur compagnie, elle, Théa, se sentît comme un éléphant dans un magasin de porcelaine ?

Son regard s'arrêta sur Irving Jackson, qui parlait à Lorraine Edwards, la nouvelle couturière de la ville. Irving était récemment devenu propriétaire de l'hôtel d'Omaha. Théa lui jeta un coup d'œil peu amène : lorsqu'ils étaient enfants, à l'école, il la harcelait sans cesse et avait été le premier à la surnommer railleusement « ma petite Thea ». La femme avec qui il conversait en ce moment possédait un visage parfait, encadré de boucles aussi noires et brillantes qu'une aile de corbeau rassemblées en torsade sur sa tête. Quelques accroche-cœur retombaient gracieusement sur sa nuque et son front d'albâtre. Sa silhouette menue et sa taille fine ajoutaient à son charme et ses petits pieds étaient chaussés de fines bottines de chevreau blanches. Avec un tel physique, elle n'avait pas à redouter qu'on la tournât en dérision, songea Théa non sans amertume.

Elle n'eut heureusement pas le loisir de s'appesantir sur ce sujet, car son père la rejoignit.

— Je pense que les invités devraient partir bientôt. Ils ont tous quantité de choses à faire avant la tombée de la nuit.

Sa fille opina du chef. Il avait raison, pourtant elle déplorait la fin des réjouissances. Elle aimait voir les gens danser et se détendre. Elle aperçut alors Mme Vaughn qui se dirigeait vers elle d'un air triomphant.

— Vous voilà ! M. Bard a signé les papiers pour Lucas !

— Bard ? questionna Théa en se creusant l'esprit. Je ne connais pas ce nom. Et toi, papa ?

— Ronan Bard. C'est l'un des nouveaux arrivants d'Irishtown.

— A-t-il une épouse ? questionna la jeune femme.

— Elle est alitée, répondit Mme Vaughn.

Théa parcourut la foule du regard.

— Où sont-ils ?

— Oh, ils sont déjà partis. M. Bard avait du travail à finir. Ne vous inquiétez pas, je reviendrai pour m'assurer que tout se passe bien.

— Entendu, murmura son interlocutrice sans conviction. Et Zoé ? ajouta-t-elle aussitôt en avisant la fillette assise seule dans l'herbe.

— Elle rentrera avec moi demain.

La gorge de Théa se noua : elle imaginait l'orpheline de retour à New York, délaissée, sachant que personne n'avait voulu d'elle. Jamais la petite ne se remettrait d'une telle tragédie...

— Elle pourrait rester avec nous, suggéra-t-elle de but en blanc.

Son père la considéra d'un air ébahi.

— Je m'en occuperai, ajouta-t-elle précipitamment. Elle ne me gênera pas.

— Voyons, Théa, nous ne parlons pas d'un chiot ou d'un agneau, mais d'un enfant. Notre famille est déjà assez nombreuse !

— En effet, mais Zoé, elle, n'a personne dans ce vaste monde pour s'inquiéter de sa santé, de son bonheur. Tu sais, papa, elle ne serait pas un bien grand fardeau.

— Vous ne pouvez pas l'adopter, intervint l'accompagnatrice. Vous êtes célibataire.

— Alors, je la garderai seulement en attendant votre retour, plaida Théa. Vous pourrez continuer à lui chercher une famille d'accueil, et j'en prendrai soin entre-temps.

Mme Vaughn resta silencieuse un moment.

— Pourquoi pas ? admit-elle enfin.

Tous les yeux convergèrent vers James Coulson, qui se frotta la moustache un long moment avant de bougonner :

— Ma petite Théa, j'espère que tu as bien réfléchi, mais de toute façon, c'est à toi de décider.

Sa fille se jeta dans ses bras avec enthousiasme et déposa un baiser sonore sur sa joue. Comme il était très grand, avec lui, au moins, elle n'avait pas à se pencher, ce qui était un soulagement. Elle était toujours gênée quand elle dépassait les hommes.

— Merci, lui murmura-t-elle à l'oreille.

Son père la serra affectueusement contre lui puis haussa les sourcils en voyant accourir l'époux de Maryruth, hors d'haleine.

— Jim ! Jim ! s'écria ce dernier. Il y avait des géomètres près de la rivière cet après-midi !

Toutes les têtes se tournèrent vers le maître des lieux.

— Tu en es sûr ? Des employés de la compagnie ferroviaire ?

— Non, intervint Burnet Hyatt, le postier. Les géomètres du train, ils sont venus voilà des années. Ils avaient des tentes et tout un barda ! Alors que ceux d'aujourd'hui ont loué un buggy.

— Ce doit être celui qui a acheté le terrain de Hazel Creek, suggéra Denzel en regardant son beau-père à la dérobée. Il en a mis du temps...

James Coulson se renfrogna. Autour de lui, le silence se fit. Il était de notoriété publique qu'il avait l'œil sur ce terrain depuis qu'il avait fini de payer le sien et celui de sa femme. C'était un endroit stratégique, avec accès à la ligne de chemin de fer et à la ville, qui de plus était contigu à sa propriété au nord. En outre, il bénéficiait d'une voie d'eau, denrée rare dans ces régions arides.

Malheureusement, quatre ans auparavant, l'Union Pacific avait vendu la terre d'Hazel Creek, vaste de cent soixante arpents, à une personne prioritaire, probablement un vétéran de la guerre de Sécession. Personne ne le connaissait. Il avait loué son domaine à des fermiers du nom de Wynn, mais ne s'était jamais montré.

Jusqu'à maintenant...

2.

Lucas empila du maïs dans la charrette délabrée et la tira vers la fosse puante. Ses muscles douloureux criaient sous l'effort; l'odeur nauséabonde de la fange où s'agglutinaient les porcs lui soulevait l'estomac. Il lança la nourriture puis se recula vivement en voyant les animaux affamés se jeter sur leur pitance.

— T'as préparé la pitance? entendit-il soudain hurler derrière lui.

Il fit brusquement volte-face.

— J'ai pas encore eu le temps, répondit l'adolescent en jetant un regard de mépris à la brute épaisse qui l'avait « recueilli ».

— Espèce de minable! Dépêche-toi ou tu vas tâter de mon ceinturon!

L'homme accompagna ses menaces d'un crachat, puis entra chez lui. L'orphelin le suivit à contrecœur. La porte de bois était la seule ouverture de cette masure creusée à flanc de colline. Elle restait toujours ouverte par beau temps, afin de laisser filtrer un peu de lumière, et de dissiper l'humidité tenace et l'odeur de graillon.

Lucas réprima une grimace de dégoût et versa une boîte de conserve dans la poêle noircie. Il fourra quelques feuilles de maïs dans le fourneau, en guise de combustible, puis alluma le feu et fit chauffer les haricots blancs.

Bard s'installa à la table branlante, cassa un morceau de pain rassis en deux et y étala du saindoux. Il grogna quand son souffre-douleur lui apporta une assiette en fer-blanc remplie de fayots, y trempa le pain et en déchira une bouchée avec ses dents gâtées.

— Assieds-toi ! ordonna-t-il la bouche pleine.

Lucas se jucha sur un cageot retourné et se mit à manger mécaniquement. Il s'efforçait le plus souvent de faire le vide dans son esprit, de ne rien ressentir, afin d'oublier son existence douloureuse. Parfois seulement, il s'autorisait à songer au pique-nique organisé par la dame de l'église, mais il gardait ce souvenir pour les très mauvais jours, ceux où seule une pensée agréable lui permettait de tenir bon.

Elle avait un sourire d'ange, se remémora-t-il. Il le savait parce qu'autrefois, à New York, quand il faisait trop froid pour dormir dehors, il se réfugiait dans des églises et admirait les anges des vitraux. Eh bien, la dame avait les mêmes traits fins... Et sa tarte aux pommes était tellement bonne ! S'il le pouvait, il en mangerait le matin, à midi, le soir... et même avant de se coucher !

Il fut tiré de sa rêverie par un bruit de vaisselle : une tasse atterrit dans son assiette, faisant gicler des haricots sur sa chemise.

— On se réveille, fainéant ! Lave-moi ces plats ! Et après, tu iras traire les vaches !

— J'avais pas fini de manger...

— Tais-toi, abruti ! Tu rêvassais au lieu de travailler, comme toujours. T'es qu'un bon à rien !

Le garçon ne répondit pas. Si seulement cet être immonde pouvait tomber raide mort... Mais non, ç'eût été trop beau ! Bard se leva, sortit une hache d'un placard branlant — puis disparut à l'extérieur. Lucas poussa un soupir de soulagement.

Il avait rarement vu pire endroit. Ce type avait menti en affirmant qu'il avait une épouse. Dieu seul savait où il avait trouvé les références à donner à Mme Vaughn. L'orphelin pouvait encore supporter les punaises de lit qui le dévoraient toute la nuit ; il pouvait endurer les repas constitués uniquement de fayots, de porc salé et de pain sec ; il pouvait même se persuader que ce trou à rats valait mieux que les ruelles new-yorkaises jonchées d'immondices...

Mais il ne pouvait souffrir cet être grossier et repoussant. Selon lui, la place de Bard était bien dans un trou... mais à six pieds sous terre !

— Espèce de tire-au-flanc ! beugla soudain le sinistre individu dans l'embrasure de la porte.

Lucas sursauta.

— Je savais bien que tu faisais pas la vaisselle. On peut pas te laisser seul une minute, morveux !

Alors il tira son ceinturon et s'avança, menaçant, fixant ses yeux chassieux sur sa victime. Le garçon, qui était plus léger et plus rapide, réussit à échapper à la première tentative de son assaillant, mais il trébucha sur un tabouret et tomba sur le sol en terre battue.

Bard fondit sur lui.

Lucas ferma les yeux, se protégea le visage avec

ses coudes et se recroquevilla. Le premier coup le fit presque crier, mais ensuite il serra les dents, afin de ne pas donner ce plaisir à son bourreau. Les coups cinglaient son dos comme des langues de feu. La rage au cœur, il réussit à agripper un des pieds de la table, puis se réfugia dessous, le cœur battant. Il avait réussi à se protéger momentanément, mais qu'allait-il advenir ensuite ? Il ne quittait pas des yeux les bottes usées de son tortionnaire. Enfin, elles se déplacèrent vers la sortie.

— Ce n'était qu'un avertissement ! vociféra Bard. T'as intérêt à faire cette vaisselle, et vite, sinon tu regretteras le jour de ta naissance !

Dès que la brute fut partie, Lucas grimaça de douleur. La nausée lui contractait l'estomac. Son dos et ses épaules le brûlaient. Il sortit lentement de sa cachette, jeta sa chemise et ses chaussettes de rechange dans le sac en toile qu'on lui avait donné à l'hospice, puis, sans réfléchir, ouvrit le cageot à patates et en sortit le calibre trente-six qu'il y avait découvert.

Il ne resterait pas une minute de plus dans cet enfer, décida-t-il. Il ne savait où aller, mais ce ne pouvait être pire qu'ici... Mû par cette certitude, il s'assura que la voie était libre avant de se glisser hors du taudis et de s'élancer à travers les herbes folles du jardin, aussi vite que pouvaient le porter ses jambes douloureuses. Enfin, il rejoignit une zone boisée où il était à l'abri des regards. Il reprit son souffle quelques minutes puis se remit en route en longeant le ruisseau.

⁂

Dès qu'il eut frappé à la porte de derrière, Booker se demanda s'il n'aurait pas dû se présenter devant. Pourtant, à en juger par la terre tassée et les marches usées, c'était l'entrée la plus utilisée. Il n'eut pas le loisir de s'interroger plus avant car le battant s'ouvrit sur une femme à l'allure sculpturale.

Sa beauté était saisissante, mais toute de simplicité : aucun artifice dans cette chevelure d'un magnifique blond vénitien rassemblée en chignon bas. Sa peau nacrée était rosie par l'activité et ses prunelles aux nuances bleu-vert l'examinaient avec curiosité. Booker se sentit soudain peu présentable ; en effet, n'ayant pas voulu perdre une minute, il n'avait pas pris la peine de se changer. Ses vêtements étaient froissés par le long voyage en train et il ne s'était pas rasé depuis plusieurs jours.

— Que puis-je pour vous, monsieur ? interrogea-t-elle en s'essuyant les mains sur le tablier de coton blanc qui protégeait sa robe d'intérieur.

— Je cherche Théa Coulson.

— C'est moi-même, monsieur... ?

— Hayes, madame. Booker Hayes. Je souhaiterais m'entretenir un moment avec vous.

Sans hésiter, elle s'écarta pour lui laisser le passage.

— Entrez. Que puis-je pour vous ? répéta-t-elle.

Il la suivit dans une cuisine lumineuse emplie d'un délicieux arôme de cannelle. Elle l'invita à s'asseoir à la table recouverte d'une nappe de vichy jaune assortie aux rideaux, et l'atmosphère paisible des lieux rappela à Booker le temps révolu de son enfance, lorsque sa mère et sa sœur étaient encore en vie... Emu, il s'installa sur une chaise. Lorsque son hôtesse plaça devant lui une tasse de café fumant, il aperçut sur le dos de sa longue main fine une jonchée de taches de rousseur.

— Mme Jennings m'a indiqué votre nom.

— Jennings... Jennings, articula-t-elle d'un air perplexe. Je ne vois pas...

Un bébé pleura dans une chambre voisine et elle se leva immédiatement.

— Si vous voulez bien m'excuser.

Il la regarda s'éloigner. Bien que sa robe ordinaire fût loin de la flatter, elle laissait deviner des courbes harmonieuses. Quelques minutes plus tard, la jeune femme revint avec un nourrisson et s'arrêta un instant devant le fourneau pour y prendre une casserole de bouillie.

— Je suis désolée de cette interruption, dit-elle en s'asseyant et en plaçant le bambin sur ses genoux. Je vous présente David.

— Bonjour, David ! dit Booker en contemplant les yeux bleus et le crâne doré du petit.

Mme Coulson attacha une bavette de coton blanc autour du cou du nourrisson puis attrapa l'assiette.

— Où en étions-nous ? demanda-t-elle sans cesser de s'occuper du bambin.

Elle porta une cuillerée à ses lèvres, souffla dessus et la goûta avant de nourrir l'enfant. Booker, enchanté par ce tableau charmant, l'observait avec intérêt.

— C'est bien, mon chéri... Où en étions-nous ? répéta-t-elle à l'adresse de son visiteur.

— Mme Jennings. Elle dirige l'Hospice pour Enfants Abandonnés de New York.

— Oh, bien sûr, dit Théa en esquissant un sourire forcé. Vous faites donc partie de cette institution ?

— Non, pas du tout. Ma sœur est morte à New York et je suis à la recherche de sa fille. La directrice m'a appris que vous vous étiez occupée de trouver des familles d'accueil pour les orphelins, j'espère donc que vous saurez où je peux la trouver.

— Je ferai mon possible. Qui cherchez-vous donc ?

— Zoé Galloway.

Le cœur de Théa manqua un battement et ses genoux se mirent à trembler. Cet homme venait chercher Zoé !

Elle soutint le regard perçant que lui lançait son visiteur. Il avait les cheveux courts, d'un noir de jais, tout comme ses favoris qui encadraient ses joues burinées. De fines lignes blanches étoilant ses yeux noirs attestaient de longues heures passées au soleil. Son menton carré, son nez droit et ses lèvres serrées ne faisaient rien pour adoucir la sévérité de son expression.

— Avez-vous vu ma nièce, madame Coulson ?

— Oui, avoua-t-elle enfin. Je la connais...

L'angoisse envahissait son âme. Mme Vaughn lui avait pourtant dit qu'elle ne pourrait pas garder la fillette, se gourmanda-t-elle. Depuis déjà deux mois, elle se répétait que des parents convenables finiraient bien par se présenter pour l'adopter. Elle avait essayé de se persuader dès le début de ne pas trop s'attacher, de ne pas considérer Zoé comme sa fille... peine perdue !

Le premier jour, la fillette avait dévoré son déjeuner, son dîner, puis avait tout rendu. Pendant une semaine, le même scénario s'était répété quotidiennement. Elle avait été si malade que Théa avait fait venir le Dr Gilbert de Fremont. Lorsqu'il était enfin arrivé, après de longues heures de route, il avait examiné la petite patiente et avait expliqué que son estomac n'était pas habitué à tant de nourriture. Théa avait donc donné à l'orpheline de petites quantités d'aliments facilement assimilables, jusqu'au jour où la fillette avait pu manger normalement.

Durant tout ce temps, l'enfant n'avait pas versé une larme, pas dit un mot et n'avait jamais quitté les jupes de Théa. Elle était presque devenue l'ombre de la jeune femme.

— Où est-elle ?

La question de son interlocuteur tira brusquement Théa de ses pensées. Elle devait lui dire... Cela l'ennuyait, certes, mais elle ne pouvait faire autrement.

— Elle est en haut.

Aucune émotion ne se refléta sur le visage de son visiteur. Il haussa simplement les sourcils.

— Mme Vaughn me l'a laissée jusqu'à ce qu'elle trouve des parents adoptifs.

— Elle va bien ?

— Oui. Elle est en bonne santé. Elle a eu des problèmes pour s'alimenter au début, mais maintenant ils sont résolus.

— La directrice m'a dit qu'elle était infirme.

— Jamais de la vie ! se récria-t-elle, outrée. Elle boite un peu, c'est tout.

— Peut-elle parler ?

Théa fit un effort pour se calmer et caressa les cheveux de son neveu, qu'elle avait continué à nourrir machinalement pendant cet entretien.

— Je ne sais pas...

— Comment cela ? Soit elle parle, soit elle ne parle pas ! fit-il observer simplement.

Evitant le regard de l'étranger, elle posa David sur une couverture en patchwork étalée par terre et lui donna ses jouets.

— Elle n'a encore rien dit, admit-elle en se redressant, mais cela ne prouve pas qu'elle soit muette.

Il resta silencieux un moment, comme s'il réfléchissait à ce qu'elle venait de dire.

— Très bien, admit-il enfin. Je vous remercie d'avoir pris soin d'elle. Je vais l'emmener avec moi.

— Monsieur Hayes, protesta Théa, vous ne pouvez pas la prendre ainsi. Où irez-vous ? Avez-vous une épouse qui s'occupera d'elle ?

Un sourire ironique se dessina sur les lèvres de son interlocuteur.

— Je suis tout à fait capable de m'en charger moi-même, madame Coulson.

La panique envahit la jeune femme.

— Je possède un terrain dans le voisinage, poursuivit-il d'une voix plus douce. J'ai l'intention d'y construire une maison.

La confusion et l'inquiétude empêchèrent Théa d'absorber ces paroles rassurantes.

— Elle est si petite, si effrayée, murmura-t-elle en s'efforçant de réprimer le tremblement de sa voix. Avez-vous idée de ce qu'elle a vécu ?

Une expression douloureuse passa sur le visage de son interlocuteur.

— Oui, je sais...

— Elle commence juste à s'adapter ici. Je... je ne peux supporter l'idée de la voir déracinée de nouveau, si vite.

Le visiteur se leva d'un bond.

— Qu'insinuez-vous donc? lança-t-il d'un ton menaçant. Que vous voulez l'adopter? Si vous avez l'intention de me disputer la garde de Zoé, vous devrez m'affronter en justice sans aucune chance de gagner. C'est ma nièce! Mon sang! Je suis sa seule famille!

Théa réprima un soupir. Il avait raison, bien sûr. Ce n'était pas parce qu'elle s'était stupidement attachée à Zoé que cela lui donnait des droits sur la fillette. Pourtant, son cœur se brisait lorsqu'elle imaginait la petite avec cet oncle à la mine sévère — si toutefois il était bien son oncle! songea-t-elle soudain.

Elle se leva et lui fit face. Pour une fois, sa taille l'avantageait. Une femme de hauteur normale aurait paru minuscule à côté de cet individu de haute stature.

— Vous ne pouvez pas l'emmener ainsi, sans l'accord de Mme Vaughn. Rien ne me prouve votre identité, monsieur Hayes. Etes-vous même sûr que Zoé vous reconnaîtrait? ajouta-t-elle soudain, prise d'une inspiration.

Elle avait apparemment touché un point sensible: l'expression de son interlocuteur changea et il s'éclaircit la gorge.

— La dernière fois que je l'ai vue, elle n'était qu'un bébé. Mais cela ne change rien; elle doit vivre avec moi.

— Peut-être, admit son interlocutrice, mais c'est à Mme Vaughn d'en décider. Comprenez-moi, supplia-t-elle d'une voix plus douce. Je ne peux pas la laisser partir avec un homme que je ne connais ni d'Eve ni d'Adam. Vous pourriez être n'importe qui ! Je me sens responsable de cette petite fille.

Théa ne savait pas comment il prendrait ces paroles. Il resta silencieux de longues minutes.

— Je veux la voir, déclara-t-il enfin.

La jeune femme se raidit, inquiète, et jeta un coup d'œil au prétendu oncle : il ne portait pas d'arme visible, mais rien ne disait qu'il n'en cachait pas une sous sa veste. Or, Trudy, Madeline et Lexie étaient sorties, et Jim et Denzel ne seraient de retour que pour le dîner. Comment se défendrait-elle s'il la menaçait ? Elle songea soudain au revolver qu'elle gardait dans sa commode, à l'étage, et se sentit rassurée.

Elle conduisit donc l'homme jusqu'à sa chambre. Au centre du lit à baldaquin, Zoé reposait paisiblement, emmitouflée dans le patchwork représentant deux anneaux entrelacés, qui aurait dû orner le lit nuptial de Théa. Tante Odessa l'avait cousu treize ans auparavant pour le trousseau de sa nièce, mais les années passant, cette dernière avait finalement décidé d'en profiter avant qu'il ne soit rongé par les mites !

Soulagée de trouver la fillette endormie, Théa se dirigea vers sa commode à miroir. Le visiteur se tenait près du lit et examinait l'enfant avec intensité. La jeune femme en profita pour ouvrir furtivement le tiroir du haut, attraper l'arme cachée dans ses mouchoirs et la dissimuler dans les plis de ses jupes.

Après avoir contemplé Zoé de longues minutes durant, l'homme embrassa du regard le dessus-de-lit de coton blanc crocheté main, la tapisserie à fleurs, les tentures assorties, la brosse et le peigne en argent posés sur la commode. Puis, sans un mot, il sortit de la pièce à grands pas, descendit l'escalier, rejoignit le corridor et se dirigea vers la porte de derrière. Il l'ouvrit brusquement et s'avança dans le jardin. Il n'avait toujours pas prononcé une seule parole. Théa se sentait ridicule avec son arme. Qu'en aurait-elle fait ?

— Monsieur Hayes... ?

Il s'arrêta net et lui lança un regard noir par-dessus son épaule.

Thea se mordit la lèvre. Si son visiteur était bien l'oncle de Zoé, elle ne pourrait l'empêcher de lui prendre la petite fille une prochaine fois.

— Où... où l'emmènerez-vous ? demanda-t-elle d'une voix étranglée.

— Il y a une cabane sur mon terrain. J'y habiterai en attendant que la maison soit terminée.

Oh non ! Elle avait vécu dans une de ces bicoques vingt ans plus tôt, avant que son père ne construise leur demeure. Elle se souvenait des serpents, du toit qui fuyait les jours de pluie...

Le tonnerre gronda et l'étalon noir s'ébroua en secouant impatiemment sa tête massive. Son maître lui flatta le museau en lui parlant doucement pour le calmer. Puis il enfonça un chapeau à bords plats sur sa tête et sauta prestement en selle. Une carabine pendait d'un étui de cuir accroché à sa selle militaire.

Il salua la jeune femme en portant deux doigts à son couvre-chef.

— Si vous avez l'intention d'utiliser votre revolver, assurez-vous qu'il soit chargé car je reviendrai.

Un éclair aveuglant ponctua ses propos sarcastiques. Puis, sans ajouter un mot, il tourna bride, éperonna sa monture et s'en fut au triple galop.

Théa l'observa, les larmes aux yeux, jusqu'à ce qu'il eût disparu à l'horizon. Ainsi, il l'avait vue dissimuler l'arme dans ses jupes... Oppressée, elle gravit lentement les marches du perron et pénétra dans la maison. Quelques instants plus tard, elle entendit son père rentrer avec l'attelage juste avant que l'orage n'éclate. Les autres seraient de retour dans une heure, et comme d'habitude, tout le monde passerait à table. Mais pour la première fois de sa vie, Théa ne se sentait guère le cœur à l'ouvrage. Car, c'était certain, Booker Hayes reviendrait tôt ou tard chercher Zoé, et Dieu savait alors ce qu'il adviendrait de la petite fille...

Booker jeta un coup d'œil au ciel menaçant et tira un cache-poussière de l'équipement attaché sur la croupe de sa monture. Ce long manteau le protégerait de la pluie et du vent. Quelle ironie ! Au lieu de trouver Zoé abandonnée dans un taudis comme il l'avait craint, il l'avait découverte en sécurité, vêtue d'une jolie robe neuve, allongée sur le lit d'une femme charmante. Pourquoi diable cela l'irritait-il autant ?

Bien sûr, il était reconnaissant à Théa Coulson de l'avoir recueillie et soignée. Même si la jeune femme avait déjà des enfants, elle avait pris le temps de s'occuper d'une orpheline, et c'était là une intention fort louable. Mais visiblement, elle ne s'était pas contentée de s'*occuper* de Zoé. Elle l'avait prise en affection, au point de la considérer comme sa propre fille — et c'était là que le bât blessait.

Ah, si seulement il avait pu se rendre à New York plus tôt ! Il aurait alors réconforté Julia lorsque Robert avait succombé, puis recueilli Zoé sitôt après le décès de sa mère... Mais, décida-t-il dans un sursaut de volonté, mieux valait tard que jamais, non ? A défaut d'avoir été présent par le passé, il serait là à l'avenir et protégerait sa nièce.

Il avait vécu trop longtemps dans l'armée, dormant à même le sol, mangeant mal, et passant sa vie en selle, avec pour seul compagnon Œil-de-Faucon, un Indien Arapaho, éclaireur dans son régiment. Ou, il avait passé trop longtemps à protéger la vie de civils inconnus.

A présent, l'heure était venue de s'occuper enfin des siens et de faire l'impossible pour offrir à la petite Zoé un véritable foyer.

De grosses gouttes se mirent à tomber. Il rabattit son col, puis enfonça son feutre sur son crâne. Peu enclin à retourner jusqu'à Omaha, où il avait pris une chambre dans une pension de famille, il dirigea Gideon vers les terres qu'il possédait dans le coin. Au lieu de subir les intempéries, mieux valait attendre dans la cabane que l'orage se fût calmé...

Comme le tonnerre grondait de nouveau, il talonna son cheval afin d'accélérer l'allure. Moins d'une demi-heure plus tard, il avait trouvé le ruisseau et le suivait jusqu'à l'ancienne mare aux bisons que son ex-locataire avait pointée sur sa carte.

Enfin, Booker gravit la butte qui se trouvait près de l'habitation. Au moment où il arrivait au sommet, un éclair illumina la bicoque. Elle était en aussi bon état que l'avait affirmé Augie Wynn, constata-t-il, soulagé. Un appentis jouxtait le côté nord ; ce serait un havre bienvenu pour sa monture. Il s'approcha, mit pied à terre et guida son cheval vers l'abri. Il enleva la selle et son équipement puis, tout en parlant doucement à l'animal rendu nerveux par l'orage, l'essuya de son mieux. Après quoi, il s'assura que Gideon avait assez d'avoine, ramassa sa carabine, ses sacoches et ses couvertures, puis s'élança sous la pluie battante vers la cabane.

Là, il poussa la porte qui s'ouvrit silencieusement grâce à ses gonds de cuir. Une fois au sec, Booker referma le panneau de bois en poussant un soupir d'aise. Comme l'obscurité baignait les lieux, il chercha à tâtons des allumettes dans ses affaires, en enflamma une et la tint en hauteur pour s'orienter. Une lampe était posée au centre d'une table rustique. Il frotta une autre allumette et alluma la mèche. Une faible lueur éclaira aussitôt la pièce.

Il constata avec satisfaction que l'intérieur était propre et rangé. Bien que les Wynn fussent partis depuis au moins un mois, il n'y avait même pas de poussière sur la table, s'étonna-t-il.

Booker s'apprêtait à se mettre à l'aise quand son instinct l'avertit d'un danger. Lentement, il introduisit une cartouche dans sa carabine et pivota. Un lit de camp était placé contre le mur blanchi à la chaux, et le renflement des couvertures en fourrure indiquait qu'il était occupé. Booker s'immobilisa, indécis. Il savait qu'il avait fait assez de bruit pour réveiller un mort, et pourtant le dormeur n'avait pas bougé d'une once.

Enfin, il s'avança avec précaution.

— Bonjour..., hasarda-t-il.

Un léger mouvement se fit sous les couvertures.

— Bonjour ! répéta-t-il, plus fort cette fois.

La silhouette remua — mais resta cachée.

Booker fit un dernier pas. Tenant fermement sa winchester dans la main droite, il écarta les fourrures d'un geste brusque.

— Que diable... ? s'écria-t-il.

Un jeune garçon à la chevelure ébouriffée et à l'air endormi pointait sur lui un colt navy 36 !

3.

Un roulement de tonnerre se fit entendre dans le lointain. Bien protégés des intempéries dans la salle à manger lambrissée de leur solide maison, les Coulson étaient rassemblés autour de l'immense table de bois.

— Nous avons passé un après-midi très agréable, déclara Trudy en se servant de la purée crémeuse. N'est-ce pas, mes chéries ?

Madeline répondit par un hochement de tête enthousiaste.

— Oh oui ! Si vous aviez vu le salon de Mme Creighton ! Ses tapisseries sont d'un superbe vert émeraude.

Madeline, qui ressemblait presque trait pour trait à Elsbeth, sa sœur aînée, excellait dans les travaux d'aiguille. Ses talents de couturière surpassaient même ceux des membres plus âgés du cercle des dames patronnesses. Ses réalisations en tapisserie émaillaient la demeure des Coulson : de délicats bouquets brodés recouvraient chaises, coussins, napperons et même l'abat-jour du salon. Quant à ses tableaux, ils ornaient presque tous les murs.

Bien qu'elle n'ait pas encore décidé qui serait son fiancé, la jeune fille dépensait depuis huit mois toute son énergie à confectionner sa robe de mariée. C'était un chef-d'œuvre de minuscules perles et de rubans entrelacés sur un fond de satin immaculé. Avec sa silhouette menue et sa chevelure sombre et brillante, elle ferait une mariée superbe.

— Lorsque nous serons à Saint Louis, nous pourrions acheter un tapis et de nouveaux rideaux pour le salon, suggéra Trudy, les yeux brillants.

Jim Coulson sourit avec bienveillance tout en se servant d'un steak bien épais. Théa s'installa à sa gauche, puis s'adressa à sa belle-mère.

— Pendant que vous y serez, nous aurions bien besoin de torchons neufs pour la cuisine.

— Lexie, ma chérie, tu t'en souviendras? s'enquit Trudy distraitement.

L'intéressée hocha la tête d'un air peu enthousiaste. Il devenait de plus en plus évident aux yeux de Théa que la benjamine ne partageait pas le goût de sa mère et de ses sœurs pour les emplettes et les mondanités. Elle préférait de loin monter à cheval plutôt que de s'asseoir dans le buggy ombragé, et se passionnait pour la lecture. Chaque fois qu'elle le pouvait, elle s'isolait avec un ouvrage et se plongeait dans l'univers tourmenté des romans gothiques, qu'elle affectionnait particulièrement.

— As-tu eu de la visite, Théa? interrogea Denzel. J'ai vu quelqu'un s'éloigner à cheval.

La jeune femme jeta un regard en coin à Zoé, qui était assise à côté d'elle. Cette dernière, toujours aussi silencieuse, mangeait calmement.

— En effet, commença Théa avec prudence.

Elle avait prévu de parler à son père seule à seul, mais entre le nettoyage du sol boueux de la cuisine et la préparation du repas, elle n'en avait pas eu l'occasion.

— Un homme prétendant être l'oncle d'une certaine personne est venu me voir, dit-elle en désignant discrètement Zoé.

— Avait-il une preuve? La personne l'a-t-elle reconnu?

— Il ne m'a montré aucun document. La personne était dans les bras de Morphée et il ne l'avait pas vue depuis des années.

Elle employait délibérément une expression inconnue de Zoé afin que cette dernière ne devinât pas de qui il était question.

— Qu'as-tu fait? lui demanda son père.

— Je lui ai dit qu'il lui faudrait revenir avec des papiers certifiant son identité.

— Tu as bien fait, approuva le chef de famille. D'où vient cet homme, le sais-tu?

— Pas exactement. Il avait des bottes et une selle militaires. Il dit qu'il possède un terrain près d'ici et va bâtir une maison..

— Comment s'appelle-t-il?

Théa épela le nom afin que la petite ne puisse pas le reconnaître. Son beau-frère la fixa avec une expression étrange dans ses yeux gris-vert.

— Qu'y a-t-il? s'enquit-elle, intriguée.

— C'est le fils de p...

— Denzel! prévint Maryruth.

— C'est la Tunique bleue à qui appartient la parcelle d'Hazel Creek sur laquelle ton père avait l'œil. Augie Wynn a raconté au propriétaire du Bazar qu'il comptait revenir très bientôt s'établir par ici. Il avait loué son domaine en attendant de quitter l'armée.

Théa hocha la tête, pensive. Ainsi, l'oncle de Zoé n'était autre que l'homme qui avait brisé le rêve de son père... Elle jeta un coup d'œil à ce dernier, qui évita son regard et poivra sa viande, impassible. C'était un sujet délicat chez les Coulson depuis quatre ans, et l'honnêteté de M. Hayes avait été discutée nombre de fois. Mais elle imaginait alors un homme grossier et colérique, pas un individu calme et austère, comme son visiteur de l'après-midi.

Consternée, la jeune femme soupira. Non seulement M. Hayes possédait le terrain que convoitait son père, mais voilà qu'en plus, il voulait désormais leur reprendre Zoé ! C'était à se demander s'il n'avait pas décidé de s'en prendre personnellement aux Coulson !

La pluie cinglait le toit en écorce. Un coup de tonnerre fit trembler les murs de la bicoque. Le vacarme recommença, mais l'attention de Booker était dirigée sur l'arme pointée sur lui. Rivant son regard sur celui de son agresseur, il recula lentement et posa la winchester sur la table.

— Je ne te veux aucun mal, assura-t-il. J'ai juste besoin de m'abriter de l'orage.

Le garçon l'examina des pieds à la tête d'un air soupçonneux.

— Qui êtes-vous ?

— Je m'appelle Hayes. Je me rendais à Omaha lorsque l'averse m'a surpris. Sachant que les Wynn étaient partis, je suis venu passer la nuit ici, au sec.

— Vous travaillez pour le shérif ?

— Non.

La méfiance de son jeune interlocuteur n'était pas apaisée : il garda le revolver à la main en indiquant, du canon, un étroit lit de camp.

— Vous pouvez dormir là-bas.

— Entendu. Tu veux que je fasse du feu ?

— Comme vous voudrez.

L'adolescent se leva avec précaution et se jucha sur une chaise, près de la table. Grand et dégingandé, il portait des caleçons longs usés.

Booker ramassa un tas de bois sur une pile entassée près de la porte, puis alluma une bonne flambée dans la cheminée ; une chaleur réconfortante envahit la pièce, chassant une partie de l'humidité. Il posa son manteau et sa veste sur le dossier d'une chaise, fit glisser son équipement sous la couchette, puis jeta ses couvertures dessus. Enfin, il s'approcha de la table et attrapa sa carabine.

— Si elle tombait, le coup risquerait de partir, expliqua-t-il posément. Je vais donc enlever la cartouche.

Le garçon jeta un regard inquiet à la winchester pendant que Booker s'exécutait. Ce dernier profita de cet instant d'inattention pour lui arracher le colt des mains. Son adversaire bondit pour tenter de le récupérer, mais Booker, imperturbable, se contenta de lui tourner le dos, vérifia que le barillet était vide et jeta les deux armes sur son lit. Immédiatement, son compagnon de fortune baissa les bras d'un air désemparé.

Ce gosse devait être en fuite, se dit alors Booker. Il avait probablement fugué. Il n'avait pas l'air d'un hors-la-loi, en tout cas. Lui-même avait assez croisé de renégats durant sa carrière militaire pour en être sûr. Non, la méfiance de l'adolescent relevait simplement de l'instinct de survie. Qui sait les épreuves qu'il avait traversées...

Il le vit reculer et se diriger vers la porte.

— Ecoute, mon gars, je ne te ferai aucun mal. Où vas-tu aller, sous la pluie battante, en caleçons ?

Honteux, l'intéressé détourna le regard.

— Comment t'appelles-tu, fiston ?

— Je suis pas votre fiston !

— En effet. As-tu un nom ?

— Oui, répondit-il en levant le menton.

Une minute passa.

— Très bien, concéda Booker. Rien ne t'oblige à me parler, c'est sûr. Je me disais que puisqu'on allait passser la nuit ici, on pourrait faire un brin de causette, mais si tu préfères dormir...

Il déboutonna sa chemise, l'enleva, puis s'assit au bord du lit et retira ses bottes.

— Lucas, murmura enfin son interlocuteur.

Hayes leva les yeux, et l'orphelin croisa son regard. Que cet individu était intimidant ! songea-t-il. Immense, sombre et dur comme un bloc de granite... Pourtant, son calme immuable atténuait la sévérité de son apparence. Avec ses larges épaules, sa peau hâlée et ses muscles d'acier, il dégageait une singulière impression de force et de sérénité.

Peu à peu, l'adolescent sentit un lien ténu se tisser entre eux ; après tout, ne cherchaient-ils pas tous deux un abri pour passer la nuit ? D'ailleurs l'homme se préparait à dormir comme n'importe qui, et cela le rendait moins menaçant, plus humain.

— Enchanté, Lucas, répondit simplement Hayes. Si tu avais des munitions pour cette relique, saurais-tu t'en servir ?

Lucas n'avait encore jamais utilisé d'arme, mais il n'avait pas l'intention de le révéler. Il haussa simplement les épaules.

— C'est bien ce que je pensais, reprit le maître des lieux, implacable. Si nous sommes encore ici demain, tous les deux, je t'apprendrai.

Il rangea le colt et la winchester sous son lit et se glissa entre les couvertures.

— Eteins la lampe, veux-tu ?

Lucas fixa longuement cet homme qui avait mis à jour son impuissance. Pourtant il ne semblait pas vouloir en tirer profit. Il paraissait satisfait de s'abriter ici et de le laisser tranquille. Personne ne s'était comporté ainsi avec lui auparavant. Les adultes voulait toujours le commander, le faire travailler dur, décider ce qui était le mieux pour lui...

Il obtempéra donc, puis se réfugia sous les fourrures. Puisque ce Hayes n'avait pas l'air de vouloir se mêler de ses affaires, il s'en accommoderait... tout en restant sur ses gardes !

Théa releva les mèches couleur d'or pâle qui retombaient sur le front de Zoé. Toutes deux étaient confortablement adossées à des oreillers placés à la tête du lit de la jeune femme, laquelle tenait un livre ouvert sur ses genoux. La fillette montra une page en bâillant. Avec sa chemise de nuit bordée de broderie anglaise, elle était l'image même de l'innocence.

Théa, émue, refoula les larmes qui menaçaient et se concentra sur l'illustration que pointait l'enfant.

— C'est un poulain, ma chérie, un bébé cheval. Il est mignon, n'est-ce pas ?

Zoé hocha la tête en souriant. Elle lui faisait confiance, se dit Théa. Elle comptait sur elle pour la protéger et prendre soin d'elle. Dieu seul savait ce que la pauvre petite avait traversé depuis la mort de ses parents... Mais, en tout cas, une chose était sûre : elle méritait qu'on lui offre désormais amour et sécurité.

La petite se blottit au creux de son épaule, et Thea continua à lire jusqu'à ce qu'elle s'endorme. Puis elle se leva tout doucement et borda la fillette. Elle s'agenouilla près du lit, effleura sa joue douce comme de la soie et déposa un baiser sur son front. Elle était si jolie !

Oppressée, elle ne put empêcher son regard de s'attarder sur les jambes de Zoé, qui se dessinaient sous la fine couverture. Elle-même avait appris à ses dépens que les enfants pouvaient être d'une grande cruauté. Ils se moqueraient d'elle à cause de son handicap... Pourtant, en la baignant, elle n'avait pu découvrir aucune raison apparente à sa claudication, ni cicatrice, ni malformation visible... mais elle n'était pas médecin. Peut-être un jour pourrait-on la guérir ? songea-t-elle avec espoir.

La jeune femme se redressa et retira les épingles de sa chevelure, qui retomba en cascade sur ses épaules. Elle la brossa soigneusement avant de la rassembler en une lourde natte, puis se dévêtit, enfila une chemise de nuit en coton et se coula entre les draps frais avec un soupir d'aise.

Mais dès qu'elle eut posé la tête sur l'oreiller, tous ses doutes revinrent en force.

Lorsque ce Hayes reviendrait avec Mme Vaughn, elle devrait lui donner Zoé. Il ne se serait pas donné tout ce mal pour retrouver l'enfant s'il n'était pas vraiment son oncle... Sous ses manières rudes, sans doute avait-il de l'affection pour la petite fille. Peut-être ressemblait-elle à sa sœur défunte, peut-être était-elle réellement la seule parente qu'il lui restait — et peut-être avait-il réellement l'intention de leur construire une maison...

Théa écouta la pluie tambouriner sur le toit et pensa à sa propre situation. Elle n'avait ni enfant, ni mari, il est vrai, mais elle avait une famille aimante. Et cela lui avait suffi jusqu'à l'arrivée de Zoé...

Les vieux rêves enfouis au plus profond d'elle-même avaient alors refait surface. L'espoir d'avoir un jour son propre foyer, ses propres enfants, son propre...

Non ! se gourmanda-t-elle aussitôt. Elle ne devait pas évoquer les désirs qu'elle avait réussi tant bien que mal à occulter. A quoi bon se torturer avec des rêves impossibles ?

Des larmes roulèrent le long de ses joues. Elle n'était pas jolie et désormais trop âgée pour se marier. Depuis longtemps, elle mettait sa passion et sa ferveur au service des autres, et se contentait de recevoir par l'entremise de ses ravissantes demi-sœurs l'attention et les compliments qu'on ne lui adresserait jamais.

Elle était seule... et Zoé appartenait à son oncle. Elle n'aurait pas dû se laisser aller à aimer à ce point cette orpheline. « Je pourrais être une mère pour elle, protesta une petite voix en elle. Je pourrais lui offrir tout l'amour et l'attention dont elle a besoin. » Pourtant, quand M. Hayes et l'accompagnatrice viendraient chercher la fillette, elle devrait se plier à leurs vœux.

La pluie diminua jusqu'à n'être plus qu'un léger crépitement sur le toit. Théa effleura le patchwork élaboré qui aurait dû se trouver sur son lit de noces, et essuya une larme.

Jamais elle n'aurait d'enfants...

Eveillé par des bruits d'eau et de pas, Lucas se dressa sur son séant. Désorienté, il mit quelques secondes à prendre conscience du lieu où il se trouvait. La pièce était vide et le soleil entrait à flots par la porte ouverte. Il se leva et s'habilla, puis jeta un coup d'œil sous le lit : aucune arme ne s'y trouvait. Il sortit avec précaution.

— Bonjour ! dit une voix profonde derrière lui.

Il pivota, pour se trouver nez à nez avec Hayes. Vêtu d'une chemise de flanelle et d'un pantalon noir ajusté, ce dernier avait coiffé un feutre assorti et chaussé des bottes luisantes. Il tenait les rênes d'un imposant étalon noir.

— Si tu as faim, tu trouveras de quoi manger dans mes sacoches, dit-il en vérifiant que la ventrière du cheval était bien serrée.

— Vous partez sans votre équipement ?

— Je reviendrai. Je dois me rendre en ville.

Pourquoi ? Aller voir les forces de l'ordre, peut-être ? s'inquiéta le garçon. Il semblait que son court séjour ici touche à sa fin. Il avait eu de la chance de trouver cet endroit la veille... Dommage qu'il ne puisse pas y rester plus longtemps. Mais tant pis, il partirait, encore une fois, le temps de décider où aller et comment s'y rendre sans que les autorités ni cette crapule de Bard ne le retrouvent.

— Tu veux venir avec moi en ville ? s'enquit l'homme en montant en selle.

Lucas le dévisagea, ébahi, puis secoua la tête en signe de dénégation...

— Tu cherches du travail ? questionna son interlocuteur.

— Ça dépend quoi...

— Je vais construire une maison là-bas, expliqua Hayes en désignant la clairière. Je suis pressé, c'est pourquoi je dois trouver de l'aide. Je vais aussi édifier un moulin vers le sud, près de la voie de chemin de fer. Il y aura beaucoup de travail. Tu pourrais rester ici : tu serais logé, nourri et je te donnerais... disons... dix dollars par semaine.

« Dix dollars par semaine ! » songea l'orphelin stupéfait. Il aurait bientôt économisé assez pour s'en aller... peut-être même pour s'acheter un billet sur un bateau et fuir aussi loin que possible ! Mais non, une telle aubaine ne pouvait lui arriver à *lui* ; il devait y avoir quelque chose de louche là-dessous !

— Vrai de vrai ? demanda-t-il d'un ton soupçonneux. Vous allez réellement me payer ?

— Vrai de vrai... mais donnant donnant : tu devras travailler, pas te tourner les pouces.

Lucas n'en revenait pas : l'individu ne lui avait pas tiré dessus ; il ne l'avait pas jeté dehors sous la pluie ; il ne l'avait pas traîné en ville pour le remettre entre les mains du shérif. Et voilà que maintenant, il lui offrait un pont d'or ! Son visage émacié s'éclaira. Qu'avait-il à perdre, après tout ?

— Vous vivez ici, alors ?

— Je vais m'y installer. Mes affaires n'arriveront que dans deux jours.

— Il y aura quelqu'un d'autre ?

— Ma nièce et un ami indien me rejoindront bientôt.

L'image d'un sauvage à demi nu brandissant un tomahawk se présenta à l'esprit de l'adolescent. Il sentit des picotements sous son scalp.

— Un... un Peau-Rouge ? I... ici ? bredouilla-t-il. Pourquoi ? Comment l'avez-vous rencontré ?

— Il était éclaireur pour l'armée avant la guerre de Sécession... le meilleur ! Je n'ai jamais rencontré quiconque ayant une vue aussi perçante. C'est d'ailleurs pour cela que son peuple l'a nommé Œil-de-Faucon. Ensuite...

— Vous avez tué beaucoup de Confédérés ?

— J'étais officier, j'ai fait mon devoir... Ensuite, j'ai été affecté à la protection des équipes construisant le chemin de fer et ma route a de nouveau croisé celle d'Œil-de-Faucon. Nous avons souvent fait équipe ensemble.

— Pourquoi vient-il ici ?

Hayes eut l'air étonné, comme si la réponse lui paraissait évidente.

— Pour m'aider.

— A construire le moulin ?

— Oui.

La perspective de voir un Indien en chair et en os intriguait Lucas, mais il feignit de s'en moquer.

— Je dois faire quoi pendant que vous serez parti ?

Le maître des lieux se frotta le menton d'un air dubitatif.

— Tu n'as qu'à couper du bois et le remiser près de l'appentis. Il n'y a pas grand-chose à faire tant que le matériel n'est pas arrivé. Sais-tu cuisiner ?

— Un peu...

— Comme moi, alors, constata-t-il avec un léger sourire. Fais de ton mieux. Je serai de retour avant la nuit.

L'adolescent le regarda s'éloigner dans un nuage de poussière.

— Ah ben, ça alors ! s'exclama-t-il, une fois seul.

Quelle aubaine ! C'était presque trop beau pour être vrai. Il allait vivre dans un endroit propre et confortable avec de la nourriture, dix dollars par semaine... et un véritable Peau-Rouge ! Il allait rester ici rien que pour le voir — et si quelqu'un levait le petit doigt sur lui, eh bien, il s'enfuirait de nouveau.

Théa cousit le dernier point, cassa le fil avec ses dents puis planta l'aiguille dans la pelote d'épingles située dans son panier à ouvrage.

— Zoé, regarde...

La fillette, qui jouait sur le tapis, se leva et s'approcha. La jeune femme lui montra la poupée de chiffons, vêtue d'une minuscule robe cousue dans le même vichy bleu que portait l'enfant. Cette dernière la gratifia d'un sourire reconnaissant.

— Je te le donne, dit Théa en lui caressant les cheveux.

— Je crois bien qu'elle lui plaît, commenta son père de son fauteuil placé devant la cheminée inutilisée. Elle ressemble à une de tes poupées quand tu étais petite fille.

— Tu sais bien que je n'ai jamais été une « petite fille », papa, rétorqua Théa avec une ironie amère qui lui était inhabituelle.

Elle entendait, dans la pièce voisine, Trudy chantonner pendant qu'elle et Madeline s'appliquaient à broder la future robe de mariée. Lexie, pendant ce temps, se prélassait sur le canapé avec un livre.

— Tu seras toujours ma petite fille, protesta son père en souriant.

— En tout cas, j'ai bien peur que tu ne doives me supporter pour toujours, reprit-elle sur le ton de la plaisanterie. Heureusement que je suis utile...

Elle s'interrompit en entendant les chiens aboyer dans le jardin. Quelques minutes plus tard, des pas résonnaient sur la terrasse. Son père se leva pour aller ouvrir au moment même ou l'on frappait à la porte.

— Monsieur Coulson...

La voix de baryton fit frissonner Théa.

— Je m'appelle Booker Hayes et je souhaiterais vous parler.

Jim serra la main que le visiteur lui tendait.

— Entrez donc.

La silhouette imposante du nouveau venu s'encadra dans l'embrasure. Une chemise d'un blanc immaculé mettait en valeur son torse puissant et sa carrure d'athlète.

— Vous connaissez déjà Théa, je crois, dit Jim.

— Madame..., salua poliment leur voisin en ôtant son chapeau.

— Monsieur Hayes, répondit-elle, sur la défensive.

— Et voici ma fille, Lexie, ajouta Jim.

Le regard de Booker passa de l'une à l'autre, et il haussa les sourcils d'un air perplexe. Ils ne semblaient pas y avoir une si grande différence d'âge entre elles... Se pouvait-il que Théa fut mère d'une adolescente ?

— Enchanté, mademoiselle.

Lexie le salua d'un signe de tête, puis s'excusa et quitta la pièce.

— Asseyez-vous, proposa le maître de maison.

Le cœur de Théa cognait dans sa poitrine, comme si son père avait invité le diable en personne, au lieu de cet homme tout à fait poli qui s'installait dans un fauteuil et posait son feutre sur ses genoux.

Elle se rappela soudain ses devoirs d'hôtesse.

— Laissez-moi prendre votre chapeau.

Il le lui tendit distraitement, car son attention était portée sur Zoé, qui s'accrochait aux jupes de Théa. Les traits du visiteur s'adoucirent imperceptiblement, puis un éclair douloureux passa dans ses yeux.

— Que nous vaut le plaisir, monsieur Hayes ? commença Jim Coulson.

— Je vous en prie, appelez-moi Booker. Après tout, nous allons être voisins.

— La parcelle d'Hazel Creek, à ce qu'il paraît...

Il fit un signe de tête approbateur.

Théa tourna le chapeau dans ses mains sans réfléchir. Pourquoi était-il revenu ? s'inquiéta-t-elle. Elle l'avait pourtant prévenu qu'elle ne lui remettrait pas Zoé sans une autorisation de l'orphelinat.

— C'est un beau terrain, déclara son père à regret. J'avais moi-même des visées dessus.

— C'est le meilleur site que j'aie trouvé quand le chemin de fer était en construction.

— Vous êtes géomètre ? Vous travaillez pour la compagnie ferroviaire ?

— Non, monsieur, je...

— Je vous appellerai Booker si vous m'appelez Jim.

— Très bien, Jim. J'étais dans l'armée. Mon régiment protégeait les équipes de construction.

— Vous avez croisé quelques Indiens, alors ?

— Quelques-uns, oui.

Théa eut envie de hurler en écoutant cette conversation policée. Si elle ne se retenait pas, elle lui jetterait son couvre-chef à la figure et le renverrait d'où il venait !

Comme s'il avait lu dans ses pensées, il se tourna vers elle et la vit martyriser son feutre. Gênée, elle le pendit à une patère située près de la porte.

— Je vais chercher du café, murmura-t-elle.

Elle sortit de la pièce en emmenant Zoé, qu'elle confia à Trudy et Madeline, puis réapparut avec deux tasses de breuvage fumant.

— J'ai télégraphié à Mme Jennings, annonça le visiteur.

Théa se raidit.

« Tu savais qu'il reviendrait, se morigéna-t-elle. Tu devras t'y faire. »

— Est-ce que je la connais ? s'enquit son père.

— C'est la directrice de l'orphelinat, expliqua Théa en s'installant sur le canapé.

Vas-y, Hayes. Brise-moi le cœur et qu'on en finisse !

— Elle a contacté Mme Vaughn, qui viendra

après-demain avec les documents, puis nous emmènerons Zoé.

Voilà. Tout était dit... Pourtant, bizarrement, elle n'avait pas l'impression que son cœur allait s'arrêter... elle n'avait même pas envie de pleurer. Elle souhaitait simplement envoyer leur visiteur au diable.

— Vous êtes son oncle, si j'ai bien compris? s'enquit Jim.

— Oui, Zoé est la fille de ma sœur. Après ma démobilisation, je suis allée lui rendre visite. Je ne l'avais pas vue depuis cinq ans... Malheureusement, j'ai appris qu'elle et son époux étaient morts à New York l'hiver précédent. J'ignorais leur décès, comme j'ignorais que Zoé avait été placée dans cet établissement.

— Vous l'avez vu? murmura Théa, qui s'était posé si souvent la question.

— Quoi? L'hospice?

Elle ne put que hocher la tête.

— Oui, dit-il en crispant les doigts sur sa tasse.

— Et alors?

— C'est propre. Mme Jennings est une personne efficace qui fait de son mieux pour les enfants.

Ce qu'il passa sous silence en révéla bien plus que sa phrase trop neutre.

Puis il se tourna de nouveau vers Jim Coulson.

— J'ai commencé à tout préparer lorsque j'ai su que j'allais quitter l'armée. J'ai contacté Ezra Hill et je lui ai envoyé de l'argent afin qu'il trouve du matériel et engage des ouvriers. Aujourd'hui, j'ai acheté un chariot, des chevaux, de la nourriture. Tout est prêt pour commencer demain.

« Comment pouvait-il payer tout cela ? » se demanda Théa, médusée.

— Avez-vous l'intention de vivre avec la petite dans cette cabane ? interrogea Jim.

— On n'y est pas si mal. Le toit n'a pas laissé filtrer une goutte de pluie cette nuit. L'intérieur est propre et de toute façon, la maison sera terminée dans quelques semaines.

« Qui lui servira de mère ? eut envie de crier Théa. Y avez-vous songé ? Avez-vous une minute pensé aux sentiments de Zoé dans tous vos plans tirés au cordeau ? »

— Vous savez, cela fait des années que nous utilisons ce ruisseau pour abreuver notre troupeau, expliqua le maître des lieux. Je vais devoir creuser un nouveau puits.

— Ne vous gênez pas pour utiliser la rivière en attendant, offrit leur nouveau voisin. Même après, d'ailleurs.

— Et votre bétail ? interrogea son père, surpris.

— Je n'ai pas l'intention de devenir rancher. Je vais construire un moulin à eau.

— Diable ! C'est astucieux ! Pourquoi n'y ai-je jamais pensé ? s'exclama Jim en se frappant la cuisse. Il y a des champs de blé en veux-tu en voilà, la ligne de chemin de fer à côté... Vous allez crouler sous le travail !

— Je l'espère bien.

— Vous aurez besoin de l'aide d'un professionnel du bâtiment, non ?

— Un certain Gunderson est venu au printemps pour approuver le site. Il devrait arriver pour superviser la construction, dès que ma demeure sera terminée.

— Pourquoi vous installer dans cette région ?

— J'ai cherché des voies d'eau tout le long de la ligne de chemin de fer. Or, Hazel Creek ne s'assèche jamais. Les rives en sont hautes, stables, et le fond caillouteux. Ajoutez à cela la demande locale, et je me retrouve avec un endroit parfait.

Jim Coulson saisit sa pipe posée sur une console, la bourra, puis frotta une allumette en haussant les sourcils d'un air interrogateur.

— Vous et ce Gunderson, vous avez l'intention d'utiliser une roue de bois ?

— Non. Elles demandent un entretien de tous les instants et gèlent en hiver. J'ai commandé une turbine Leffel. C'est une roue en fer qui sera complètement immergée.

— Vous allez ériger un barrage ?

En voyant une complicité naître entre les deux hommes, l'impuissance et la frustration de Théa se muèrent en colère. Elle se leva d'un air indigné.

— Je n'en crois pas mes oreilles ! s'offusqua-t-elle. Vous discutez de blé et de moulins alors que l'avenir d'une enfant est en jeu !

— Voyons, ma petite Théa, lui reprocha son père. M. Hayes est notre voisin.

— Ne me traite pas comme une gamine ! s'emporta-t-elle en sachant qu'elle regretterait ses paroles. Il est venu prendre Zoé, et vous discutez comme si vous étiez de vieux amis ! « Vous pouvez utiliser mon ruisseau », « Je vous remercie bien, je vous apporterai mes récoltes ! »

— Théa ! lança son père du ton le plus sévère qu'il ait jamais employé avec elle. Booker n'était pas obligé de venir ce soir. C'est bien aimable à lui de te donner du temps pour préparer la fillette à cette idée.

Bien aimable, vraiment? songea-t-elle, furieuse, en leur tournant le dos. Une boule se logea dans sa poitrine. Son menton tremblait et elle dut se mordre la lèvre pour ne pas éclater en sanglots.

— Théa? répéta son père.

Elle réussit enfin à retrouver une contenance et pivota vers eux.

— Je suis désolée, monsieur Hayes. Il était *bien aimable* de votre part de venir ce soir. Votre nièce sera prête lorsque vous reviendrez.

Son ton sarcastique transperça le cœur de Booker. Il la sentait au bord de la crise de nerfs, pourtant elle s'installa froidement sur le canapé. Ses cheveux délicatement bouclés, son teint de porcelaine et ses yeux clairs lui donnaient un air de profonde vulnérabilité. Il avait l'impression d'être l'ogre d'un roman de quatre sous. Oh, il voyait bien qu'il lui causait une peine immense, mais comment faire autrement?

Gêné, il se tourna vers Jim Coulson.

— Je suis navré, assura ce dernier. Théa n'est pas ainsi d'habitude. C'est juste qu'elle s'est énormément attachée à l'enfant. Je craignais une réaction de ce genre.

— Ne vous excusez pas. Je vois bien que votre femme aime Zoé. J'aurais aimé ne pas avoir à la chagriner. Il est dommage que...

— Ma femme! Grands dieux, vous croyez qu'un vieux croûton comme moi pourrait avoir une compagne de cet âge? protesta Jim en riant. Théa est ma fille!

Pourquoi n'y avait-il pas songé plus tôt? C'était

évident, pourtant ! se dit Booker, s'avisant enfin de leur ressemblance. Cela expliquait aussi le peu de différence d'âge entre elle et Lexie... Pourquoi ne l'avait-elle pas corrigé quand il s'était adressé à elle en l'appelant *madame* Coulson ? Et surtout, pourquoi lui-même se sentait-il à ce point soulagé ?

Pendant ce temps, Jim Coulson appelait sa véritable compagne.

— Voici mon épouse, Trudy, annonça-t-il en souriant. Nous sommes plus assortis, n'est-ce pas ?

— Heureux de faire votre connaissance, madame, dit Booker.

Miss Coulson ne ressemblait en rien à cette femme menue aux cheveux noirs, s'étonna-t-il.

— Puis-je vous offrir une tasse de thé ? proposa la nouvelle venue.

— J'ai déjà du café, je vous remercie.

— Où vivez-vous ? s'enquit-elle.

Leur invité expliqua une nouvelle fois sa situation. Quand il eut terminé, elle applaudit de contentement.

— C'est merveilleux ! L'arrivée d'un nouveau voisin est un grand événement par ici, vous savez.

Il acquiesça d'un signe de tête.

— Bien sûr, vous devrez pendre la crémaillère lorsque votre demeure sera terminée... mais je suis persuadée que ma belle-fille y a déjà songé. C'est elle qui s'occupe de toutes les réunions dans les parages, n'est-ce pas, ma chérie ? Elle vous organisera une réception en un rien de temps.

Théa lui jeta un regard noir.

— C'est très gentil à vous, madame Coulson, mais cc ne sera pas nécessaire, objecta-t-il en buvant une gorgée de café.

Voilà donc pourquoi elles étaient si différentes, observa-t-il en son for intérieur. Trudy n'était pas la véritable mère de cette jeune femme blonde et svelte.

— Ne protestez pas, c'est comme si c'était fait ! Etes-vous marié, monsieur Hayes ?

Il manqua s'étrangler avec le breuvage.

— Non, madame.

— Vous avez peut-être une amie de cœur ? poursuivit-elle en croisant les mains sur ses genoux d'un air innocent.

— Trudy, voyons, laisse notre invité tranquille ! intervint son mari.

Une *amie de cœur* ? Involontairement, le regard de Booker glissa vers Théa. Il étudia la courbe gracieuse de son cou, la mèche d'or cuivré qui reposait sur sa peau nacrée. Il n'avait jamais songé à se marier... jusqu'ici. Il s'éclaircit la gorge et répondit à son hôtesse :

— Non, il n'y avait pas de place pour une compagne dans ma vie de militaire.

— Mais les choses ont changé, depuis. Vous rencontrerez peut-être une charmante demoiselle lors de la pendaison de crémaillère, conclut Trudy en souriant d'un air satisfait.

Théa, qui était restée tête baissée durant toute cette conversation, plongea soudain son regard dans celui de Booker. Il s'attendait à y lire de l'amertume ou de la colère, mais certainement pas à ce qu'il y découvrit en cet instant : de la déception, un soupçon d'irritation, il est vrai, mais la rage avait fait place à la résignation.

— Vous aurez besoin d'aide pour aménager votre

intérieur, monsieur Hayes, intervint-elle. Je suis une bonne ménagère. Je serais heureuse de m'assurer que votre demeure est prête à accueillir Zoé.

Booker étudia son expression sincère avec perplexité, tandis que Jim Coulson approuvait.

Quelque chose venait de se passer, songea le visiteur. Quelque chose qui le taraudait sans qu'il sût trop pourquoi. Il était normal que cette jeune femme lui en veuille, qu'elle ressente de la fureur, mais pas qu'elle refoule ainsi ses émotions. Car sous le front lisse de la belle et douce Théa, la tempête faisait rage, c'était évident. Et tout à coup, il éprouvait une envie irraisonnée de fracasser les digues qu'elle avait édifiées entre elle et le monde, pour que s'épanche enfin le torrent de ses émotions et qu'elle retrouve la paix...

Mais comment le pourrait-il, puisqu'il était la cause même du malheur de la jeune femme ?

4.

Deux jours plus tard, en milieu de matinée, le martèlement des sabots de chevaux mêlés au cliquetis des harnais se fit entendre dans le jardin. Théa, l'estomac noué par l'angoisse, se tourna vers Maryruth, qui était arrivée après le petit déjeuner pour la soutenir. La mort dans l'âme, les deux sœurs se dirigèrent vers la fenêtre pour observer les nouveaux venus.

M. Hayes souleva Mme Vaughn et la posa à terre comme si elle était aussi légère qu'une plume. L'accompagnatrice rajusta son chapeau et tous deux se dirigèrent vers la maison. Voyant sa sœur se raidir, Maryruth lui pressa la main en un geste de réconfort. Théa prit une profonde inspiration et se dirigea vers Zoé, qui était sagement assise à table et jouait avec des chutes de tissu.

— Ton oncle est arrivé, ma chérie, annonça-t-elle d'un ton aussi léger que possible.

La petite blêmit et roula des yeux effrayés, tandis que ses lèvres se mettaient à trembler. Elle froissa un morceau d'étoffe dans sa main et secoua la tête avec véhémence.

— C'est un monsieur très gentil, qui t'aime beaucoup, expliqua Théa en priant pour avoir la force de supporter cette séparation.

Elle s'agenouilla et aussitôt, Zoé se jeta à son cou, l'agrippant avec une force surprenante chez une enfant de six ans. Oppressée, la jeune femme lui murmura des mots réconfortants à l'oreille. Elle entendit Maryruth qui ouvrait la porte. Son cœur cognait si fort dans sa poitrine qu'elle crut qu'il allait exploser; pourtant, elle sentait celui de l'enfant palpiter encore plus vite que le sien.

La petite, terrifiée, s'accrocha un peu plus à elle, et Théa sut qu'elle avait vu le visiteur entrer. Elle se leva, se donna une contenance et se tourna vers Booker Hayes et Mme Vaughn. Zoé enfouit le visage dans son épaule...

— Bonjour, mademoiselle Coulson, salua l'accompagnatrice en tirant un papier de son sac. J'ai ici les documents prouvant la parenté de M. Hayes avec Zoé. Voulez-vous les consulter?

— Non, murmura-t-elle. Je vous fais confiance.

— La petite semble en pleine forme. Vous vous êtes bien occupée d'elle.

Le regard de Théa se porta alors sur l'oncle de la fillette. Vêtu d'un pantalon noir, d'une chemise blanche et d'une cravate-lacet, il était la force et l'assurance incarnées.

— Finissons-en, déclara-t-il d'un ton brusque.

Ni son expression ni sa voix ne trahissaient le moindre signe de regret. Comment pouvait-il être aussi insensible à la détresse de sa nièce? songea Théa en obligeant ses jambes lourdes comme du plomb à traverser la pièce. Maryruth rassembla les sacs de toile contenant les vêtements et les jouets que sa sœur aînée avait confectionnés pour Zoé, puis ouvrit la marche, Mme Vaughn dans son sillage. Théa les suivit d'un pas mécanique, et Hayes vint en dernier. Malgré la chaleur de juillet, la jeune femme se sentait glacée jusqu'à la moelle des os.

Dès qu'ils eurent descendu les marches du perron, Booker Hayes fixa sa nièce.

— Viens, ma petite, articula-t-il doucement. Il est temps de partir.

Les bras de Zoé serrèrent si fort le cou de Théa que cette dernière manqua suffoquer.

— Tout ira bien, ma chérie, la rassura la jeune femme. Tu seras en sécurité, je te le promets.

En prononçant ces paroles qu'elle espérait vraies, elle adressa une interrogation muette à l'individu sur qui reposait désormais l'avenir de Zoé. Ses yeux noirs rencontrèrent les siens, et il lui répondit par un signe de tête rassurant. Théa fut soulagée de voir qu'il comprenait parfaitement la situation. Il est vrai qu'il était un soldat et, de fait, il devait être habitué à dissimuler ses sentiments. Mais il avait sûrement de l'affection pour sa nièce...

Alors, prenant son courage à deux mains, elle détacha une des menottes de l'enfant, tandis qu'Hayes faisait de même avec l'autre. Il fallut l'aide de Maryruth pour dénouer les jambes que la petite pressait autour de la taille de Théa. Au moment même où Booker Hayes lui arrachait la fillette des bras, la jeune femme aperçut le minois dc Zoé déformé par la terreur, et se sentit comme transpercée par une épée.

Soudain, un faible gémissement se fit entendre, qui s'amplifia en une plainte aiguë. Que se passait-il donc ? Non, ce n'était pas possible !

Ce cri lugubre venait de Zoé ! Zoé qui, jusque-là, n'avait jamais émis un son !

Théa, bouleversée, porta une main à sa bouche et chancela. Voyant qu'elle était à bout, Maryruth la soutint et l'entraîna vers la maison.

Alors l'appel de Zoé se transforma en un hurlement désespéré qui eut raison des ultimes défenses de Théa. Livide, elle s'effondra sur les marches. Sa cadette la releva doucement et la conduisit à l'intérieur.

Là, donnant libre cours à sa peine, Théa se jeta dans les bras de Maryruth et éclata en sanglots — avant de s'apercevoir que cette dernière pleurait aussi.

Au bout de longues minutes, elles perçurent le babil de David à travers leurs reniflements, signe que la sieste du bébé était terminée. Sa mère s'essuya les yeux avec son tablier et alla s'occuper de lui tandis que Théa grimpait l'escalier quatre à quatre, se précipitait dans sa chambre, et courait à la fenêtre.

Le chariot était déjà parti..., constata-t-elle, le cœur lourd.

Elle aurait dû s'attendre à cette séparation dès le début... mais elle avait foncé tête baissée dans le piège. Qu'aurait-elle pu faire d'autre de toute façon ? Rien. Bien que ces précieuses semaines avec Zoé aient fait ressortir la vacuité de sa propre existence, elle savait déjà qu'elle ne les regretterait jamais. Au contraire, elle en chérirait le souvenir comme celui d'un magnifique coucher de soleil ou d'une délicate fleur printanière — beautés exquises mais éphémères.

La jeune femme parcourut du regard la pièce vide et silencieuse, la courtepointe d'un blanc immaculé, la couverture en patchwork soigneusement pliée, le coffre contenant son trousseau au pied du lit à baldaquin.

Son trousseau...

Relique inutile d'un temps où elle espérait encore, espoir stérile, brisé, flétri...

Une angoisse aussi dévastatrice que des eaux en crue s'engouffra dans son âme. La jeune femme donna un coup de pied dans la malle, laissant ainsi éclater toute sa peine et sa frustration, puis se laissa tomber par terre et s'adossa au meuble haï, vidée de toute énergie. Elle resta ainsi, le regard perdu dans le vague, immobile comme une statue...

Puis, au bout d'un moment qui lui parut interminable, elle se releva péniblement et décida de s'atteler aux nombreuses tâches ménagères qui l'attendaient. Elle surmonterait cette épreuve et continuerait son chemin... comme elle l'avait toujours fait.

Un cœur brisé n'empêchait pas de vivre...

Zoé était recroquevillée sur le lit de camp et serrait sa poupée de chiffon contre sa poitrine.

Dieu merci, elle avait cessé de hurler à quelques kilomètres de chez les Coulson. Ce désespoir avait ébranlé la résolution de Booker. Ces cris... Seigneur ! Ces cris lui avaient lacéré le cœur.

La pauvre Mme Vaughn n'avait pas plus que lui su comment réconforter l'enfant. Elle avait porté les affaires de la petite dans la cabane pendant qu'il tenait sa nièce dans ses bras. Après le départ de l'accompagnatrice, il avait tenté de préparer un ragoût ; oh, pas fameux, mais il avait fait de son mieux.

Lucas s'était matérialisé comme par miracle lorsque Booker avait placé la nourriture sur la table. Il avait jeté un coup d'œil à Zoé qui était allongée face au mur, et s'était assis sans un mot. Avec beaucoup de douceur, Booker avait alors tenté de faire venir la fillette à table. Il avait même fini par la porter et l'installer sur une chaise, mais elle avait regagné son lit en courant, avait rassemblé ses affaires contre elle et s'était renfermée dans un silence hostile, comme si le reste du monde n'existait pas. Et lui-même s'était mis à douter du bien-fondé de sa décision...

Maintenant, il l'étudiait : ses cheveux auparavant tressés à la perfection étaient tout emmêlés à la suite de cette matinée mouvementée. Chaque fois qu'il avait essayé de ranger ses vêtements, Zoé s'était agitée et avait tenté de l'en empêcher. Il avait donc fini par abandonner la partie, ignorant les sacs entassés par terre et la laissant jouer avec des pinces à linge et de bobines de fil.

— Il est temps de se préparer pour dormir, Zoé, murmura-t-il.

Il vit l'une des menottes de la petite fille agripper la robe en vichy de la poupée, tandis que son autre poing se serrait fermement.

— Veux-tu m'aider à trouver ta chemise de nuit ?

Elle ne bougea pas d'un pouce.

— Je vais te changer et te préparer un chocolat chaud. Tu veux peut-être du pain, tu dois commencer à avoir faim.

Toujours rien.

Il décida de considérer cela comme un bon signe : au moins n'avait-elle eu aucun mouvement de recul... Il ouvrit tout doucement le cordon du premier sac et découvrit des robes de couleurs vives et des tabliers à jabot, tout neufs, cousus avec soin et repassés à la perfection. Dans le second bagage, il trouva des sous-vêtements ornés de broderie anglaise : des pantalons, des chemises et un jupon paré de rubans roses. Des chemises de nuit et des chaussettes de rechange étaient rangées au fond. Booker se représenta miss Coulson confectionnant ces effets. Il imagina ses longs doigts touchant l'étoffe, il l'entendit parler tendrement à la fillette assise auprès d'elle et vit la courbe de ses lèvres s'incurver en un sourire bienveillant...

Etrangement, cette vision idyllique le déstabilisa. Sa défunte sœur, c'était certain, eût été heureuse de savoir qu'une inconnue s'occupait de sa fille avec autant d'intérêt. Elle aurait été émue et ravie devant tous ces vêtements et ces jouets fabriqués avec amour... mais aurait-elle approuvé que lui, Booker, son propre frère, vienne rompre cet équilibre fragile nouvellement rétabli ? Rien hélas n'était moins sûr, songea-t-il, taraudé par l'inquiétude.

Il avait aimé profondément sa sœur. Or, Zoé demeurait son seul lien avec elle, il était la seule famille de la fillette. Il semblait donc logique qu'il en assumât l'éducation... Pourtant, la confusion régnait dans son esprit. Et tout cela à cause d'une demoiselle Coulson qu'il connaissait à peine ! se dit-il avec rancœur. Comment diable s'y était-elle prise pour conquérir si vite le cœur meurtri de ce bout de chou ? Lui aussi aimait Zoé, bon sang ! Et à force de patience, il finirait bien par le lui faire comprendre...

— Voyons, tu ne veux pas t'asseoir, juste pour me faire plaisir ? murmura-t-il en repoussant avec douceur les mèches blondes qui retombaient sur le front bombé de l'enfant.

Son teint ressemblait tant à celui de Julia, observa-t-il avec nostalgie. Il lui posa tendrement la main sur l'épaule mais elle se déroba. Il insista... peine perdue : Zoé enfouit son visage dans la jupe de la poupée et sanglota en silence.

— Ne pleure pas, ma chérie. Je souhaite seulement m'occuper de toi. Tu ne veux pas me donner une chance ? Je suis ton oncle, et je t'aime beaucoup, tu sais.

C'est alors qu'il s'aperçut qu'elle avait mouillé son lit. Un sentiment de culpabilité et d'incompétence l'envahit.

— Ma puce, murmura-t-il en lui caressant le front. Je suis désolé, j'aurais dû te montrer où aller si tu avais besoin. Ce n'est pas ta faute. Je vais te changer et tu te sentiras mieux.

Quelle idée avait donc pu lui traverser la tête ? Il ne s'était jamais occupé d'enfants auparavant ! Comment avait-il pu s'imaginer qu'il saurait prendre soin d'une petite fille ?

Eh bien, décida-t-il dans un sursaut de volonté,

il apprendrait ! C'était nouveau pour lui, mais il apprendrait !

Il finit par la convaincre de sortir du lit. Elle gardait l'un de ses poings fermement serré sur quelque mystérieux trésor, et se laissa dévêtir puis laver sans opposer de résistance. En revanche, elle ne toucha pas à la collation qu'il lui apporta, et ne se décida à boire quelques gorgées de cacao qu'à la demande de Lucas.

Réprimant un grognement de frustration, Booker leur tourna le dos et refit le lit de Zoé avec des draps propres. Quand il eut fini, cette dernière n'avait toujours pas mangé, mais avait ingurgité la moitié du breuvage.

Booker remercia Lucas d'un discret signe de tête et borda sa nièce.

— Demain, nous fixerons des patères pour tes vêtements, lui promit-il. Tu peux dormir avec tes jouets si tu veux.

Elle se pelotonna entre les draps frais, sa poupée contre le menton, un poing toujours fermement serré. Au bout de quelques minutes, elle dormait profondément. Alors, avec d'infinies précautions, Booker entr'ouvrit sa menotte crispée — et haussa les sourcils, perplexe, à la vue du trésor qu'elle gardait si jalousement depuis le matin. C'était un gland !

La veille, Lucas, feignant l'indifférence, avait regardé Hayes s'occuper de Zoé. Il avait tu sa stupéfaction quand cet homme austère avait changé les draps de la petite et l'avait lavée sans lui adresser la moindre remontrance. Lui, dans son enfance, ne recevait que des raclées quand il s'oubliait !

Le garçon s'était caché dès qu'il avait aperçu l'envoyée de l'orphelinat. Il avait constaté avec étonnement que la nièce de son nouvel employeur était la petite fille silencieuse qui avait fait le voyage vers l'Ouest avec lui. Zoé aussi l'avait reconnu, mais cela n'avait aucune importance, puisqu'elle ne parlait pas.

Ce matin, il avait cuisiné des crêpes à peu près mangeables pendant que Hayes se rasait et s'occupait des chevaux. Encore une fois, Zoé n'avait pas touché à la nourriture. Quand elle n'y prêtait pas attention, son oncle la considérait d'un air inquiet. Après le petit déjeuner, le maître des lieux avait accroché des cordes reliant l'appentis à un arbre, puis il avait rempli un baquet d'eau et entrepris de laver les draps de la fillette.

Maintenant, son pantalon de grosse toile et ses bottes encore humides, il fixait la selle de Gideon, qu'il venait de sortir de l'appentis.

— Nous sommes en retard, l'équipe doit déjà être arrivée. Tu viens, mon gars ?

Les deux derniers jours, Lucas avait aidé Hayes à déblayer le terrain, tout en se débrouillant pour rester assez loin des ouvriers, afin que personne ne le reconnaisse.

— Qu'allons-nous faire de la petite ? s'enquit le garçon.

— Nous lui installerons une tente de fortune pour la protéger du soleil.

Lucas alla chercher la fillette tandis que Booker attelait les bêtes au chariot. Il avait mûrement réfléchi à l'emplacement de la maison et du moulin, dessinant même une carte topographique. Pour la bâtisse, il avait choisi un champ légèrement pentu orienté au sud-est, à l'abri des vents froids et de la neige. La demeure et la grange serviraient de coupe-vent pour les jardins, mais ceux-ci resteraient ensoleillés. Afin de tirer le meilleur parti de la ligne de chemin de fer et du ruisseau, le moulin serait construit à l'extrémité est du terrain.

Pendant qu'ils déterraient les dernières pierres, Zoé resta assise à l'ombre du véhicule. A cause de la chaleur, Booker essayait de la faire boire souvent, mais elle refusait toujours d'avaler quoi que ce soit. Lorsqu'ils revinrent sur le site de la maison, il étendit une bâche entre deux chariots afin qu'elle y fît la sieste.

Ezra Hill avait déjà achevé les fondations. Avec deux ouvriers, il aida Booker à construire la cheminée. Une fois qu'elle fut achevée, Lucas s'attarda à l'admirer : c'était un chef-d'œuvre du genre, mesurant au moins deux mètres cinquante de large !

A la fin de la journée, épuisé mais satisfait du travail accompli, le jeune homme regagna la cabane — et poussa un juron à la vue des draps et des vêtements qui battaient au vent. Il mourait de faim, et tout ce qu'il désirait, c'était prendre un bon bain dans l'eau fraîche du ruisseau puis se restaurer. Hélas, ces plaisirs devraient attendre...

— Je vais préparer le dîner, proposa Lucas en soulevant Zoé pour la déposer à terre.

Booker le remercia, gara le chariot et dételа les bêtes. Il les conduisit dans l'appentis et versa du grain dans les mangeoires de bois. Comment diable allait-il s'en sortir tout seul ? s'interrogea-t-il, gagné par l'épuisement.

A dire le vrai, il n'en avait pas la moindre idée !

Les deux jours suivants se passèrent de la même façon. Le troisième soir, après un autre affrontement durant le dîner, Zoé se coucha encore une fois sans manger.

Cela ne pouvait durer...

Booker avait difficilement supporté les cris de frayeur de la fillette, mais cette apathie le terrifiait plus encore. Murée dans son silence, sans se soucier de la soif ni de la faim, elle restait allongée ou assise à l'endroit où on l'installait, sa poupée serrée contre elle, dans l'inertie la plus complète.

Que faire pour l'arracher à sa prostration ? Il ne pouvait la laisser dépérir ainsi devant ses yeux ! Au début, il était tellement sûr de lui, tellement persuadé de parvenir à s'occuper à la fois d'elle et des travaux... mais à présent il n'était plus du tout certain d'avoir pris la bonne décision. Il devenait évident qu'il ne pourrait faire face tout seul à la situation. La construction de la maison commençait à peine, puis viendraient la grange et le moulin. L'aide de Lucas était certes inestimable, mais pas suffisante. Il avait besoin de quelqu'un pour s'occuper de Zoé... quelqu'un capable de la faire manger, de lui rendre sa joie de vivre... Et, bien qu'il rechignât à l'admettre, une seule personne convenait : Théa Coulson.

Un léger crissement le tira soudain de ses pensées : Lucas, assis à table, dessinait un cheval sur un morceau d'écorce avec un bout de charbon de bois.

— Tu es doué, le complimenta-t-il.

Le garçon leva brusquement la tête et haussa ses épaules cachexiques.

— Non, bredouilla-t-il.

— Si. Ton croquis ressemble vraiment à Gideon.

— C'est lui, c'est vrai.

Booker, attendri, lui toucha l'épaule, mais l'adolescent s'écarta vivement. Booker alors retira la main en fronçant les sourcils. Il effrayait donc tout le monde ? songea-t-il, dépité.

— Je vais me laver dans le ruisseau. Peux-tu garder Zoé ?

— Bien sûr.

— Tu mérites ton salaire, reprit Booker en rassemblant des vêtements propres. Je ne sais pas ce que je ferais sans ton aide.

Lucas rougit.

— Euh, oui. Je... j'ai besoin de l'argent ! marmonna-t-il.

Théa écoutait Madeline et sa belle-mère s'extasier de concert sur la beauté *incomparable* de la robe de mariée qu'elles s'évertuaient à broder encore et toujours. Toutes deux s'accordaient une pause autour d'une tasse de thé avant de retourner parachever leur œuvre dans le petit salon de couture. Dès qu'elles eurent regagné leur sanctuaire, Théa s'autorisa un soupir excédé. Si elle entendait un mot de plus sur ce vêtement nuptial, elle allait hurler ! Lexie, elle, avait eu la bonne idée de se réfugier dans sa chambre avec un livre.

Des bocaux emplis de betteraves s'alignaient sur le plan de travail. Théa remua le mélange vinaigré bouillant qu'elle venait de faire chauffer et en remplit chaque récipient.

— Théa ? appela son père depuis la pièce voisine. Il y a quelqu'un pour toi.

Elle s'essuya les mains sur son tablier et ôta ce dernier. Qui pouvait donc lui rendre visite un soir ? Personne ne venait jamais la voir. Etonnée, elle pénétra dans le salon... et se trouva nez à nez avec Booker Hayes.

— Mademoiselle, salua-t-il en se levant du canapé où il était installé.

Elle fut malgré elle impressionnée par sa prestance et son élégance naturelles.

— Monsieur..., répondit-elle, gênée, en dissimulant ses mains rougies derrière son dos.

Elle ne s'attendait pas à le revoir si vite. Oh, évidemment, elle avait bien envisagé de le croiser en ville ou de le rencontrer à l'église... mais pas ici !

— Que puis-je faire pour vous ? s'enquit-elle en se souvenant avoir posé la même question lors de leur toute première rencontre.

— Je souhaiterais vous parler. Si cela ne vous ennuie pas...

Jim Coulson se leva.

— Je vais...

— Non, papa, reste ici. M. Hayes et moi pouvons discuter sous la véranda.

Elle s'installa sur la balancelle tandis que son visiteur s'adossait à la balustrade. Un rayon de lune miroitait sur sa chevelure d'ébène. La douce brise d'été apporta aux narines de Théa le parfum discret d'une eau de toilette ambrée... Son cœur se mit à battre la chamade, et cette fois, la colère n'y était pour rien.

— Je... je ne sais trop par où commencer, finit-il par articuler.

— C'est à propos de Zoé ? questionna-t-elle, inquiète. Quelque chose ne va pas ?

— Pas exactement. J'ai une proposition à vous faire...

— Vraiment ? Quel genre de proposition ?

— Je ne peux pas m'occuper de ma nièce tout seul, confessa-t-il. Je ne peux pas travailler du matin au soir à la construction de la maison, puis m'occuper du ménage et de la cuisine en rentrant. Je suis prêt à vous payer pour m'aider à faire tout cela.

Stupéfaite, Théa sentit renaître son courroux. Elle détourna le visage et serra les lèvres.

— Vous voulez une bonne, c'est ça ? s'enquit-elle en élevant la voix. Comment pouvez-vous être aussi cruel ? Vous ne comprenez donc pas ce que je ressens pour Zoé ? Je l'aime comme ma fille, et vous me demandez de venir jouer les domestiques zélées ! Pourquoi remuer le couteau dans la plaie ? Prenez-vous donc plaisir à me tourmenter ?

— Bien sûr que non, protesta-t-il en se rapprochant d'elle.

Il lui saisit les bras et scruta ses prunelles étincelantes de douleur.

— Je me rends compte que j'ai agi sans réfléchir, mais je n'avais pas l'intention de vous blesser, ni vous, ni Zoé. Il est malencontreux que vous ayez recueilli ma nièce avant que j'arrive, c'est tout.

— Malencontreux..., répéta-t-elle d'un ton amer en tentant de se dégager.

— Ecoutez-moi !

— Ainsi, cette rencontre *malencontreuse* me donne les compétences nécessaires pour être votre domestique ?

Un moment de silence tendu s'ensuivit, puis il la lâcha.

— Non, la relation qu'a Zoé avec vous vous donne les compétences pour prendre soin d'elle, alors que j'en suis incapable. Elle ne veut rien accepter de moi.

Il avait pris un ton plus froid, presque détaché. Pourtant, elle sentit qu'il était blessé par le rejet de sa nièce. Et malgré elle, cela l'émut.

— J'ai besoin de votre aide, murmura-t-il.

Sa voix basse, virile, troubla profondément Théa. Il était tout près d'elle, si près qu'elle aurait pu le toucher.

— Je crois que vous avez suffisamment envie d'être auprès de Zoé pour accepter, poursuivit-il. Vous pourrez passer autant de temps que vous voudrez avec elle. Je ne m'immiscerai pas dans votre relation. Je vous demande simplement de vous occuper d'elle.

— Vous voulez que je vienne... chez vous ?

Il hocha la tête.

— Si je vous la confiais de nouveau complètement, cela ne ferait que repousser l'échéance fatale. Elle devra vivre avec moi un jour ou l'autre ; il faut qu'elle s'habitue à cette idée... et à moi.

Le courroux de Théa s'apaisa. Son interlocuteur avait raison — et pourtant elle était déchirée. Son instinct de survie lui soufflait de refuser, de retourner à son petit confort sans histoire. Après tout, n'avait-elle pas des responsabilités ? Elle ne pouvait les esquiver sur un simple coup de tête...

— Avez-vous songé à moi ? demanda-t-elle. Que se passera-t-il si vous vous mariez ?

— Eh bien... qui peut le dire ? Zoé sera peut-être alors en âge de convoler elle-même ! plaisanta-t-il.

Indécise, elle fixa le vide.

— Je ne sais pas..., dit-elle dans un souffle.

D'un côté, le bonheur de faire partie de la vie de Zoé ; de l'autre, l'angoisse d'une nouvelle séparation... Quel cruel dilemme !

Elle songea à son avenir. Un de ces jours, elle posséderait un important domaine : les terres de sa tante Odessa et de son oncle Adler seraient divisées entre elle et Maryruth. Une partie des biens de son père lui appartiendrait aussi. Ses demi-sœurs, qui ne souhaiteraient pas vivre sur place, lui vendraient leurs parts. Elle serait une importante propriétaire terrienne. Elle aurait sa propre vie. « Une vie solitaire, lui souffla une petite voix insidieuse. Des biens matériels ne remplaceront jamais la chaleur d'un foyer... »

— Mon père a besoin de moi, déclara-t-elle enfin, sur la défensive.

Que croyait donc ce Hayes ? Qu'elle se tournait les pouces toute la sainte journée ?

— Zoé aussi a besoin de vous... Elle a besoin que vous lui serviez de mère.

Ces mots ébranlèrent ses dernières réticences. Ce n'était pas juste de lui parler ainsi... Mais pouvait-il deviner combien elle souffrait de n'être pas mère ?

— Elle n'a pas mangé depuis trois jours, ajouta Booker, jouant son va-tout. Je ne sais plus que faire.

Trois jours ! La gorge de Théa se serra à l'évocation de sa petite protégée, trop malheureuse pour se nourrir. Elle chercha les yeux de son interlocuteur, rendus plus sombres encore par la pénombre ambiante. Il avait tant d'assurance lors de leur première rencontre ! se remémora-t-elle. Elle devait bien admettre qu'il fallait une sacrée force de caractère pour venir la supplier ainsi après ce qui s'était passé auparavant.

— Promettez-moi que si vous vous mariez, ni vous ni votre femme ne m'empêcherez de voir la petite.

— Je vous donne ma parole d'honneur ! Pour être honnête, ajouta-t-il, je voudrais ajouter que dans cette affaire, c'est plutôt moi qui vous serai redevable.

— C'est une façon de voir les choses.

— Que dira votre père ?

— Je l'ignore, répondit-elle avec un petit sourire, mais cela finira par « Ma petite Théa, j'espère que tu as bien réfléchi, mais de toute façon, c'est à toi de décider. »

— Je l'aime bien. C'est un homme intègre.

Cette réflexion prouvait au moins qu'il possédait un jugement fiable, se dit Théa, un peu rassérénée.

— Pouvez-vous venir demain matin ? reprit-il.

— C'est entendu.

— Vous ne regretterez pas votre décision.

« Oh que si ! Je la regrette déjà bien plus que vous ne l'imaginez... mais je viendrai tout de même ! » songea-t-elle en le regardant s'éloigner vers sa monture.

Elle ne put s'empêcher d'admirer sa carrure d'athlète et ses cuisses musclées pressées sur les flancs du cheval. Il prit son chapeau posé sur le pommeau de sa selle et le posa sur sa tête, puis l'effleura en guise d'adieu.

— Mademoiselle..., dit-il brièvement avant de disparaître dans la nuit.

5.

— Ma petite Théa, déclara son père le lendemain matin, j'espère que tu as bien réfléchi, mais de toute façon, c'est à toi de décider.

Sa fille sourit, l'embrassa, puis saisit son panier et son chapeau.

— Madeline aidera à préparer le déjeuner, annonça Jim. Je verrai si Maryruth peut venir avant le dîner, puisque de toute façon, Denzel mange ici.

La jeune femme hésita un moment, imaginant mal sa demi-sœur en train de cuisiner.

— J'ai fait du pain pour aujourd'hui. Dis-lui que j'en cuirai d'autre ce soir.

— Entendu. Et maintenant, vas-y, intima-t-il.

— Cela me fait tellement drôle, papa...

— Tu dois voler de tes propres ailes, répondit-il avec un sourire forcé. Nous arriverons bien à nous débrouiller sans toi.

Emue, elle traversa la pelouse et enfourcha la jument baie que son père avait sellée pour elle. Il avait raison. Si elle s'était mariée à l'âge habituel, elle serait déjà partie depuis dix ans !

C'était une matinée agréable, doucement réchauffée par le soleil. Les criquets bondissaient des herbes sèches, les oiseaux pépiaient. Théa, qui ne prenait jamais le temps de se détendre, savoura pleinement la promenade.

Lorsqu'elle aperçut la cabane abritant provisoirement Zoé et son oncle, la jeune femme éprouva un élan de nostalgie : la construction sommaire était si semblable à celle où elle avait vécu avec Maryruth et son père, lorsque sa mère était encore en vie... En s'approchant, elle ne vit que l'étalon noir qui broutait paisiblement.

— Il y a quelqu'un ? appela-t-elle.

Aussitôt, Booker Hayes sortit, courbé en deux, par la porte trop petite pour sa haute stature.

— Vous êtes venue, constata-t-il d'un ton reconnaissant.

— Oui, dit-elle simplement en mettant pied à terre.

— Combien de temps pouvez-vous rester ?

Elle ne put s'empêcher de constater que le haut de la chemise de son interlocuteur était déboutonné, révélant la toison sombre qui recouvrait son torse puissant. Jamais elle n'avait été sensible au physique d'un homme auparavant. Embarrassée, elle se reprit et s'obligea à le regarder droit dans les yeux.

— Toute la journée, jusqu'après dîner. Je rentrerai avant la nuit.

Une expression de soulagement passa sur les traits las de son interlocuteur.

— Merci. Je vais m'occuper de votre monture. Entrez donc, Zoé est à l'intérieur.

La jeune femme pénétra dans la bicoque. Elle mit quelques instants à s'adapter à la pénombre, puis balaya la pièce du regard — et découvrit la fillette allongée sur un lit de camp poussé contre le mur. Théa jeta son chapeau sur la table et s'élança vers elle.

— Bonjour, ma chérie. Regarde qui est venue te voir !

Au son de sa voix, Zoé tourna brusquement la tête... Aussitôt, un large sourire illumina son visage. Théa s'agenouilla auprès d'elle et l'enfant lui jeta spontanément les bras autour du cou. Elles restèrent ainsi un long moment, émues de ces retrouvailles.

— Tu m'as manqué, murmura enfin la jeune femme. Ton oncle a dit que dorénavant, je pourrais te rendre visite tous les jours. Tu veux bien ?

L'enfant hocha la tête avec enthousiasme.

— Très bien. Tout d'abord, je vais te brosser les cheveux. Ils sont dans un état !

— Cela fait deux jours qu'elle m'empêche de la coiffer...

Booker Hayes surgit sur le seuil, le visage impénétrable.

— Je crois que vous vous passerez fort bien de moi...

Théa, gênée, lui adressa un sourire. Bien qu'il n'en laissât rien paraître, l'hostilité de sa nièce à son égard devait le blesser profondément.

— Je crois que nous pourrons nous débrouiller, en effet.

— Vous trouverez les provisions sans peine dans le placard. Il y a aussi des tranches de porc salé, du bois de chauffage et des épis de maïs derrière l'appentis.

Théa se leva et Zoé s'agrippa à ses jupes.

— Reviendrez-vous manger à midi ?

— Ecoutez, mademoiselle Coulson...

— Vous pouvez m'appeler par mon prénom.

— Très bien, Théa. Je ne vous demande pas de vous occuper de moi, mais d'elle, dit-il en désignant sa nièce.

— Ses besoins et les vôtres sont les mêmes à l'heure du déjeuner, monsieur Hayes. Je vais cuisiner de toute façon ; vous pourriez en profiter.

Il réfléchit un moment.

— Entendu. J'amènerai aussi mon apprenti... Au fait, appelez-moi Booker, lança-t-il avant de disparaître par la porte.

Dès qu'il fut parti, la jeune femme ne put s'empêcher d'examiner l'intérieur de la cabane avec curiosité. Elle avisa la veste de son hôte accrochée à une patère, une paire de bottes poussiéreuses posées près de la porte. Une couchette semblable à celle de Zoé était placée le long du mur opposé, mais son attention fut attirée par un lit en fer accolé au mur du fond. Celui du maître des lieux, sans nul doute... A cette pensée, un trouble étrange l'envahit — qu'elle se reprocha aussitôt. Elle était là pour s'occuper de Zoé, pas pour nourrir des pensées inconvenantes sur son oncle !

Elle passa une bonne heure à laver et démêler les cheveux de Zoé, puis décida de faire du pain avant que la chaleur ne devienne trop accablante. L'intérieur de la cabane était étonnamment frais, malgré le soleil impitoyable du Nebraska. Elle pela une pomme, la coupa en tranches et s'assit à table avec la fillette qui, à son grand soulagement, grignota le fruit.

— Je vais chercher du bois pour le fourneau, expliqua-t-elle en sortant.

Aussitôt, Zoé sauta à bas de sa chaise et la suivit.

Théa, perdue dans ses pensées, tourna le coin de l'appentis sans regarder devant elle — et buta net dans un torse dur comme du granite ! Terrifiée, elle poussa un cri et perdit l'équilibre. Des bras cuivrés tentèrent de la retenir, mais elle tomba en arrière, entraînant Zoé dans sa chute. L'inconnu — un Indien — se pencha vers elle, et une grosse dent pendue au bout d'une lanière de cuir se balança à quelques millimètres du nez de la jeune femme.

Eperdue, cette dernière chercha à protéger Zoé de l'assaillant.

— Je suis désolé, madame, dit alors l'homme avec courtoisie, je croyais que vous m'aviez vu. J'espère que vous n'êtes pas blessée ?

Théa se releva, aida la fillette à faire de même et brossa leurs jupes.

— Non, nous allons bien. Je... je ne savais pas qu'il y avait quelqu'un dehors...

— Le major attend ma venue, expliqua-t-il en lui tendant la main. Je m'appelle Œil-de-Faucon.

S'il n'avait pas été vêtu d'une simple veste en daim ouverte sur sa poitrine glabre et hâlée, ses manières auraient pu être celles d'un parfait gentleman.

— Enchantée de vous connaître, monsieur... Œil-de-Faucon, répondit-elle avec un soupir de soulagement. Je suis Théa Coulson, et voici Zoé Galloway.

L'Indien s'agenouilla et dévisagea la fillette avec bienveillance.

— Tu es la nièce du major, n'est-ce pas ?

Cette dernière se pressa contre la jambe de Théa, tout en scrutant son interlocuteur avec curiosité.

— J'ai un cadeau pour toi, annonça-t-il.

Il desserra le cordon d'une bourse de cuir accrochée à sa taille et en sortit un bijou artisanal.

A la grande surprise de Théa, Zoé le laissa accrocher le collier de perles colorées autour de son cou. Elle examina l'objet avec attention puis leva les yeux vers le visiteur et lui adressa un sourire timide.

— Où est le major? s'enquit le nouveau venu en se redressant.

— Il travaille à la construction de sa maison. Elle se trouve au nord-ouest d'ici, à environ un quart de mile.

Œil-de-Faucon leva une main en guise de salut et sauta prestement sur le cheval pie qui attendait derrière l'appentis.

Déconcertée, la jeune femme le regarda s'éloigner au grand galop. *Le major* Hayes, avait-il dit. L'oncle de Zoé avait donc été militaire?

Le soleil était déjà haut dans le ciel lorsque Booker revint avec son ami. Ils se lavèrent les mains et le visage dans une cuvette située dehors avant de pénétrer dans la bicoque qui était restée relativement fraîche. Il huma avec délice l'arôme du pain tout chaud.

— Œil-de-Faucon m'a appris que vous aviez déjà fait connaissance, dit-il en s'asseyant.

Théa s'affairait entre la cuisinière et la table, emplissant des assiettes de ragoût fumant.

— En effet, acquiesça-t-elle. Etes-vous l'apprenti

dont m'a parlé M. Hayes ce matin ? s'enquit-elle auprès de l'Indien.

— Non, répondit le propriétaire des lieux en jetant un coup d'œil vers la porte. Je ne sais pas où est passé ce garçon. Il était avec nous en arrivant, puis il s'est volatilisé.

Fasciné par Œil-de-Faucon, Lucas ne l'avait pas quitté d'une semelle durant toute la matinée. Comment avait-il pu disparaître si soudainement ?

— J'étais éclaireur dans l'armée, expliqua Œil-de-Faucon. J'ai démissionné en même temps que le major.

Pendant ce temps, Zoé ne quittait pas Théa des yeux. La fillette bouda la nourriture placée dans son assiette, jusqu'à ce que la jeune femme s'installe à côté d'elle. Alors, elle saisit sa cuillère et dévora une carotte.

Cela rassura Booker sur un point : au moins, la petite mangeait. Toutefois, le fait que miss Coulson ait accompli en une demi-journée le prodige auquel lui-même aspirait en vain depuis trois jours avait de quoi l'irriter... Résigné, il mordit à belles dents dans une tranche de pain beurré. Que pouvait-il dire ? La jeune femme faisait ce pour quoi il l'avait appelée...

Il devait être patient, se raisonna-t-il. Il lui faudrait du temps pour gagner l'affection de sa nièce, et tout bien réfléchi, il avait du temps à revendre. Pour la première fois depuis de longues années, il allait se fixer définitivement quelque part...

L'apprenti de Booker ne se montra pas non plus au dîner. Théa laissa sur la table une assiette à son intention, puis, prenant son chapeau, elle se disposa à partir.

Immédiatement, la fillette s'agrippa à sa main. Voyant son air inquiet, Théa se baissa pour être à sa hauteur.

— Je reviendrai demain, ma chérie, promit-elle en plaçant les deux mains sur les épaules de l'enfant. Je dois rentrer chez moi pour dormir, mais je serai de retour dans la matinée. Je te le jure. J'arriverai probablement après ton réveil. Tu n'auras qu'à te lever, te laver et t'habiller, puis je serai là.

Comme la petite ne semblait pas rassurée pour autant, elle quêta du regard l'aide de Booker, qui se tenait debout dans l'embrasure.

— Ne t'inquiète pas, ma puce, Théa te dit la vérité. Dorénavant, elle viendra s'occuper de toi tous les jours, mais le soir, tu resteras avec moi, Lucas et Œil-de-Faucon. Et je suis sûr qu'elle te rendra visite dans tes rêves si tu vas dormir bien sagement, conclut-il d'une voix douce.

Ces paroles lénifiantes parurent apaiser un peu la fillette. Théa la serra dans ses bras, puis s'apprêta à sortir.

— Je vous accompagne, ajouta Booker.

— Mais, Zoé..., objecta-t-elle.

— Œil-de-Faucon peut la garder.

— Elle ne le connaît pas, chuchota Théa, afin que l'Indien ne l'entende pas.

— Elle l'apprécie déjà plus que moi, fit-il remarquer d'un ton amer.

La jeune femme ne protesta pas, sachant pertinemment qu'il disait vrai, mais elle demeura inquiète à l'idée de laisser la fillette seule avec un inconnu.

— Je remettrais ma vie entre les mains d'Œil-de-Faucon, assura Booker. Je l'ai déjà fait, d'ailleurs.

Vaincue, Théa embrassa encore sa petite protégée, puis sortit précipitamment.

— Bonsoir, mademoiselle, dit l'Indien en confiant les rênes des deux montures à Booker. Et merci pour tout. Votre repas était délicieux.

Elle sourit et le regarda pénétrer dans la cabane.

Absorbée par ses pensées, elle ne vit pas que Booker se tenait tout près d'elle, et ne devina donc pas ses intentions. Prestement, elle mit un pied dans l'étrier, se hissa en selle — et s'aperçut alors seulement qu'il était là, les bras ballants, visiblement étonné qu'une femme puisse ainsi sauter en croupe sans aide extérieure !

Il était sans doute habitué aux demoiselles fragiles qui chevauchaient en amazone...

Rouge comme une pivoine, elle éperonna sa jument.

— Vous m'en voulez de vous raccompagner ? s'enquit-il.

— Pas du tout. Il me semble seulement que votre nièce a plus besoin de vous que moi.

— Je ne peux pas vous laisser rentrer seule, Théa. Zoé est en sécurité avec Œil-de-Faucon.

— Ce n'est pas de protection qu'il s'agit. La petite a perdu ses parents. Ne voyez-vous donc pas à quel point elle est apeurée ?

— Je le comprends mieux que vous ne croyez, mais j'ai été militaire trop longtemps pour oublier le danger qui menace les femmes seules.

— Vous avez déjà toutefois constaté que je n'étais pas une petite chose délicatc.

— Etes-vous armée ? s'enquit-il sans relever sa remarque.

— Non, admit-elle.

— Alors, vous êtes en danger. Même moi, je serais vulnérable sans arme, argua-t-il. Si vous voulez rentrer seule, prenez au moins le revolver que vous cachez dans votre commode.

Elle s'empourpra de nouveau, mortifiée de la méfiance dont elle avait fait preuve lors de leur toute première rencontre, mais ne sut que répondre. Ils cheminèrent en silence un moment, perdus dans la contemplation du paysage.

Théa ne se lassait jamais des couchers de soleil flamboyants qui embrasaient le ciel les soirs d'été. C'était toujours une symphonie de rouges et d'ors, zébrant le firmament bleu pâle à l'infini, comme si la voûte céleste voulait se fondre avec la prairie. Puis peu à peu, le crépuscule devenait nuit, et la splendeur éphémère de l'astre déclinant cédait la place à un manteau de velours sombre constellé d'étoiles...

Qu'elle aimait ce pays rude, où la nature déployait toute sa beauté, mais où les éléments pouvaient aussi se déchaîner sans pitié lors de tempêtes dévastatrices ! Il fallait être fort pour y survivre, pour supporter les étés étouffants et les hivers glacials, mais quelle récompense quand on voyait, à l'horizon, les collines verdoyer et les champs de blé onduler sous la brise...

Elle croisa soudain le regard de son compagnon et perçut en lui le même sentiment de parfaite communion avec la nature. Ils n'eurent pas besoin de paroles pour se comprendre.

— Je dois aller faire des courses à Omaha demain, déclara-t-elle enfin, déplorant de devoir revenir à des détails pragmatiques. Voyez-vous un inconvénient à ce que j'emmène Zoé ?

— Je préférerais vous accompagner.

— Craignez-vous que je l'enlève ?

— Non, répliqua-t-il en saisissant les rênes de sa monture pour l'obliger à s'arrêter. Je vous l'ai déjà dit : je m'inquiète pour votre sécurité !

— Il n'y a plus beaucoup d'Indiens hostiles ces jours-ci, mais je prendrai le colt.

— Je ne pensais pas à cela, Théa. Vous êtes une femme fort séduisante. N'importe quoi pourrait arriver.

Elle écarquilla les yeux, stupéfaite, mais il s'abstint de développer le sujet et lâcha sa jument. Il l'accompagna en silence jusqu'à la demeure des Coulson, puis porta un doigt à son chapeau.

— A demain, salua-t-il avant de tourner bride et de disparaître dans le crépuscule.

Une femme fort séduisante ?

Théa ne put s'empêcher de repenser à ces mots incongrus en aidant Maryruth à faire la vaisselle. Jamais un homme ne lui avait fait de compliment — un *bel* homme a fortiori ! Et force était d'admettre que son hôte ne manquait pas de prestance... Se pouvait-il qu'il fût sincère en affirmant la trouver jolie ?

Troublée, elle monta se coucher de bonne heure et rêva d'un homme aux cheveux sombres et aux yeux de jais...

Booker étira ses muscles douloureux et étudia le ciel de midi.

— Miss Coulson nous a préparé un déjeuner froid. Si nous faisions un brin de toilette avant de manger ?

Lucas posa un seau plein de clous par terre et approuva.

— Vas-y d'abord, reprit le maître des lieux. Je vais poser cette dernière poutre avec Œil-de-Faucon et nous te rejoindrons sans tarder.

— Vous voulez que j'y aille à cheval ? s'enquit son apprenti avec empressement.

Booker sourit d'un air amusé. Il ne savait où l'adolescent avait passé sa vie, mais il s'attelait à toutes les menues tâches de la vie quotidienne avec un enthousiasme surprenant. Il était resté bouche bée devant la monture que son nouvel employeur lui avait achetée. Il l'avait examinée sous tous les angles, puis avait dit d'un air navré :

— Je peux pas m'en servir.

— Pourquoi ?

— Parce que je suis jamais monté à cheval !

Booker avait accepté ce fait, comme toutes les autres curiosités concernant l'adolescent.

— Alors, tu apprendras.

Depuis, il consacrait un moment tous les matins à lui enseigner comment seller l'animal, le bouchonner et le monter.

Lucas commençait à bien se débrouiller et, ce jour-là, il semblait désireux de galoper jusqu'au ranch.

— Je peux le prendre... vrai de vrai ? répéta-t-il, les yeux brillants.

— Bien sûr. Il est à toi tant que tu travailles pour moi, expliqua de nouveau Booker. Tu peux t'en servir quand tu veux, tant que tu n'oublies pas de t'en occuper comme je te l'ai appris.

— Je n'oublierai pas ! promit le garçon.

Quelques minutes plus tard, il s'éloignait au petit trot.

Booker et Œil-de-Faucon finirent de clouer la dernière planche sur la charpente, puis reculèrent et contemplèrent le fruit de leurs efforts. Il ne restait plus qu'à poser le toit. Satisfaits, ils se dirigèrent vers la cabane, en s'arrêtant au ruisseau pour faire boire les bêtes. L'Indien attacha les chevaux à l'ombre pendant que son ami faisait le tour de l'appentis pour aller se rafraîchir. Il entendit des bruits d'eau : Lucas, nu jusqu'à la taille, se lavait le visage dans la cuvette en métal bosselé.

Booker s'arrêta net, horrifié : le dos décharné du garçon était balafré de cicatrices, certaines blanchies par le temps, d'autres roses et plus récentes.

Une rage noire s'empara de lui.

— Qui diable t'a fait ça ?

L'adolescent sursauta, puis attrapa sa chemise et la revêtit sans même prendre la peine de se sécher.

— Je t'ai demandé qui t'a fait ça ! s'écria Booker.

Il savait qu'il aurait dû se contenir, mais il ne pouvait maîtriser sa fureur devant de telles marques de cruauté. Lucas sembla se recroqueviller sur lui-même. Il s'essuya le visage et les cheveux avec précipitation.

— C'est pas grave, bredouilla-t-il.

Il essaya de passer devant son employeur, mais le corps imposant de ce dernier lui barra la route.

— Que t'est-il arrivé ? répéta Booker d'une voix plus douce.

— Je croyais que dans l'Ouest, les gens n'avaient pas d'explication à donner, répliqua l'adolescent, agressif. Ce ne sont pas vos affaires ! Je travaille dur en échange de votre salaire, ça devrait suffire, non ?

Booker s'exhorta au calme. S'il insistait trop, Lucas s'enfuirait, et pour une raison qu'il ne pouvait s'expliquer, cela l'eût ennuyé. L'idée que quelqu'un ait pu le battre comme plâtre le faisait bouillir de colère. Certaines de ces cicatrices étaient visiblement anciennes... Il ne devait être encore qu'un enfant lorsqu'on l'avait frappé !

Il n'était pas étonnant, dès lors, que le malheureux n'enlève jamais sa chemise, quelle que soit la chaleur ; pas étonnant qu'il ait un mouvement de recul chaque fois qu'on le touchait.

— Tu as raison, tu ne me dois pas d'explications, répondit-il en s'éloignant. Mais si un jour, tu acceptes que je sois ton ami... j'aimerais savoir.

Lucas riva son regard sur lui. Booker y lut une souffrance et une méfiance sans fond.

— J'ai pas d'amis, rétorqua le garçon en s'éloignant.

— Ne laissons pas la vaisselle à miss Coulson, suggéra Booker lorsqu'ils eurent tous trois fini de déjeuner.

Les craquements du chariot s'arrêtant devant la cabane interrompirent leur tâche. A ce bruit, Lucas leva vivement la tête et regarda autour de lui comme un animal traqué. Il était resté silencieux durant le déjeuner, mais il avait au moins mangé avec eux, un changement appréciable alors qu'il avait disparu à l'heure des repas les deux jours précédents. Booker lui jeta un regard interrogateur, puis sortit à la rencontre du visiteur — où plutôt de la visiteuse car il s'agissait de Théa.

— Bonjour, lui dit-il d'un ton enjoué. Vous n'avez pas eu de problèmes ?

— Aucun, répondit Théa en souriant.

Il se préparait à l'aider mais elle ne lui en laissa pas l'occasion et descendit prestement. Après quoi elle s'éloigna à dessein en lui indiquant discrètement que Zoé attendait dans le chariot. Il comprit son message et tendit les bras vers la petite. Cette dernière commença par se dérober, puis, Théa n'étant plus là, finit par se laisser faire.

— Bienvenue à la maison, lui murmura-t-il à l'oreille en la posant par terre. Tu m'as manqué.

La fillette se précipita vers la jeune femme, qui triait les différents achats.

— J'ai tout trouvé, sauf le verre. Ils doivent d'abord le couper ; il sera prêt dans un jour ou deux.

— Et tous ces paquets ? s'enquit-il en désignant des objets enveloppés dans du papier kraft.

— C'est du tissu et du matériel de couture. Je me demandais...

Il leva les yeux vers son visage empourpré.

— Quoi ?

— Qu'avez-vous prévu pour la maison ? Vous savez, pour les rideaux, les dessus-de-lit, les tapis et ce genre de choses ?

— J'ai récupéré les affaires de Julia, ma sœur, et je les ai mises au garde-meuble. Certaines appartenaient à notre mère. Je ne sais pas exactement ce qu'il y a.

— Où sont-elles ?

— Dans un wagon de marchandises à Omaha.

— Cela doit vous coûter cher.

— En fait, c'est gratuit, car Amos McAlistair me devait un service.

Elle se redressa et fixa sur lui ses prunelles turquoise. Son chapeau tomba en arrière, révélant sa chevelure flamboyante.

— Amos McAlistair vous devait un service, *à vous* ? s'étonna-t-elle.

Visiblement, elle connaissait le nom de l'un des principaux actionnaires de la compagnie de chemin de fer.

— Euh... oui. Mon régiment a empêché le vol d'une de ses cargaisons d'or.

L'attention de Théa fut soudain attirée par un mouvement près de la porte. Etonnée, elle vit Lucas jeter un coup d'œil apeuré autour de lui, puis s'arrêter net à sa vue, tel un lapin prêt à disparaître dans le premier fourré. La jeune femme resta muette, stupéfaite. Que faisait donc l'orphelin ici ?

— Booker ?

Il haussa les sourcils, peu habitué à l'entendre utiliser son prénom, puis se tourna vers le garçon.

— Oh, vous n'avez pas encore fait la connaissance de mon apprenti, déclara-t-il en faisant signe à ce dernier d'approcher.

— Théa, voici Lucas, qui m'apporte une aide précieuse. Lucas, je te présente miss Coulson, qui s'occupe de Zoé et des repas.

La jeune femme considéra la situation. Pour une raison ou une autre, Booker ne savait pas qu'elle avait déjà rencontré l'adolescent. C'était sûrement la raison pour laquelle ce dernier avait cet air terrifié. Elle se souvint de ce que lui avait dit Mme Vaughn sur le garçon, et en tira les conclusions qui s'imposaient : il s'était enfui de nouveau.

Spontanément, elle se pencha et lui tendit la main.

— Enchanté, Lucas.

— Ma... mademoiselle Coulson, balbutia-t-il. Merci pou... pour la nourriture.

— Ce n'est rien, répondit-elle. Je dois admettre que j'étais curieuse de savoir pourquoi tu n'étais pas venu manger avec les autres. Je me suis dit que tu n'aimais peut-être pas ma cuisine.

— Oh, si, mademoiselle ! Je n'ai jamais rien goûté d'aussi bon... sauf peut-être une fois...

Elle le vit rougir jusqu'aux oreilles et ne put réprimer un sourire.

— Dis-moi, quel est ton plat préféré ?

Il déglutit et haussa les épaules, mais la jeune femme gardait son regard vrillé sur lui.

— La tarte aux pommes ! maugréa-t-il.

Théa sourit. Allons, elle l'avait assez taquiné pour aujourd'hui.

— Je peux t'indiquer un endroit où trouver des pommiers. Tu sais peler les fruits ?

— Oui, mademoiselle.

— Et vous, questionna-t-elle en se tournant vers Booker, aimez-vous les gâteaux ?

Ce dernier lui jeta un regard perplexe.

— Pourquoi, tout à coup, parlez-vous de pâtisserie ? Je n'y comprends rien !

Elle éclata de rire mais éluda sa question.

— Puisque vous êtes ici, vous pouvez peut-être décharger le chariot à ma place. Je voudrais faire déjeuner la petite.

Elle sauta à bas du véhicule en feignant d'ignorer Booker qui s'apprêtait de nouveau à l'aider. Mais elle trébucha, et serait tombée s'il ne l'avait retenue... Le contact de ses doigts ramena à sa mémoire ses rêves inavouables de la nuit précédente, et une roseur indiscrète farda ses joues.

Décidément, cet homme était dangereux pour sa tranquillité d'esprit.

Très dangereux...

6.

Booker et Œil-de-Faucon emmenèrent le chariot vers la maison en construction, laissant l'adolescent aider Théa à ranger les provisions.

— Je suis contente de te revoir, Lucas, dit doucement la jeune femme.

A ces mots, ce dernier fit volte-face et porta sur elle des yeux affolés.

— Je serais curieuse de savoir ce que tu fais ici, ajouta-t-elle.

— Vous n'lui avez pas dit, alors, marmonna-t-il en détournant le regard.

— Quoi donc ?

— Vous savez...

— Non, je ne sais pas, mais j'aimerais savoir. Tu t'es enfui ?

Il haussa les épaules.

— Tu sais que l'orphelinat te retrouvera un jour ou l'autre.

— Vous allez tout raconter à Hayes ?

— C'est à toi de le faire, répondit-elle posément.

— Il n'a pas à le savoir.

— Si : il enfreint la loi en t'hébergeant ici.

— Peut-être... en tout cas, si vous lui parlez, je partirai.

— Ne t'inquiète pas, je me tairai. A toi de lui révéler la vérité quand ce sera le moment.

— Me... merci, bredouilla-t-il en la regardant se diriger vers la bicoque.

Son ange l'avait tiré d'affaire. Au fond, il avait toujours su qu'il pouvait lui faire confiance : les anges ne mentaient pas. Jamais il n'avait été aussi bien traité ! Il mangeait trois repas par jour, dormait dans un lit propre et jusqu'à présent personne n'avait levé un doigt sur lui ni la fillette. C'était un vrai miracle !

Il cachait son salaire sous son matelas. Son premier argent... Le seul fait de savoir qu'il le possédait lui donnait une sensation grisante. Dans quelques semaines, il pourrait acheter un billet sur un bateau et se réfugier dans un pays où tout le monde se moquait des orphelinats et des familles d'accueil. Un endroit où il serait libre, enfin.

Théa tint parole. Elle ne dévoila pas le secret de Lucas à Booker.

Jour après jour, elle cuisinait, faisait la lessive et s'occupait de Zoé. Soir après soir, elle cuisinait, repassait et s'occupait de la maisonnée de son père avant de s'endormir quelques trop courtes heures. Et son organisme finit par se ressentir de tant d'activité : un après-midi, pendant que l'enfant faisait la sieste, elle s'étendit auprès d'elle quelques minutes, puis sombra dans un profond sommeil. Lorsqu'elle s'éveilla, Booker était debout près du lit de camp. Elle se redressa sur son séant, prête à se lever, mais il l'arrêta.

— Non, murmura-t-il, reposez-vous.

Il caressa tendrement les boucles soyeuses de sa nièce.

— Elle ressemble tant à Julia...

La jeune femme compatit, sachant combien il était douloureux de perdre un être cher.

— Elle devait être très belle.

— Oui, elle était aussi blonde et délicate que Zoé.

Il retira sa main et fixa son interlocutrice.

— La construction de la maison est presque finie. Lorsque nous aurons emménagé, vous pourrez prendre quelques jours de repos. Vous les méritez.

L'appréhension noua la gorge de Théa. Voulait-il la congédier ?

— Ce ne sera pas nécessaire.

— Je pense que si. Vous êtes épuisée.

— Mais... la petite...

— Je peux m'occuper d'elle pendant quelques jours. Elle sera peut-être moins farouche. Vous avez sûrement des emplettes à faire.

— Une heure y suffira.

— Pourquoi n'iriez-vous pas à Saint Louis, alors ? Vous avez bien une sœur là-bas, non ?

Théa réprima une moue désabusée. Le moins qu'on puisse dire est que cette ville ne lui rappelait guère de bons souvenirs... C'était l'époque où sa belle-mère avait entrepris de la transformer. Elle critiquait sa chevelure, son teint, et s'efforçait de lui inculquer les ruses nécessaires, selon elle, pour séduire un homme. La plupart de ses conseils commençaient par : « une fille de ta taille », si bien qu'elle avait souvent souhaité disparaître.

Et dans un sens, elle l'avait fait... Elle portait des couleurs sombres et rassemblait ses cheveux rebelles en un chignon bas afin de ne pas attirer l'attention. Non, une femme aussi peu gracieuse qu'elle n'avait décidément pas sa place à Saint Louis.

— Je n'ai pas besoin d'aller là-bas, dit-elle brièvement.

— Vous dépensez toute votre énergie pour Zoé et pour votre famille. Vous ne pensez jamais à vous ?

— C'est ma vie et elle me convient.

— Comme vous voudrez, acquiesça-t-il en haussant les épaules. Mais à l'avenir, je ferai en sorte que vous vous reposiez plus souvent.

— Oh, ma chérie, n'est-ce pas magnifique ? s'exclama Théa en pénétrant dans le vestibule.

Une bonne odeur de bois fraîchement coupé emplissait la maison. La jeune femme passa sa main avec volupté sur la rampe polie de l'escalier.

— C'est si différent de la dernière fois ! ajouta-t-elle, admirative.

Leurs pas crissaient sur le parquet lisse. Les murs blanchis à la chaux et les fenêtres hautes rendaient la demeure claire et accueillante. A droite de l'entrée, un salon attendait qu'on le meublât. Une énorme cheminée en pierre occupait un mur entier. Théa s'imagina instantanément des soirées d'hiver au coin d'un feu crépitant. A gauche de l'entrée se trouvait un bureau. Après l'avoir visité, elle fit ensuite le tour de la cuisine, effleurant du doigt l'immense plan de travail, le nouveau fourneau à bois, les placards vernis... Cette tournée d'inspection l'amena à se poser de nouveau la question qui lui était si souvent venue à l'esprit : comment Booker pouvait-il s'offrir tout cela ?

Elle n'eut cependant pas le loisir d'y réfléchir bien longtemps, car déjà Zoé s'élançait dans l'escalier.

A l'étage, cinq chambres s'enorgueillissaient de nombreux rangements. Dans la plus vaste pièce, qui serait celle du maître des lieux, des fenêtres disposées à l'est offraient une vue panoramique. D'ici il pourrait admirer le lever du soleil sur la prairie et garder l'œil sur son moulin lorsque ce dernier serait construit ; d'ici il pourrait surveiller sa propriété et ses investissements, et entendre le train approcher du pont.

Comme répondant à ses pensées, le sifflement de la locomotive perça le silence de l'après-midi. Au loin, Booker et Œil-de-Faucon guidaient chacun un chariot en direction des rails.

— Viens voir, Zoé. Ton oncle et son ami vont chercher les meubles dans le wagon.

Mais la fillette resta assise par terre, fixant le gland qu'elle tenait dans sa main. Cette action, qu'elle répétait souvent, commençait à inquiéter Théa.

— Que fais-tu donc, ma chérie ? lui demanda-t-elle en s'agenouillant auprès d'elle. Si seulement tu pouvais me parler...

La petite leva la paume pour lui montrer le fruit.

— Oui, c'est un gland, répondit Théa avec un soupir.

Elle était désolée de ne pouvoir comprendre. D'un air déçu, l'enfant resserra les doigts et rangea son trésor dans sa poche.

— Viens, nous allons ranger les provisions, lui enjoignit la jeune femme en se redressant. Nous dînerons ici ce soir puis tu inaugureras ta nouvelle chambre.

A ces mots, l'anxiété déforma les traits de la petite.

— Ce sera comme d'habitude, je t'assure. C'est simplement une plus grande maison. Tu t'endormiras comme tous les soirs, et demain je serai de retour.

Mais devant le visage effrayé de Zoé, la jeune femme eut la certitude qu'un gros problème se poserait le soir venu...

Après plusieurs voyages du wagon à la maison, les hommes eurent bientôt installé tous les meubles. Ils empilèrent caisses et malles dans le salon, afin de les trier plus tard.

Comme Théa l'avait craint, la petite regimba au moment de se coucher. La jeune femme était restée bien plus longtemps que d'habitude. Il faisait presque nuit quand elle eut fini de baigner Zoé et de la mettre en chemise de nuit.

— Tu es prête à aller au lit, ma puce ? demanda Booker depuis le seuil de la cuisine.

Sa nièce, assise sur un tabouret à côté de Lucas, buvait du chocolat chaud. Elle glissa à bas du siège et rejoignit Théa en boitillant.

— Vas-y, ma chérie, dit cette dernière d'une voix douce. Ton oncle va te border.

La fillette secoua la tête et s'accrocha aux jupes de la jeune femme d'un air traqué. Booker plaça ses doigts dans les poches arrière de son pantalon.

— Nous pourrions t'accompagner tous les deux ? proposa-t-il.

Surprise mais ravie de son discernement, Théa posa la poêle qu'elle récurait et suivit le maître des lieux en tenant Zoé par la main. Booker gravit l'escalier de bois poli et les précéda dans le corridor.

— Voici le domaine de Lucas et celui d'Œil-de-Faucon ; mais comme je ne l'ai jamais vu dormir à l'intérieur d'une demeure, je ne sais pas s'il l'utilisera...

Puis il leur fit signe d'entrer par la porte située à côté de sa chambre. La jeune femme en resta stupéfaite. Elle avait été si occupée à préparer le dîner qu'elle n'avait pas prêté attention à ce que Booker faisait.

Un lit en acajou était placé contre le mur de gauche. A côté, on avait posé les jouets de Zoé sur une petite étagère. En face se trouvait une commode assortie. Au-dessus, un cadre ovale contenait un daguerréotype montrant un jeune couple. L'enfant étudia longuement les meubles et ses jouets, puis la photo qui devait représenter ses parents. En l'apercevant, elle sembla se détendre aussitôt.

— Il y avait d'autres choses dans les malles, ma puce, expliqua Booker, assis au bord du lit. Des mouchoirs... des photographies... Tu peux prendre ce que tu veux. Je garderai les bijoux en attendant que tu sois plus grande.

— Ce sont les meubles de son ancienne chambre new-yorkaise ? interrogea Théa d'une voix étranglée.

— Oui. Je ne savais pas quelle était son couvre-lit, alors j'ai deviné.

Elle observa le patchwork aux couleurs pastel,

avec ses morceaux de tissu fleuri et de vichy rose disposés en éventail.

— Je crois que vous avez raison.

Zoé caressa le dessus-de-lit. Elle leva les yeux vers son oncle, puis, tout doucement, posa une menotte contre sa joue rugueuse. Il resta immobile comme une statue et jeta à l'enfant un regard d'adoration. Théa, émue, réprima à grand-peine ses larmes. Au bout d'un long moment, la fillette retira la main, prit sa poupée sur l'étagère et attendit. Booker se leva et souleva la couverture. Sa nièce grimpa sur le matelas et se pelotonna entre les draps.

— Fais de beaux rêves, ma puce, dit-il d'une voix enrouée par l'émotion.

— Bonne nuit, ma chérie, murmura la jeune femme en déposant un baiser sur son front.

Booker éteignit la lampe à huile, puis ils sortirent dans le couloir — mais ne purent s'empêcher de jeter un coup d'œil derrière eux avant de refermer la porte. Les doigts de la fillette caressaient la robe de sa poupée. Elle enfouit son visage contre le jouet, et quelques instants plus tard, elle dormait profondément.

Elle était si petite, si fragile et elle avait traversé tant d'épreuves ! songea Théa. Le plaisir qu'elle avait eu à retrouver ses objets familiers était évident. Son angoisse avait diminué dès qu'elle avait aperçu la chambre. Poussé par son amour pour elle, son oncle avait trouvé le moyen de la réconforter.

Reconnaissante, la jeune femme se tourna vers ce dernier et s'aperçut qu'il était tout proche d'elle. Elle se souvint combien il lui avait paru impassible lors de leur première rencontre. Depuis, elle avait souvent vu l'affection qu'il portait à sa nièce adoucir ses traits austères. Plus elle découvrait l'homme caché derrière cette façade de granite, plus elle l'appréciait. Comme gêné par leur proximité, il recula d'un pas et s'éclaircit la gorge.

— Il se fait tard. Je vais chercher les chevaux.

— J'arrive, le temps de finir la vaisselle et de prendre mes affaires.

Quelques minutes plus tard, elle le rejoignait devant la maison. La lune baignait le jardin d'une lumière argentée. Théa monta en selle puis talonna sa jument. Booker la suivit et ils chevauchèrent en silence quelques minutes.

— Zoé a de la chance, fit enfin observer la jeune femme.

— D'avoir perdu ses parents et d'avoir été jetée dans cet horrible hospice ? questionna-t-il avec une ironie amère.

— Non, répliqua-t-elle en observant les myriades de lucioles qui transformaient un simple champ en un reflet du firmament. Elle a de la chance de vous avoir. Peu d'orphelins trouvent quelqu'un pour s'inquiéter de leur sort... pour les rendre heureux et les aimer... comme vous le faites pour votre nièce.

— Je pourrais en dire autant de vous. Elle se sentira peut-être plus en sécurité maintenant qu'elle a ses affaires, ajouta-t-il avec espoir.

— J'en suis sûre. Elle vous a remercié, lorsqu'elle vous a touché la joue.

Il se tut, mais son émotion était évidente.

Théa sourit. Comment avait-elle pu douter un seul instant de la sincérité, de l'intégrité de cet homme ?

Ses actes étaient dictés par un amour pur, désintéressé. Pouvait-elle en dire autant de ses propres motivations ? Elle avait d'abord eu besoin de la fillette pour combler le vide de sa vie. C'est par pur égoïsme qu'elle avait accepté de s'occuper d'elle... parce qu'elle ne voulait pas devenir une vieille fille aigrie.

Zoé apprendrait à aimer Booker, elle en était persuadée. Petit à petit, avec patience et amour, il saurait gagner sa confiance...

Mais elle, Théa, que deviendrait-elle alors ?

Le lendemain matin, la jeune femme arriva plus tôt que prévu, avec son habituel panier, mais cette fois, il ne contenait pas de nourriture. Elle le posa sur les dalles de la cuisine, non loin de Zoé, qui jouait avec sa poupée.

Un léger miaulement attira bientôt l'attention de la petite. Elle se dirigea vers la boîte en clopinant puis s'assit par terre. Le son se fit de nouveau entendre, plus fort cette fois.

— Vas-y, ouvre-le, l'encouragea Théa.

Zoé souleva le couvercle en osier et découvrit des oreilles grises, un petit nez rose et des yeux verts en amande.

— Elle est pour toi. Tu te souviens des chatons que tu avais vus sous ma terrasse ? Eh bien, ils sont assez grands pour quitter leur maman. Ils n'arrêtent pas de gambader dans notre jardin. J'ai pensé que cette petite bête se plairait ici.

Zoé prit l'animal dans ses bras d'un air attendri. Elle lui caressa la tête et effleura ses moustaches d'un doigt. Une petite langue râpeuse lécha sa menotte — et pour la première fois, la fillette éclata de rire. La jeune femme en resta interdite. Le petit félin continua à lécher la main de Zoé, dont les rires emplirent bientôt la cuisine. Théa, le cœur gonflé de bonheur, se joignit à elle.

Booker s'arrêta dans l'embrasure pour les écouter. Ce son joyeux pénétra par tous les pores de sa peau, lui procurant un ineffable sentiment de plénitude. Jusqu'à maintenant, l'expérience l'avait convaincu qu'il n'avait pas besoin de femme dans sa vie. Dans l'armée, il n'avait croisé que des épouses infidèles ou des jeunes filles peu scrupuleuses... Il s'était endurci, et réfugié derrière un cynisme de façade.

Pourtant, Théa était différente. Elle était indépendante, efficace, travailleuse, honnête... des qualités qu'il n'aurait jamais pensé trouver chez une femme. Elle était également sensible, généreuse... et par-dessus-tout, elle savait aimer.

Resté en retrait, il contempla les deux têtes penchées l'une vers l'autre dans la douce lumière matinale : l'une si blonde qu'elle en était presque argentée; l'autre aux reflets d'or et de cuivre, d'une teinte rare et indéfinissable.

Au bout d'un long moment, sans un bruit, il se dirigea vers la porte d'entrée et sortit dans le jardin.

Pourquoi miss Coulson ne s'était-elle jamais mariée ? se demanda-t-il, perplexe.

Sur les conseils de son père, Théa invita Zoé et son oncle à déjeuner chez elle le dimanche suivant. Jim avait pensé qu'un repas familial, brisant la routine, ferait du bien à sa fille. Bien que Théa fût d'accord sur le principe, elle avait toutefois hésité jusqu'à ce que Œil-de-Faucon propose d'emmener Lucas pêcher pour la journée. Elle n'aurait pu inviter l'adolescent, sachant qu'il ne viendrait pas, par peur d'être reconnu.

Booker, lui, accepta avec joie. Il retrouva les Coulson à l'église, et, après l'office, Théa s'attarda un moment sur le parvis à discuter avec des voisins ou amis. Agnès Birch s'approcha d'elle, sa poitrine généreuse gonflant sa robe bleu ciel.

— Savez-vous que Zeb Barnett est malade? Nous devrions nous organiser pour aider son épouse, ne croyez-vous pas?

— C'est une bonne idée, approuva Théa.

Au fond, elle savait qu'Agnès attendait qu'elle propose de s'occuper de tout, mais elle s'en abstint. Elle avait bien assez de travail en ce moment! Edgar Birch, un homme noueux au visage affable, les rejoignit.

— Bonjour, mademoiselle Coulson. C'est une bien jolie petite fille que vous avez là!

— Je vous remercie, monsieur Birch. Je trouve aussi, approuva-t-elle en souriant à Zoé.

Malvina Beck, une autre membre du cercle des dames patronnesses, se joignit à eux.

— Cette Edwards est encore venue à l'église! Regardez comme les hommes s'agglutinent autour d'elle...

— C'est scandaleux! renchérit Pénélope Dodds qui passait par là.

Théa jeta un coup d'œil vers Lorraine Edwards, dont les cheveux noirs étaient dissimulés sous une jolie capeline. Elle portait une élégante robe de satin jaune qui soulignait sa sveltesse. Ses pieds menus étaient chaussés de délicats escarpins noirs.

— Et ça se prétend couturière..., commenta Agnès d'un air de mépris. Il est de notoriété publique qu'elle reçoit des hommes le soir !

Son mari haussa les épaules pour signifier qu'il désapprouvait ces médisances. Théa l'approuva secrètement. Elle-même avait assez souffert des moqueries pour se méfier des ragots en tous genres. Bien sûr, Lorraine Edwards paraissait sensible à l'admiration des hommes, mais ses propres demi-sœurs n'agissaient-elles pas de même ? Cela ne faisait pas d'elles des dévergondées pour autant !

— Théa, nous partons, appela Maryruth, la tirant de ses pensées.

La jeune femme quitta le groupe avec soulagement, le tour que prenait la conversation ne lui plaisant guère...

Dès leur arrivée chez les Coulson, Jim, Denzel et oncle Adler emmenèrent Booker dans le jardin. De la cuisine, on entendait le cliquetis des fers à cheval que les hommes lançaient sur des bâtons, jeu fort apprécié de la gent masculine. Maryruth, Odessa et Lexie aidaient Théa à préparer le repas tandis que Trudy et Madeline s'occupaient de dresser une table raffinée.

— Il aurait été plus simple, et beaucoup plus agréable, de manger dans le jardin, commenta sa cadette.

— Nous aurions au moins eu un peu d'air pour nous rafraîchir, renchérit Odessa.

Théa haussa légèrement les épaules et leur jeta un

regard signifiant : « Vous connaissez Trudy. » Elle s'était levée à l'aube pour cuire du pain et des tartes avant l'église et permettre à la cuisine de se rafraîchir un peu. Maintenant, avec les pommes de terre en train de bouillir, la pièce était de nouveau emplie d'une insupportable humidité.

Maryruth paraissait épuisée : David étant désormais en âge de ramper, il ne lui laissait plus une minute de répit. Maintenant, il était installé dans une chaise haute et leur cassait les oreilles en tapant sa cuillère sur le plateau. Théa réussit à échanger le couvert contre un torchon, puis après avoir une dernière fois vérifié que tout était prêt, sortit sur la terrasse et fit tinter la cloche du déjeuner. Les hommes arrivèrent avec empressement.

— J'attendais ce moment avec impatience, commenta Adler Woodridge en donnant une grande claque dans le dos de son beau-frère.

— Personne ne prépare de repas aussi délicieux que ma petite Théa, déclara Jim Coulson avec fierté.

Denzel, qui fermait la marche, approuva. Lorsqu'ils arrivèrent près de la maison, les hommes se lavèrent les mains dans une cuvette placée près de la porte puis entrèrent. Ils portaient toujours leurs cravates mais étaient en bras de chemise à cause de la chaleur. Ils se dirigèrent vers la salle à manger et s'installèrent.

Théa se tenait derrière une chaise placée à côté de celle de son père, en bout de table. Elle adressa un sourire encourageant à Booker et lui fit signe de prendre place. Il se glissa sur le siège, mais la jeune femme resta debout pour apporter la nourriture. Le chef de famille récita une courte prière, puis l'on passa les saladiers et les plats.

Théa s'assit au côté de leur invité juste assez longtemps pour le servir. Lorsque David, en jouant avec sa purée, éclaboussa la manche d'Adler, elle se leva aussitôt pour nettoyer les taches avec un torchon humide. Elle versa ensuite de l'eau fraîche dans les verres de chacun des convives, alla chercher un autre plat de poulet dans la cuisine, puis remplit les saucières.

Booker mangeait en écoutant les conversations et en observant Théa s'occuper discrètement de son petit monde. Elle-même n'avait pas encore avalé un seul morceau. Il jeta un coup d'œil au chef de famille, qui semblait trouver tout naturel le comportement de sa fille.

— William Bowen a une bonne chance de gagner le premier prix, annonça-t-il à Denzel. Je n'ai jamais vu une aussi grosse truie !

Les femmes discutaient des gens qu'elles avaient vus à l'église, et Booker s'aperçut bientôt que Madeline lui coulait des regards furtifs sous ses longs cils. Pourquoi donc ne se levait-elle pas pour aider Théa ? se demanda-t-il, irrité.

Les demi-sœurs de cette dernière étaient d'une beauté classique. Madeline avait relevé ses cheveux soyeux en un chignon sophistiqué et s'était parée d'une robe vert émeraude afin de mettre en valeur son teint de pêche. Tout comme Lexie, elle avait une silhouette menue, des pommettes saillantes, des lèvres pleines et le front haut. Cette dernière, qui avait revêtu une robe bleue bordée d'un col blanc, de coupe sage, comme il sied à une toute jeune fille, nourrissait le bébé à la cuillère. Au moins, elle aidait un peu...

Il tourna la tête vers Zoé, qui était assise de l'autre côté de la chaise vide. Il lui fit un clin d'œil... et elle lui sourit ! constata-t-il avec un étonnement ravi.

Hors d'haleine, Théa s'assit enfin.

— Puis-je vous apporter quelque chose ?

« Pourquoi pas un marteau afin que je vous cloue à cette chaise ? » eut-il envie de répondre. Mais il secoua simplement la tête et l'observa d'un air désabusé se relever pour rapporter d'appétissantes tartes aux pommes et aux poires.

— Je salive depuis ce matin en humant tes gâteaux, déclara Jim Coulson en avalant une bouchée. Le café est-il prêt ?

Théa repoussa aussitôt sa chaise et se leva encore une fois. Booker, stupéfait, la vit ramasser les assiettes sales et se diriger vers la cuisine. C'est à peine si elle avait avalé une bouchée ! Et personne ne l'avait secondée !

Durant l'après-midi, leurs chemins se croisèrent de temps en temps. Alors qu'il était assis dans le jardin avec les hommes, en train de plaisanter, il l'aperçut au loin, qui promenait Zoé et David dans le verger.

Denzel cueillit un long brin d'herbe et en mordit la tige.

— Vous savez, Hayes, nous ne trouvons rien à redire sur le fait que Théa reste chez vous toute la journée, parce que nous la connaissons, mais les langues vont bon train en ville...

— Que dit-on ?

— Vous savez... il n'est pas tout à fait convenable pour une célibataire d'être seule avec un homme.

— Nous ne sommes pas seuls ! Ma nièce vit avec moi, ainsi qu'Œil-de-Faucon et mon ouvrier.

— Un indien, un adolescent et une gamine ne sont pas les meilleurs des chaperons, fit observer Denzel. Je ne vous critique pas, mais j'ai pensé que vous deviez en être informé.

— Monsieur..., commença Booker en s'adressant au père de Théa.

— Nul besoin de vous justifier, Hayes. Comme l'a dit mon gendre, ce n'est pas nous qui pensons à mal.

— Je ne peux pas laisser colporter des ragots sur votre fille, déclara leur hôte. J'étais à cent lieues d'imaginer cela...

Ils se turent en voyant la jeune femme s'approcher d'eux avec un plateau de verres remplis de limonade fraîche. La conversation dévia ensuite sur un autre sujet, mais Booker ne put chasser de son esprit cette révélation.

Avant le coucher du soleil, la cloche sonna de nouveau. Il suivit ses compagnons et découvrit des sandwichs, d'autres tartes et un pichet de lait sur la table de la cuisine.

Lorsque tous furent rassasiés, Maryruth et Denzel partirent en emmenant leur bébé endormi. Odessa et Adler les suivirent, tandis que Jim et Trudy disparaissaient à l'intérieur.

Confortablement installé dans un fauteuil en osier, sous la véranda, Booker écoutait Théa et ses demi-sœurs finir la vaisselle. Zoé était assise sur les marches avec deux chatons sur les genoux.

La porte moustiquaire s'ouvrit soudain.

— Voulez-vous boire quelque chose de frais ?

— Si j'ai soif, je peux très bien aller me servir moi-même, répondit-il en fronçant les sourcils.

Théa le dévisagea, interdite.

— Asseyez-vous un moment, reprit-il, voyant qu'il l'avait brusquée.

— Dans une minute. D'abord, je vais...

— Je vous en prie !

Elle dénoua son tablier et l'accrocha à la poignée de la porte avant de s'installer sur une chaise à côté de lui. Ils restèrent d'abord silencieux, savourant l'atmosphère nocturne : les criquets stridulaient ; une douce brise faisait bruire les feuilles des arbres tandis qu'une fraîche odeur montait de la pelouse, mêlée au parfum entêtant du chèvrefeuille. Soudain, Booker vit Zoé bâiller.

— Tu veux venir sur mes genoux, ma puce ? s'enquit-il.

Elle les rejoignit et apporta une chaise qu'elle plaça entre eux deux. De temps en temps, elle posait sa menotte sur le bras de son oncle. Un geste affectueux dont il devrait se contenter pour le moment, se dit-il avec résignation.

— Je suppose que Œil-de-Faucon et Lucas ont mangé du poisson ce soir, fit remarquer la jeune femme.

— Certainement.

— Il a dû fabriquer une ligne pour Lucas.

— Non, un harpon, corrigea-t-il.

Elle le dévisagea en écarquillant les yeux.

— Vraiment ?

— Je ne l'ai jamais vu pêcher autrement. Il a une patience à faire se damner un saint. Il reste immobile comme une statue dans l'eau jusqu'à ce que les poissons ne lui prêtent plus attention ; puis il attend d'en voir un beau et il vise !

— Bonté divine !

Zoé avait posé la tête sur les genoux de Théa et s'était endormie.

— J'aurais dû la ramener plus tôt, mais je voulais vous parler, expliqua-t-il en se levant.

— Très bien.

— Nous pourrions peut-être la coucher et aller nous promener, suggéra-t-il en prenant sa nièce dans ses bras.

Théa le conduisit vers une minuscule chambre située derrière la cuisine et il allongea la fillette sur un lit étroit.

— Je vais avertir papa et Trudy qu'elle se trouve là.

Elle disparut et revint quelques instants plus tard. Comme il avait déjà descendu quelques marches, elle le dominait d'une bonne tête et il s'aperçut pour la première fois combien elle était grande. Elle dévala aussitôt le perron, comme si elle aussi s'en était soudain avisée, et que cela la dérangeait.

Ils s'engagèrent lentement dans l'allée et cheminèrent en silence, savourant la douceur de la soirée. Bientôt la maison et la grange furent loin derrière eux.

— Avez-vous avalé quoi que ce soit aujourd'hui ? s'enquit-il tout à trac.

— Pardon ?

— Je vous demande si vous avez mangé, répéta-t-il.

— Evidemment. C'était le but de la journée, non ?

— Je ne sais pas. Je vous ai surtout vue vous lever pour servir les autres.

Comme elle restait silencieuse, il poursuivit :

— Tout cela est trop lourd pour vous, Théa. Vous ne pouvez continuer à vous occuper de deux maisonnées.

Il ne pouvait oublier le jour où il l'avait surprise endormie au côté de Zoé.

— Je peux très bien me débrouiller, protesta-t-elle.

— Non.

— Si !

Grands dieux, qu'elle était têtue ! se dit-il, exaspéré. Il s'arrêta net et lui fit face. Ses cheveux cuivrés miroitaient sous la lumière diaprée de la lune. Il eut une soudaine envie de les dénouer et de les voir retomber en cascade sur ses épaules... de les caresser... d'y enfouir ses lèvres...

— Ce n'est pas tout, poursuivit-il, embarrassé.

— Quoi d'autre ?

— Les gens parlent.

— De quoi ?

— De vous et de moi.

— Que disent-ils ?

— Ils discutent de nous... ensemble... seuls... chez moi. Vous savez, ils jasent !

Il aurait juré avoir vu un sourire passer sur ses lèvres.

— Eh bien, laissez-les dire, répondit-elle d'un air désinvolte.

— Attendez un peu ! s'écria-t-il en l'attrapant par le bras. Comment pouvez-vous réagir ainsi ? Je vous dis que l'on colporte des ragots sur nous, sur vous, et c'est tout l'effet que cela vous fait ?

— Où est le mal ? demanda-t-elle innocemment.

— Voyons, pensez à votre réputation.

A son indignation, elle rejeta la tête en arrière et éclata de rire.

— Que diable ai-je dit de si drôle ?

La jeune femme recouvra son sérieux au bout de quelques minutes.

— Je n'ai pas de réputation. Vous ne comprenez donc pas ? Je ne suis qu'une vieille fille sans attrait. Je ne suis plus sur le marché... d'ailleurs, je ne l'ai jamais été. Pour eux, je serai toujours Théa-la-Géante.

Elle pointa le doigt vers la ville.

— Ils colportent peut-être des commérages, mais au fond, ils savent bien que je ne vous intéresse pas plus que je n'ai intéressé les autres hommes jusqu'à maintenant. Si une réputation est en danger ici, monsieur Hayes, c'est plutôt la vôtre, poursuivit-elle avec ironie.

Il médita lentement ces révélations. Il aurait dû s'en douter depuis le début... une célibataire vivant chez ses parents était très rare, surtout dans l'Ouest. Pourtant il ne comprenait pas comment les hommes de la région pouvaient ignorer la sensualité de Théa, sa beauté, sa féminité. Etaient-ils donc aveugles ?

— Eh bien, ce sont des idiots !

— Peut-être, mais... qu'avez-vous dit ?

— Qu'ils sont idiots, aveugles !

Elle leva vers lui des yeux incrédules.

Maintenant qu'il avait quitté l'armée, Booker avait grand besoin de douceur dans sa vie, et cette jeune femme était l'image même de la douceur.

Alors il fit ce dont il brûlait d'envie depuis des jours : il l'enlaça et l'embrassa.

7.

Avant que Théa ait pu comprendre ce qui lui arrivait, Booker l'attira contre son torse puissant et s'empara de sa bouche.

Il l'embrassait !

Voulait-il ainsi prouver qu'il avait raison ?

Elle sentait la chaleur et la force de ses mains viriles à travers la fine étoffe de sa robe, son corps robuste pressé contre le sien... elle découvrait enfin ce qu'était un baiser : leurs lèvres se modelant intimement, leurs langues se rencontrant, se goûtant... Gagnée par une exquise torpeur, elle s'abandonna avec délices à cette sensation aussi nouvelle qu'enivrante.

Quand son compagnon s'écarta un instant pour reprendre son souffle, elle effleura timidement d'un doigt les contours de sa joue, de sa mâchoire, la texture rugueuse de sa peau. Comme encouragé par ce geste intime, il l'enlaça plus étroitement et prit de nouveau ses lèvres, avec plus d'ardeur cette fois. La jeune femme, frémissante, sentit une vague de chaleur l'envahir lorsqu'il fit glisser ses mains le long de son dos, de ses hanches... Puis soudain, comme s'il craignait d'aller trop loin, il s'éloigna, la laissant à la fois interdite et insatisfaite.

— Pensez-vous encore affirmer que vous n'avez aucun souci à vous faire ? maugréa-t-il.

— Si c'était une plaisanterie, elle n'a rien d'amusant ! dit-elle dans un souffle.

— Ai-je l'air de plaisanter ?

— Non, mais vous ne riez jamais.

En effet, comme d'habitude, son expression était grave, mais aujourd'hui, il la dévisageait avec une intensité gênante.

— Eh bien, reprit Booker, maintenant que nos réputations sont en lambeaux, je suppose que vous allez devoir m'épouser.

Théa, abasourdie, le fixa bouche bée. Les secondes s'écoulèrent, interminables. Elle finit par baisser les yeux.

— Pourquoi vous moquez-vous ainsi ? murmura-t-elle d'une voix altérée.

— Loin de moi cette idée ! Zoé a besoin d'une mère. Vous m'avez fait promettre de vous laisser la voir même si je convolais. Quelle meilleure solution que de nous marier ? Les gens cesseront leurs commérages, ma nièce sera heureuse et vous serez toujours auprès d'elle.

— Etes-vous sérieusement en train de me demander en mariage ?

— Oui. Voulez-vous m'accorder votre main ?

— Mais vous, que... quel profit en retirerez-vous ?

— Je vous ai dit un jour que, dans cette affaire, c'était moi qui avais de la chance. Je le pense toujours. A vous de décider.

Elle se passa les mains sur ses joues brûlantes et s'efforça de recouvrer ses esprits. On l'avait embrassée et demandée en mariage ! Elle, Théa-la-Géante ! Et elle n'avait qu'un tout petit mot à prononcer pour se retrouver pourvue d'un mari et d'enfant ! se répéta-t-elle, comme pour se persuader que ce n'était pas un rêve.

— J'ai vingt-neuf ans, articula-t-elle enfin.

— J'en ai sept de plus.

— J'ai une dot importante.

— Je n'ai pas besoin de détails, répliqua-t-il. Ce que je sais me suffit.

Ce qu'il savait..., déplora-t-elle. Son âge... sa taille... ses taches de rousseur... son manque de féminité. Pourtant, il voulait l'épouser — car il avait besoin d'elle pour s'occuper de sa nièce.

Booker Hayes était courtois, propre, travailleur et dirigerait bientôt un commerce profitable. Il possédait un physique avantageux, et à en juger par le baiser qu'ils venaient d'échanger, il pourrait lui faire découvrir les plaisirs qu'elle s'était résignée à ne jamais connaître. Elle aurait tout cela si elle acceptait, et surtout, elle serait pour toujours auprès de Zoé...

Oh, bien sûr, Booker Hayes ne l'aimait pas, il s'agissait pour lui d'un arrangement purement pratique, mais si elle refusait, elle resterait célibataire à jamais...

Cette pensée la décida.

— C'est d'accord, dit-elle d'une voix qu'elle reconnut à peine. J'accepte.

⁂

— Ma petite Théa, j'espère que tu as bien réfléchi, mais de toute façon, c'est à toi de décider, déclara Jim Coulson quelques minutes plus tard.

Tous trois étaient réunis dans le salon, et Jim considérait sa fille et leur visiteur d'un air dubitatif.

Elle glissa un regard vers son fiancé, qui baissa la tête.

— Oui, papa. Je vais épouser Booker, annonça-t-elle. Il a besoin d'une compagne et d'une mère pour Zoé. Or, elle est habituée à moi et je crois qu'elle m'a adoptée.

— Je le sais bien, acquiesça son père. Elle aura beaucoup de chance de t'avoir pour mère.

Il ne lui demanda pas quels étaient ses sentiments pour leur nouveau voisin, et omit de mentionner qu'un jour, la fusion de leurs deux terrains formeraient l'une des propriétés les plus vastes de l'Etat. Il se tourna vers son futur gendre et l'examina longuement :

— Vous avez une sacrée chance que Théa accepte de convoler avec vous.

Puis il contempla de nouveau cette dernière avec une expression mêlée de tristesse et de résignation.

— Ma fille est de bonne composition. Jamais elle ne s'emporte. Elle a la tête sur les épaules et accepte son sort sans rechigner. Il n'existe pas de meilleure femme de ce côté du Missouri.

— Je suis entièrement d'accord avec vous, et j'ai bien l'intention de pourvoir à ses besoins comme elle le mérite.

— Je l'espère, répondit Jim. Et assurez-vous qu'elle ne manque de rien... vous entendez, de rien !

conclut-il en ponctuant ses paroles d'un geste emphatique de sa pipe.

— Soyez-en sûr, monsieur Coulson.

— Quand aura lieu la cérémonie ?

Booker jeta un coup d'œil à sa fiancée, qui lui renvoya un regard interrogateur.

— Nous pourrions l'annoncer lors de la pendaison de crémaillère, suggéra-t-il.

— C'est une très bonne idée, approuva le chef de famille en se calant dans son fauteuil. Es-tu prête à avertir les femmes de ton entourage, ma fille ?

Cette dernière imagina instantanément l'agitation, voire l'hystérie, de ses demi-sœurs.

— Je préférerais attendre.

— Il leur restera peu de temps pour préparer la cérémonie, fit observer Jim en haussant les sourcils.

Son aînée ne put réprimer un sourire malicieux.

— C'est bien là la raison. Je ne veux pas laisser Trudy m'engoncer dans une robe de mariée semblable à celle de Madeline. Je ne crois pas qu'il existe assez de perles dans tout l'Ouest pour confectionner deux modèles de ce genre !

Pour la première fois, elle entendit Booker rire... d'un rire profond et sensuel qui la troubla infiniment. Ainsi, sa sévérité n'était que surface... D'ailleurs, ne l'avait-elle pas déjà constaté en observant l'affection qu'il vouait à sa nièce ?

Cette pensée l'ébranla. Elle pouvait très bien faire face au côté austère et distant de son futur mari, mais il lui serait difficile de ne pas succomber à cet aspect plus sensible de sa personnalité... Pourtant, elle devrait s'en empêcher, car il était manifeste que Booker n'envisageait qu'un mariage de convenance. Elle ne devait surtout pas tomber amoureuse ! Elle n'en récolterait que des tourments...

Elle se tourna vers son fiancé et fut toute remuée de découvrir ses yeux pétillants, ses dents blanches et régulières. Pour cacher son émoi, elle se réfugia dans la plaisanterie.

— Monsieur Hayes, je crois bien que c'est un sourire que je vois sur votre visage, commenta-t-elle d'un ton badin.

— Et je crois bien que je ferais mieux de ramener Zoé à la maison, répliqua-t-il, pris au dépourvu.

— Vous n'avez qu'à seller votre cheval et l'amener devant la porte, puis je vous tendrai la petite ; espérons qu'ainsi, elle ne se réveillera pas, proposa Théa en se levant.

Il l'imita, acquiesça d'un signe de tête, et serra la main de son futur beau-père.

Quelques minutes plus tard, il attendait dehors comme prévu. Mais il restait debout, son chapeau dans les mains, sans faire mine de monter en selle.

— Ce que j'ai dit tout à l'heure, articula-t-il, c'était la vérité. Je m'occuperai de vous.

— Je n'ai pas besoin que l'on s'occupe de moi.

— Que puis-je vous promettre dans ce cas ?

La mémoire de leur baiser lui revint alors, brûlante et vivace. Que pouvait-il lui promettre ? Qu'il l'embrasserait encore et encore, comme il l'avait fait ce soir...

— Simplement... que vous sourirez plus souvent.

Il grimpa les marches du perron, observa avec émotion Zoé endormie dans les bras de Théa, puis se pencha pour déposer un baiser furtif sur les lèvres de cette dernière. Après quoi il dévala les marches, sauta en selle et approcha Gideon de la jeune femme, qui lui tendit l'enfant endormie avec précaution.

— Vous viendrez demain matin ? s'enquit-il.

— Comme d'habitude.

Mais elle savait bien que c'était faux. Son sang tambourinait dans ses veines ; les iris embaumaient l'air d'un parfum plus suave ; les étoiles semblaient plus proches, plus brillantes ; la nuit était plus douce...

Non, rien ne serait plus jamais comme avant... car elle allait épouser Booker Hayes.

Allongée sur les draps, nue, Théa se laissait gagner par une douce torpeur. Il lui semblait flotter dans un monde cotonneux. Une brise chaude et caressante l'enveloppait, la berçait... Les paupières mi-closes, elle voyait les voilages de la fenêtre s'écarter sur une silhouette imposante.

L'homme rejoignait le lit d'une démarche souple et la soulevait dans ses bras. Lui aussi était nu, constatait-elle en se lovant avec délice contre son torse protecteur. L'instant d'après, ils se retrouvaient en pleine nature, dans un endroit enchanteur. Un ruisseau murmurait sur les galets, les frondaisons bruissaient doucement. Alors, son amant l'étendait délicatement sur un lit de mousse odorant et moelleux.

La jeune femme, vibrante d'attente, le voyait s'agenouiller auprès d'elle et poser tendrement ses lèvres sur les siennes. Alors elle nouait les bras autour de son cou et lui rendait son baiser avec fougue, comme si elle voulait s'imprégner pour toujours du goût suave de sa bouche. Puis ses mains viriles entreprenaient l'exploration fervente de sa peau, ses flancs, ses hanches, descendaient plus bas encore...

Théa se réveilla en sursaut, haletante. Sa chemise de nuit trempée par la sueur collait à son corps, mais sa gorge était sèche.

Quel rêve dérangeant... Car maintenant elle savait ce qu'était un baiser, elle savait ce qu'était un corps d'homme pressé contre le sien, elle savait enfin ce qu'elle avait manqué toutes ces années...

Elle repoussa le drap, se leva et ôta le vêtement devenu insupportable. Puis elle se dirigea vers la table de toilette, releva ses cheveux et s'aspergea le visage d'eau fraîche. Elle s'épongea le corps avec une serviette et revêtit une chemise de nuit propre. Rafraîchie, elle alla s'installer dans le rocking-chair situé près de la fenêtre et ouvrit les rideaux pour laisser la brise caresser sa peau.

Booker Hayes l'avait demandée en mariage.

Elle avait accepté.

L'idée lui paraissait si chimérique qu'elle aurait tout aussi bien pu faire partie du songe. Pourtant, c'était la réalité. Elle allait s'unir à cet homme ténébreux qui s'était présenté à sa porte seulement quelques semaines auparavant et qui avait chamboulé sa vie. Elle allait s'installer chez lui... partager sa chambre... son lit...

Ils auraient probablement des enfants ensemble...

Bientôt, ils seraient unis, pour le meilleur et pour le pire.

⁂

Un coup frappé à la porte tira Lucas d'un profond sommeil ; il lui fallut une minute pour s'orienter dans sa nouvelle chambre. Il entendit les pas de Hayes résonner dans le corridor.

Des arômes de café, de cannelle et de bacon flottaient dans l'air frais du matin. Des paroles étouffées lui parvinrent : la voix de son ange... Elle parlait peut-être au chat, ou à Zoé. Elle avait toujours un mot gentil à la bouche. Rassuré, il roula dans les draps frais. Il avait faim, mais ce petit creux était agréable ; rien à voir avec cette sensation atroce qui l'avait si souvent tenaillé dans son enfance.

Depuis plusieurs semaines maintenant, il n'avait pas était piqué par une punaise, n'avait pas avalé de nourriture écœurante, n'avait pas été battu. C'était presque trop beau pour être vrai ! Miss Coulson lui offrait du lait et de la tarte chaque fois qu'il en voulait. Jusqu'à quand cela pouvait-il durer ? Il craignait parfois de se réveiller et de s'apercevoir que ce n'était qu'un rêve.

Un besoin pressant l'obligea à se lever. C'est alors qu'il découvrit, abasourdi, des pantalons, des chemises et des caleçons longs neufs empilés sur une chaise de bois. Il laissa de côté les sous-vêtements et enfila un pantalon de toile rigide. En entendant Hayes revenir, il attrapa une chemise et la revêtit.

— Tu es réveillé ?

Lucas ouvrit la porte.

— Eh bien, regardez-moi ça ! s'écria le maître des lieux avec un sifflement admiratif. Tu es beau comme un sou neuf !

— Je vous rembourserai, murmura le garçon.

— Pas moi. C'est miss Coulson qui a apporté ces vêtements pour toi. Elle a confectionné les chemises elle-même. Allez, viens, le petit déjeuner est prêt.

Afin de cacher sa surprise, l'adolescent se détourna et fit son lit à la hâte. L'Ange lui avait apporté des habits achetés et cousus rien que pour lui ! Une sensation bizarre envahit sa poitrine, une sensation chaleureuse jusqu'alors inconnue de lui, sur laquelle il ne pouvait mettre un nom.

Il connaissait la honte, la haine et la colère ; il connaissait la faim, le dégoût et le désespoir... mais ce sentiment-là était tout nouveau — et donc effrayant.

Pendant des semaines Théa tapissa, peignit, déballa, cousit, disposa des meubles et organisa la pendaison de crémaillère. Tout devait être parfait pour la réception.

Un après-midi, Maryruth vint l'aider. David fit la sieste à côté de Zoé sur un patchwork qu'elles avaient étendu sur le parquet de la chambre de Lucas. Théa, souriante, accrocha les voilages bleus qu'elle venait de finir de piquer et se recula pour admirer le soleil qui jouait à travers l'étoffe colorée.

— Théa ! chuchota soudain sa cadette depuis le corridor.

— Que se passe-t-il ?

— Il faut que tu voies cela... allons, viens !

— Que je voie quoi ? Qu'y a-t-il ? dit cette dernière en se laissant entraîner vers la chambre du maître des lieux.

— Tu ne croiras jamais ce que les hommes viennent de monter...

Théa avait bien entendu du remue-ménage sur le palier, mais elle s'était accoutumée à voir Œil-de-Faucon et Booker transporter des meubles à toute heure de la journée. Des livraisons intempestives interrompaient sans cesse leur travail sur le barrage.

En entrant, la jeune femme retint son souffle : illuminé par le soleil de midi, un énorme lit trônait au beau milieu de la pièce. Les deux panneaux en demi-cercle formant la tête et le pied du meuble avaient été taillés dans un gros tronc. Ils étaient recouverts d'un vernis brillant, et des centaines d'anneaux témoignaient de l'âge incroyable de l'arbre. Théa n'avait jamais rien vu de pareil.

Maryruth se jucha sur le matelas imposant.

— Qu'en dis-tu ?

— Je dois avouer que sa beauté naturelle est... sans égale, répondit Théa en caressant l'écorce. Rugueux à l'extérieur, tendre à l'intérieur — comme lui.

— Aurais-tu le béguin pour ton employeur ? s'enquit Maryruth en dévisageant sa sœur.

— Je ne sais pas exactement quels sont mes sentiments pour lui. Tout ce que je sais est qu'il est le seul homme à m'avoir prêté la moindre attention... et aussi que... il m'attire irrésistiblement, ajouta-t-elle d'une voix timide.

— Vraiment ? dit sa sœur avec un sourire en coin.

— Ecoute, Maryruth, reprit Théa au bout d'un moment. Je dois t'annoncer une nouvelle. Ce devait être une surprise lors de la pendaison de crémaillère, mais je ne peux plus te le cacher. Booker m'a demandée en mariage.

Sa cadette écarquilla les yeux, stupéfaite.

— Et que lui as-tu répondu ?

— J'ai accepté.

— Oh, Théa, murmura sa sœur les larmes aux yeux. J'espère... j'espère...

— Quoi donc ?

— J'espère que tu ne seras pas déçue. Après tout, tu le connais depuis si peu de temps...

— Pourquoi es-tu si pessimiste ? Comment pourrais-je être plus déçue que je ne le suis actuellement ? Tu devrais te réjouir pour moi.

Elle s'efforçait de prendre un ton enjoué, mais les paroles de Maryruth reflétaient trop ses propres appréhensions pour ne pas l'alarmer. Sa cadette se leva et la serra dans ses bras.

— Bien sûr, je suis heureuse pour toi !

— Merci. Et maintenant, viens m'aider à finir la chambre de Lucas.

Les doutes de Maryruth étaient si proches des siens que Théa finit par se demander si cette inquiétude ne reflétait quelque problème entre sa cadette et Denzel. Sa sœur était folle de ce dernier avant leurs noces. Mais en y réfléchissant bien, elle ne semblait plus aussi heureuse depuis quelque temps...

Le travail sur le barrage avançait à pas de fourmi. Le soleil de juillet frappait sans pitié les épaules nues de Booker tandis qu'il poussait une brouette remplie de pierres. Il se redressa un moment et grimaça de douleur en sentant un élancement lui traverser le dos. Il essuya avec un mouchoir la sueur qui perlait à son front, tout en étudiant les progrès des hommes qui empilaient des rochers afin de construire un barrage.

Ce travail harassant avait le mérite de lui faire oublier Théa durant la journée, et le soir, il était trop épuisé pour faire autre chose que s'affaler sur son matelas.

Son lit..., songea-t-il. Ce meuble qu'il avait commandé dans le Colorado était une merveille d'artisanat. Il incarnait la beauté à l'état brut, tout comme sa fiancée. Car Théa avait non seulement une silhouette et un visage parfaits, mais elle resplendissait littéralement de l'intérieur.

Dans chaque pièce où elle entrait, des touches chaleureuses apparaissaient comme par magie ; son amour pour la couleur et la beauté transparaissait dans les robes de Zoé comme dans les rideaux de la cuisine.

Au fond, son père avait raison lorsqu'il parlait de sa bonne nature. Elle se sacrifiait si volontiers, s'adaptait et rendait service d'une manière si spontanée, sans une plainte, qu'il était facile de l'écraser sous les responsabilités. Mais lui, Booker, ne voulait surtout pas abuser de sa générosité ; d'ailleurs, si c'était en son pouvoir, il veillerait à ce que personne ne le fasse plus désormais.

Il se demanda si elle avait vu le lit, et ce qu'elle en pensait... si elle envisageait de le partager avec lui... A cette idée, une flèche de désir lui traversa les reins. Il ne l'avait embrassée qu'une fois, mais cela avait suffi pour libérer le feu qu'il sentait couver sous la glace.

Seigneur, qu'elle était belle ! Parfois, lorsqu'elle était absorbée par un ouvrage, il contemplait ses gestes précis, la ligne délicate de sa joue, les mèches folles qui s'échappaient avec grâce de sa chevelure flamboyante, les courbes gracieuses de ses hanches et de sa taille, sa poitrine ronde et pleine...

Dire que dans quelques semaines, ce joyau serait sa femme...

— A ton avis, combien nous en faut-il encore ? demanda Œil-de-Faucon, le ramenant au présent.

En contrebas, son compagnon de route se tenait dans l'eau jusqu'aux chevilles et ramassait des pierres dans le lit du ruisseau, son dos cuivré luisant au soleil. Un mouchoir ceignait son front.

— Une bonne demi-douzaine de charretées devraient aller ! répondit Booker, pince-sans-rire.

— Savais-tu que ce ruisseau était plus profond que le Missouri quand nous avons commencé ?

Booker, un sourire en coin, lança un galet pour éclabousser son ami.

— Tu as besoin d'un chapeau. Le soleil est en train de te griller le cerveau.

— Voilà donc pourquoi l'homme blanc porte des couvre-chefs ! Moi qui croyais que c'était pour cacher ses horribles cheveux courts ! plaisanta l'Indien.

Ce fut au tour de Booker d'éclater de rire. Il avait plus ri ces dernières semaines que durant des années. Ses pensées dérivèrent de nouveau vers la femme responsable de ce changement d'humeur, mais il les chassa et se remit au travail avec une ardeur redoublée. S'il s'occupait assez, il n'aurait pas le temps de se tourmenter avec des visions inconvenantes de la future Mme Hayes...

8.

Le jour prévu pour la pendaison de crémaillère promettait d'être ensoleillé et chaud. Théa s'éveilla à l'aube, entassa des provisions dans le chariot et se rendit chez son fiancé. Lorsqu'elle arriva, Œil-de-Faucon, qui se dirigeait vers la grange, la salua avec un large sourire.

— Bonjour, mademoiselle. Je crois que le major n'est pas encore levé.

— Ce n'est pas grave. Je voulais commencer tôt. Il y a tant à faire aujourd'hui.

— Je vais décharger à votre place.

— C'est gentil de votre part, dit-elle, reconnaissante.

Dès qu'elle fut entrée dans la cuisine, elle alluma le fourneau.

— Le café sera prêt dans une minute, si vous en voulez, annonça-t-elle à l'Indien qui revenait avec des paniers.

— Non, merci, mais je voudrais vous parler, annonça-t-il avec solennité.

Théa hocha la tête et attendit. Œil-de-Faucon se tenait debout près de la table. Il avait rassemblé ses longs cheveux noirs en une queue-de-cheval qui pendait dans son dos, sur sa chemise blanche.

— Je vous adresse tous mes vœux de bonheur, mademoiselle Coulson, énonça-t-il enfin.

— Je vous remercie, dit-elle en souriant.

— Je connais le major depuis de longues années. Nous avons traversé beaucoup d'épreuves ensemble. C'est un homme d'honneur, que tout individu serait fier de compter parmi ses amis ; un homme que vous serez fière d'avoir pour époux.

Il s'interrompit un moment puis ajouta, plus doucement :

— Vous lui faites du bien...

— Merci, Œil-de-Faucon. Vous êtes un ami fidèle, répondit-elle, émue.

Elle espérait du fond du cœur qu'il disait vrai : chaque soir, avant de s'endormir, elle priait pour que Booker et elle s'apportent mutuellement le bonheur.

L'Indien, qui n'avait pas l'habitude des longs discours, tourna les talons et quitta la maison.

Théa se mit à la tâche en fredonnant. Elle venait de sortir des tartes du four quand elle sentit une présence derrière elle.

Elle pivota et aperçut Booker, encadré dans l'embrasure, les bottes à la main, une chemise blanche pliée sur l'avant-bras. Une toison sombre et soyeuse recouvrait sa large poitrine, tandis qu'un pantalon noir fuselé moulait ses cuisses d'acier.

La jeune femme ne put résister à la tentation de laisser son regard s'attarder sur le corps viril de son fiancé. Dieu, qu'il était beau ! songea-t-elle en sentant son sang s'accélérer dans ses veines.

— Bonjour, dit-il d'une voix sensuelle.

— Bonjour, balbutia-t-elle, gênée par ses pensées audacieuses.

— Je vois que vous vous êtes levée aux aurores.

Il s'installa sur une chaise, posa sa chemise sur le dossier et enfila ses bottes. Elle s'efforça d'ignorer les muscles de ses épaules hâlées qui se tendaient à chaque mouvement.

— Oui, je voulais prendre de l'avance, expliqua-t-elle en espérant qu'il n'avait rien remarqué de son trouble.

— Ne vous épuisez pas. Cette réception est censée être un plaisir, pas une corvée.

— Votre petit déjeuner sera prêt dans quelques minutes, répondit-elle, ignorant sa remarque.

Il enfila sa chemise puis, tout en la boutonnant avec une lenteur calculée, plongea son regard sombre dans le sien. La jeune femme, au comble de l'embarras, baissa les yeux en rougissant.

— Je vais mettre les chevaux dans le corral pendant que vous préparez le petit déjeuner, déclara-t-il soudain, rompant ainsi la tension grandissante.

Théa acquiesça d'un signe de tête, et le regarda s'éloigner. Les battements de son cœur mirent longtemps à s'apaiser.

Grands dieux, même ses rêves inavouables de la nuit dernière ne l'avaient pas à ce point perturbée !

Si le simple fait de voir Booker à deux mètres d'elle, torse nu, produisait un tel effet, que se passerait-il la première fois où ?

Sa rêverie fut interrompue par un trottinement sur le parquet. Zoé s'élança vers elle et entoura ses genoux de ses bras potelés. Théa s'agenouilla pour embrasser la fillette. Lucas, qui l'avait accompagnée, restait dans l'embrasure en hésitant.

— Bonjour, mon garçon, lui dit-elle d'un ton enjoué.

— Mademoiselle..., commença-t-il en se dandinant d'une jambe sur l'autre.

— Oui ?

— Je... je vous remercie pour les chemises et les pantalons, débita-t-il avant de disparaître en trombe dans le jardin.

Amusée, Théa calcula le nombre de jours qu'il avait fallu à l'orphelin pour rassembler le courage de prononcer ces mots... mais il avait fini par y arriver, ce qui constituait un progrès encourageant.

— Ce fut un plaisir, assura-t-elle bien fort, espérant qu'il entende.

— Théa ? Tout va bien ?

La jeune femme se tourna en entendant Maryruth l'interpeller. La plupart des plats étaient prêts, les tables dressées et décorées. Dans moins d'une heure, les voisins commenceraient à arriver.

Elle prit la main de sa cadette et la conduisit à l'étage où elle l'introduisit dans une chambre sommairement meublée et ferma la porte.

— A qui est destinée cette chambre ?

— Booker m'a offert de l'utiliser jusqu'à notre mariage. Il pense que je dois me reposer plus souvent.

— Tu vas rester ici la nuit ?

— Bien sûr que non ! Ce ne serait pas convenable.

Théa se jucha sur le bord du lit, se souvenant du jour où elles avaient admiré celui de Booker. Depuis, elle n'avait cessé de se demander pourquoi sa sœur semblait si abattue.

— Je voudrais te poser une question, commença-t-elle. Tu te souviens lorsque nous étions enfants et que nous discutions de nos futurs mariages et de... des relations entre hommes et femmes...

— Oui.

— Eh bien, ces... relations ? Sont-elles agréables ? Eprouve-t-on autant de plaisir qu'on le prétend ? Pardonne-moi d'être aussi indiscrète, mais j'ai besoin de savoir...

Maryruth lui adressa un sourire doux-amer.

— Cela peut être magnifique, Théa... vraiment magnifique...

Le découragement qui perçait dans la voix de sa cadette inquiéta Théa.

— Qu'est-ce qui ne va pas, Maryruth ? Pourquoi es-tu si triste ?

Une larme roula sur la joue pâle de cette dernière.

— Je ne sais pas, avoua-t-elle en se laissant tomber dans le fauteuil à bascule situé près de la fenêtre. Je ne sais pas quoi faire...

Théa s'agenouilla auprès de Maryruth et lui prit la main.

— Est-ce Denzel ? T'a-t-il fait du mal ?

— Oh non ! Jamais il ne me ferait de mal. C'est là le problème... je crois.

— Que se passe-t-il ?

— Tu sais comme nous étions heureux au début... jusqu'à ce que je mette David au monde.

— Oui.

— Eh bien, articula sa sœur d'une voix tremblante, depuis la naissance de notre enfant, Denzel ne me... nous ne... nous ne faisons plus jamais l'amour...

— Mon Dieu !

— Je ne peux plus supporter cette situation ! poursuivit Maryruth entre deux sanglots. J'ai l'impression qu'il me rejette !

— As-tu essayé de lui parler ?

— Il refuse le dialogue. Tout ce qu'il dit est qu'il ne veut pas me blesser.

— Eh bien, tu vas devoir l'obliger à exprimer ses sentiments.

Un bruit de roues dans le jardin interrompit leurs confidences.

— Tâche de ne pas trop t'inquiéter ; je suis sûre que tout s'arrangera si vous parvenez à en discuter, conclut Théa en se levant. Tiens, tu n'as qu'à utiliser ma table de toilette pour te recoiffer. Nous allons bien nous amuser aujourd'hui, tu verras.

Elle étreignit affectueusement sa sœur et descendit l'escalier à la hâte pour accueillir les premiers invités.

La majorité des invités exprimèrent le souhait d'aider Booker à bâtir sa grange, si bien qu'en fin d'après-midi, ils avaient achevé la charpente et les murs de la grange ; seul le toit restait à poser. Quelques participants se plaignirent bien de la présence d'Œil-de-Faucon parmi eux, mais le maître des lieux les ignora. Lui-même était d'excellente humeur, car il n'avait pas prévu de recevoir tant de soutien et ne pensait pas avancer si vite.

Leur tâche accomplie, tous allèrent se restaurer, puis les musiciens sortirent leurs instruments.

Booker aperçut Théa sous la véranda et lui sourit. Il était temps d'annoncer leurs fiançailles... Jim Coulson se dirigea vers son futur gendre.

— Prêt, mon gars ?

— Prêt.

— Alors, allons-y, dit-il en lui donnant une grande claque dans le dos.

Lorsque Jim déclara à l'assistance que leur hôte souhaitait leur faire part d'une nouvelle, Théa se lissa les cheveux et les rejoignit, le cœur battant. Elle était tellement habituée à s'effacer devant les autres qu'elle ne savait comment se comporter.

— Tout d'abord, commença Booker, je voudrais remercier les femmes ici présentes pour les victuailles qu'elles ont apportées, et les hommes pour leur aide inestimable. Il m'aurait fallu des semaines pour ériger le bâtiment seul.

Il attendit un moment que les applaudissements se soient tus.

— Je suis également reconnaissant aux hommes de la région d'avoir eu l'obligeance de me laisser Mlle Coulson, ajouta-t-il plaisamment. J'ai beaucoup de chance qu'une femme aussi belle et généreuse m'ait attendu si longtemps !

Un silence s'abattit sur l'assistance.

— J'ai demandé Théa en mariage, poursuivit-il en tendant la main vers sa fiancée, et elle m'a fait l'honneur et la joie d'accepter.

Des murmures surpris s'élevèrent, vite remplacés par des félicitations et des applaudissements. La future mariée, écarlate, leva les yeux vers Booker, qui lui serra la taille pour la réconforter.

C'est alors que des cris s'élevèrent du fond du jardin ; toutes les têtes se tournèrent vers la source du chahut. Les vociférations s'amplifièrent, et l'assemblée s'écarta pour laisser passer un individu maigre aux vêtements crasseux, qui traînait Lucas par le col de sa chemise.

— Espèce de bon à rien ! Sale morveux ! grogna-t-il en jetant sa victime à terre.

L'adolescent se recroquevilla aussitôt dans une attitude défensive.

— Que diable ?! s'écria Booker en lâchant Théa pour se diriger vers le lieu du conflit. Qui êtes-vous et que voulez-vous ? demanda-t-il d'un ton menaçant.

— C'est Ronan Bard, expliqua Jim Coulson. Il a recueilli ce garçon chez lui lorsque le train des orphelins est passé par chez nous.

Le maître des lieux jeta un coup d'œil à Théa, qui l'avait suivi.

— Est-ce vrai ?

— Je savais qu'il s'était échappé... mais je ne vous ai rien dit...

— Ce petit minable s'est enfui ! hurla Bard en se penchant vers le garçon.

Ce dernier se protégea de ses bras. La terreur qui se lisait sur son visage apprit à Booker tout ce qu'il avait besoin de savoir. Une colère noire l'envahit. En trois enjambées, il s'interposa entre Lucas et son assaillant.

L'homme lui jeta une œillade haineuse. Booker soutint son regard, se remémorant soudain les étranges cicatrices de l'orphelin. Sans même réfléchir, il envoya un coup de poing bien senti sur le nez du trouble-fête, qui s'affaissa dans la poussière.

— Espèce de crapule ! hurla ce dernier en essuyant le sang qui coulait sur sa lèvre.

Il se releva péniblement et plongea la main dans la poche de son pantalon.

— Les voici ! prononça-t-il triomphant. J'ai les papiers. Le gosse est à moi !

Booker attrapa les feuilles et les déchira en mille morceaux.

— Voilà ce que je pense de vos documents, déclara-t-il calmement.

Bard cracha et voulut frapper Booker, mais ce dernier, plus rapide, lui saisit le poignet au vol.

— Et voici ce que je pense de vous ! martela-t-il en lui assénant un autre uppercut en pleine figure.

L'homme s'écroula à terre, les yeux révulsés. Alors seulement, Booker s'avisa de l'expression effarée de Lucas et de celle, non moins effrayée de Théa, dont le visage blême et les yeux écarquillés exprimaient la consternation.

Qu'avait-il donc fait ? se reprocha-t-il aussitôt. La malheureuse devait être outrée par tant de violence, surtout le jour de leurs fiançailles ! Qu'allait-elle penser de lui ? Aurait-elle seulement encore envie d'épouser un être aussi impulsif ?

Théa, pendant ce temps, contemplait avec mépris le sinistre individu étendu dans la poussière. Il avait gâché sa journée... cette journée qui devait être si spéciale. Toutefois, elle ravala sa déception en pensant à Lucas. Pauvre garçon ! se dit-elle, très émue, en le voyant se relever et épousseter son pantalon neuf. Il fixait Booker avec admiration, comme si ce dernier était un véritable héros.

Spontanément, elle se dirigea vers l'adolescent et

entoura ses épaules d'un bras réconfortant. A sa grande surprise, il ne résista pas et se blottit contre elle, tremblant.

— Merci, Booker, murmura-t-elle.

Ce dernier poussa un soupir de soulagement en constatant qu'elle ne lui en voulait pas.

— Ramenons ce type chez lui, suggéra Jim Coulson. Nous avons un bal qui nous attend, non ?

Plusieurs hommes soulevèrent Bard à demi conscient et le mirent dans un chariot. La foule se dispersa sans mot dire ; les femmes emballèrent la nourriture, tandis que les hommes installaient des tonneaux de bière près de l'estrade destinée au bal. Lucas disparut dans la maison, ce dont Booker profita pour prendre Théa à part.

— Où est Zoé ?

— Maryruth l'a emmenée à l'intérieur avec David tout à l'heure.

— Tant mieux. Je suis content qu'elle n'ait pas assisté à cette altercation, mais je suis désolé de vous avoir infligé cette épreuve.

— Booker..., commença-t-elle. Je dois vous avouer que... je savais que Lucas s'était enfui de chez Bard. Il faisait partie du groupe d'enfants qui étaient arrivés avec Zoé. Il semblait tellement plus épanoui avec vous... alors je me suis tue lorsque j'ai su qu'il s'était échappé. J'aurais peut-être dû vous le dire afin que nous avertissions Mme Vaughn, mais j'avais peur qu'il ne parte. Je le crains encore, d'ailleurs, murmura-t-elle en refoulant les larmes qui lui montaient aux yeux. Ce n'est pas la première fois qu'il se sauve.

Un muscle tressaillit dans la mâchoire de Booker.

— Je ne peux l'en blâmer. Si l'on me battait, je m'enfuirais aussi. Nous trouverons une solution, je vous le promets. Je télégraphierai à Mme Vaughn dès demain matin.

Théa l'approuva d'un signe de tête.

— Mais pour ce soir..., reprit-il.

— Quoi donc ?

— Je pense qu'en tant que fiancés, nous devrions danser, pas vous ? suggéra-t-il avec un sourire charmeur.

Le cœur de Théa bondit dans sa poitrine, mais elle s'efforça de n'en rien laisser paraître. Elle prit la large main qu'il lui tendait et fut aussitôt parcourue par une onde de chaleur.

— J'en serais ravie, monsieur Hayes, dit-elle avec grâce.

Ce soir-là, Lucas s'attarda dans la grange à ciel ouvert aussi longtemps que possible. Le dernier chariot s'était éloigné en cahotant voilà déjà une heure. Depuis, il avait vérifié que Gideon, l'étalon de Booker, ne manquait de rien, et bouchonné le cheval que son bienfaiteur lui avait acheté. Il regretterait cet animal... Il regretterait tout.

Nostalgique, il jeta un coup d'œil aux stalles et huma le parfum des copeaux. Il aurait aimé rester dans cet endroit assez longtemps pour s'y sentir chez lui.

Un rond de lumière vacilla sur le mur et il fit volte-face, apeuré. Mais il se détendit en apercevant son employeur.

— Je me demandais pourquoi tu mettais si longtemps, commença Booker en posant sa lanterne sur un tonneau de clous. Tu t'es occupé de Gideon ?

— Oui, monsieur.

— Crois-tu qu'il se plaît ici ?

— Je n'sais pas.

— As-tu déjà dormi à la belle étoile ? s'enquit Hayes en levant les yeux vers les cieux constellés de diamants.

— Oui, monsieur.

— C'est magnifique, n'est-ce pas ?

— A New York, c'est pas la même chose.

Lorsqu'il était enfant et se cachait dans les ruelles remplies d'immondices, voir un coin de ciel signifiait seulement qu'il était exposé au froid et à la pluie.

— Non, je suppose que non..., admit Hayes en baissant la tête. Dis-moi...

— Quoi ?

— Tu te souviens du jour où je t'ai dit que tu n'étais pas obligé de me parler de ton passé ?

L'adolescent hocha la tête.

— Cela tient toujours. De toute façon, je crois que j'ai deviné la vérité. Je vais télégraphier à Mme Vaughn demain matin.

La gorge de Lucas se serra. Maintenant il lui faudrait déguerpir encore, avant que l'envoyée de l'orphelinat ne revienne et l'entraîne vers un autre horrible endroit.

— Je vais lui raconter ce qui s'est passé avec Bard et lui demander si tu peux rester ici. Comme Mlle Coulson et moi allons bientôt nous marier, je pense que l'orphelinat acceptera sans problèmes. Mais il faut que tu le veuilles aussi.

Stupéfait, Lucas ouvrit des yeux ronds comme des soucoupes. Il ne pouvait croire ce qu'il venait d'entendre. Ainsi, Hayes voulait qu'il reste ici avec lui et l'Ange ? C'était incroyable... un vrai conte de fées !

— Je ne suis pas un geôlier, moi, ajouta gravement Hayes. Si tu restes, ce doit être ton choix. Je ne te poursuivrai pas si tu pars. La décision t'appartient.

— Et ma... mademoiselle Coulson ? Elle est d'accord ?

— Oui.

Ce n'était pas possible ! C'était trop beau pour être vrai. Il existait certainement une loi pour empêcher que ce genre de miracle arrive... Mais après tout, il avait de l'argent maintenant, et si le moindre problème se présentait, il pourrait toujours s'enfuir. En attendant, il profiterait de sa chance.

— D'accord, dit-il simplement.

Soulagé, Booker sourit et sella sa monture.

— Bien. Maintenant que tout est réglé, je vais raccompagner ma fiancée.

Théa, soucieuse, attendait avec impatience dans la cuisine reluisante de propreté. Elle fit volte-face en entendant Booker s'essuyer les pieds sur le paillasson.

— Qu'a-t-il dit ? s'enquit-elle en s'efforçant de contenir son impatience.

Il avait encore une fois remarqué, même en ce jour particulier, la façon dont elle se dévouait pour les autres. Elle avait un talent subtil pour tout accomplir sans attirer l'attention. Il l'étudia, si posée et maîtresse d'elle-même, des qualités dont lui-même avait singulièrement manqué aujourd'hui.

— Il a accepté.

— Croyez-vous qu'il restera ?

— Je l'espère. Etes-vous prête à rentrer chez vous ? s'enquit-il en se rapprochant d'elle.

Elle fit un signe de tête approbateur.

— Comme votre père a pris le chariot, nous irons à cheval.

Théa acquiesça de nouveau et une larme perla à sa paupière.

Une douleur s'insinua dans la poitrine de Booker. Il ne pouvait supporter de la voir malheureuse.

— Ne pleurez pas, je vous en prie, murmura-t-il.

Elle s'essuya les yeux et fit mine de tourner la tête, mais il lui attrapa le menton.

— Quand je pense à la vie que Lucas a dû mener auparavant..., expliqua-t-elle d'une voix tremblante. J'ai mal pour le petit garçon que personne n'aimait, dont personne ne s'occupait. Comment imaginer tout ce qu'il a subi durant sa courte existence ? Si jamais il s'enfuyait et que je ne sache pas où il est ni ce qui lui arrive, je... je...

— Théa, il nous est impossible de changer le passé de Lucas, mais nous pouvons tout faire pour lui rendre le présent et l'avenir meilleurs, murmura-t-il en la serrant contre son cœur.

La jeune femme se blottit contre son épaule en poussant un long soupir. Ils restèrent ainsi de longues minutes, immobiles, unis dans leur affection commune pour Lucas.

Peu à peu, Booker, enivré par le parfum qui se

dégageait de la chevelure soyeuse de sa compagne, se mit à la caresser doucement. Théa leva vers lui un regard plein de désir et d'anxiété mêlés... Alors, n'y tenant plus, Booker l'écrasa contre lui et prit sa bouche en un baiser passionné. Trouble, surprise, choc : une seconde, Théa se raidit face à cet assaut, mais très vite, un plaisir délicieux coula dans ses veines, auquel elle n'eut pas longtemps envie de résister... Vaincue, offerte, elle lui rendit son baiser avec ferveur. Elle ondulait, soupirait, grisée de se sentir femme, fée, magicienne, dans les bras de cet homme dont elle osait s'avouer, en cet instant, qu'il la séduisait...

Booker, enflammé par la passion de sa compagne, dut faire un énorme effort pour interrompre à temps leur étreinte.

— Je ferais mieux de vous raccompagner, murmura-t-il d'une voix rauque.

— Oui... vous avez raison, approuva-t-elle, le souffle court.

— Combien de temps vous faudra-t-il pour organiser la cérémonie ?

Le cœur de Théa bondit d'allégresse. Son fiancé, lui aussi, attendait le mariage avec impatience ! N'était-ce pas là un heureux présage ? De toute son âme, elle l'espérait...

— Une semaine, promit-elle. Juste une semaine.

9.

Sept jours... sept nuits... Ce fut la semaine la plus longue de toute sa vie.

Bien qu'elle s'occupât plus que de coutume, entre le banquet à préparer et le déménagement de ses affaires dans la nouvelle maison, Théa avait l'impression que jamais les heures ne s'écouleraient.

Le jeudi, Trudy l'appela pour une séance d'essayage. Elle dut rester debout des heures durant tandis que sa belle-mère épinglait, faufilait et jetait des regards en coin à Madeline.

Théa avait redouté ces essayages, qui lui rappelaient trop des souvenirs qu'elle préférait oublier... Leurs lamentations sur sa taille lorsqu'elle n'était qu'une écolière... Leurs tentatives pour la couvrir de volants et de dentelles... Son envie de disparaître avant de mourir de honte.

— Tu avais raison pour cette robe, Théa, commenta Trudy. Elle est assez discrète pour ne pas attirer l'attention, mais elle possède une certaine élégance qui t'avantage.

L'intéressée s'observa dans le miroir. Le satin ivoire mettait en valeur ses cheveux trop roux et sa peau constellée de taches de rousseur mieux qu'un blanc immaculé n'aurait pu le faire. Le corsage et la taille ajustés soulignaient une fine silhouette. Elle s'imagina dans l'église ensoleillée samedi matin, et se sentit presque acceptable.

— Même quand tu portes des escarpins à talons hauts, M. Hayes est plus grand que toi. Quelle chance ! se réjouit Trudy.

Théa ne releva pas la réflexion et se réfugia dans ses pensées, passant en revue les préparatifs restants.

Comme ils n'avaient pas d'enfants, Odessa et Adler Woodridge avaient proposé d'organiser la réception chez eux. Ils vivaient dans un endroit central, assez proche d'Omaha pour faciliter les trajets de dernière minute, aussi leur nièce accepta-t-elle leur offre avec plaisir. Le vendredi soir, veille de la cérémonie, Denzel, Booker et Œil-de-Faucon empilèrent dans le chariot les planches destinées à l'estrade des musiciens, puis les emmenèrent chez son oncle et sa tante.

Sur le chemin du retour, Booker aperçut Théa et Zoé qui venaient en sens inverse. Il sauta sur le siège de leur chariot et prit congé de ses compagnons.

— Vous tombez à pic, commenta la jeune femme. Je voulais emmener toutes les victuailles et le linge de table chez Odessa aujourd'hui, afin de n'avoir rien à faire demain.

— Où est Lucas ?

— Avec mon père.

Booker tendit le bras et caressa les cheveux de Zoé.

— Comment va ma puce ?

En voyant la fillette le gratifier d'un large sourire, il sentit son cœur se gonfler de joie. Petit à petit, sa nièce l'acceptait ; il allait épouser une femme merveilleuse. La vie était belle !

Quand ils arrivèrent, oncle Adler les attendait dans le jardin. Il serra Théa dans ses bras avec affection et leva la tête pour la regarder : il était plus petit qu'elle !

— Ta mère serait heureuse pour toi. Je me souviens comme elle resplendissait le jour de son mariage.

— J'aimerais tant qu'elle soit avec nous !

— Elle y est, murmura-t-il d'un ton réconfortant.

Avec l'aide de son fiancé, elle transporta les paniers dans la cuisine. Odessa leur servit du café et ils bavardèrent un peu. Puis, comme des préparatifs de dernière minute attendaient la jeune femme dans sa future demeure, ils s'en retournèrent. Zoé s'endormit pendant le trajet, et lorsqu'ils arrivèrent, Théa la déshabilla puis la mit au lit.

Booker, qui l'avait secondée, la suivit ensuite jusqu'à la chambre qu'il lui avait attribuée. Elle y avait déjà emmené la plupart de ses affaires, sauf celles dont elle aurait besoin pour le mariage. Il alluma la lampe à pétrole et la regarda s'agenouiller et fouiller dans une malle.

— Que cherchez-vous ?

— Un rang de perles qui appartenait à ma mère. Je pensais les porter demain. Ah, voici ma boîte à bijoux !

Elle sortit un coffret couvert de tapisserie et l'ouvrit. Elle prit le collier, puis le posa d'un air déçu.

— Non, il est plus long que je ne croyais.

— Et alors ?

— Je crois qu'il ne m'ira pas, protesta Théa en rougissant.

— Regardez, s'il est trop long, vous pouvez le porter en deux rangs. Levez-vous et tournez-vous.

— Mais...

— Laissez-moi faire, insista-t-il.

Il la conduisit vers le miroir, enroula deux fois les perles autour de son cou gracile et attacha le fermoir. Les pierres étaient fraîches contre la peau de la jeune femme. Eperdue, elle croisa le regard de Booker dans la glace.

— Vous êtes ravissante, murmura-t-il à son oreille.

Le cœur de Théa manqua un battement.

— Puis-je dénouer vos cheveux ? s'enquit-il d'une voix rauque.

Elle considéra sa crinière rebelle. Durant le trajet, plusieurs mèches s'étaient échappées et balayaient son cou et ses joues. Autant l'habituer petit à petit, se dit-elle avec une ironie amère. Il les verrait bien un jour ou l'autre... comme il verrait sa peau constellée de taches de rousseur.

Elle releva les bras pour retirer les épingles qui retenaient sa coiffure, mais Booker la devança. Il observa avec admiration la chevelure cuivrée qui s'éployait sur ses épaules, et y glissa les doigts avec volupté, frôlant la nuque de Théa au passage. Cette dernière fut parcourue d'un délicieux frisson. Dans un élan, elle pivota et lui offrit ses lèvres. Mais au lieu du baiser espéré, il dessina délicatement le contour de son front, de ses pommettes, de sa bouche...

Ces caresses trop sage ne firent qu'enflammer la jeune femme qui se rapprocha de lui, moulant son corps contre le sien. Alors, Booker, encouragé par cette initiative, l'embrassa sans retenue jusqu'à ce qu'elle soit hors d'haleine, jusqu'à la sentir fondre entre ses bras.

Théa, frémissante de désir, fit courir ses doigts sur les pectoraux de son compagnon. Une plainte rauque lui échappa et il se débarrassa vivement de sa chemise. Lorsqu'elle toucha pour la première fois la peau de son fiancé, la jeune femme sentit s'évanouir ses ultimes pudeurs. Grisée au-delà de toute expression, elle s'abandonna avec délices à l'exploration de ce torse magnifique.

Il poussa un profond soupir et entreprit, à son tour, de déboutonner sa robe. La jeune femme, éblouie, baissa les paupières et retint sa respiration. C'était donc ainsi que cela se passait... il n'avait pas eu à dire un mot...

Son corsage tomba, ne laissant qu'une fine chemise de batiste pour couvrir sa nudité. Mais elle n'eut pas le temps de ressentir de gêne, car déjà Booker englobait délicatement ses seins, effleurant leur pointe de ses paumes. Elle crut défaillir et poussa un gémissement de plaisir.

Alors il la souleva dans ses bras, l'allongea sur le lit, puis reprit ses caresses. Théa se cambra instinctivement, dans l'attente de sensations plus intenses encore.

Mais soudain, à travers la brume de sa passion, elle entendit prononcer son nom, comme s'il venait de très loin.

Elle se raidit et prêta l'oreille.

— Théa ? appela la voix de Lucas dans le corridor. La petite a besoin de vous.

— Je... j'arrive, bredouilla-t-elle en se séparant de son fiancé à contrecœur.

Elle tenta de se rhabiller, mais l'émotion la rendait malhabile. Booker vint à son secours.

— Lorsque vous aurez vu Zoé, je vous ramènerai chez vous.

Soudain embarrassée, elle lui tourna le dos afin qu'il boutonnât sa robe. Puis elle essaya sans grand succès de se coiffer.

— Encore une nuit, chuchota-t-il dans son cou.

Théa pivota et vit ses yeux noirs briller d'une lueur ardente. Les ombres portées par la lanterne soulignaient ses épaules solides et son torse puissant.

— Plus qu'une nuit, oui, murmura-t-elle, sachant que ce serait la plus longue de sa vie.

Quand Lynette Rawlings, parée de sa plus belle robe, eut joué les dernières notes d'un cantique, toutes les têtes se tournèrent vers la mariée qui se tenait à l'entrée de l'église, un délicat bouquet de violettes à la main.

— Le moment est venu, ma petite Théa, lui murmura Jim Coulson.

Elle remercia Dieu que son père fût aussi grand et fort lorsqu'il prit son bras pour la conduire vers le pasteur et Booker. La nef lui sembla interminable ; l'assistance, une mer de visages obscurs. Elle ne pouvait détacher les yeux de son fiancé, si élégant dans son costume sombre. Lorsqu'il capta son regard, une vague d'exaltation la submergea. Enfin, son père et elle arrivèrent près de l'autel.

— Qui consent à ce que cette femme soit unie à cet homme par les liens sacrés du mariage? demanda le révérend.

— Moi, répondit solennellement Jim en plaçant la main de sa fille dans celle du major.

Puis, les yeux mouillés de larmes, il alla s'asseoir auprès de Trudy.

Le ministre du culte lut un passage sur sa bible écornée. Booker pressa la main de Théa. Dans quelques minutes, songea-t-elle avec émerveillement, cet homme serait son époux, pour toujours et à jamais. Elle vivrait avec lui, dormirait à ses côtés, porterait ses enfants, verrait les premières mèches grises apparaître dans ses cheveux noirs...

Le reste de la cérémonie s'écoula dans un tourbillon.

— Vous pouvez embrasser la mariée, conclut le pasteur en fermant le livre saint.

Booker la caressa du regard puis se pencha pour poser ses lèvres sur les siennes. Un baiser chaste, furtif.

Voilà... elle avait épousé le major Booker Hayes, songea Théa, étourdie de bonheur.

Des applaudissements nourris éclatèrent dans la salle. Lynette entama joyeusement les premières mesures de la marche nuptiale tandis que les mariés remontaient la nef, sous les yeux de toutes les personnes que Théa connaissait depuis toujours. Depuis toujours, elle assistait aux offices avec son père et ses sœurs, sagement assise au troisième rang. Puis elle rentrait à la maison pour servir le repas qu'elle avait préparé dès l'aube.

Booker Hayes avait changé tout cela.

Maintenant et pour sa vie entière, elle rentrerait à la maison avec lui.

Lorsqu'ils furent dehors, les fidèles se rassemblèrent autour d'eux pour les féliciter, puis ils se séparèrent et se dirigèrent vers la ferme des Woodridge.

La jeune femme se jucha à côté de son mari sur le banc du chariot. Zoé et Lucas étaient assis à l'arrière avec Maryruth et Denzel. La nature entière semblait s'être parée des couleurs de la fête pour célébrer leur bonheur. Les champs de blé ondulaient doucement sous la brise d'été.

— Tous ces beaux épis passeront bientôt par notre moulin, commenta son époux en rajustant son chapeau noir.

Il avait dit notre moulin, songea-t-elle, en s'efforçant de contenir des larmes de joie. Quand ils arrivèrent à destination, Booker rangea le véhicule derrière la file qui s'était déjà formée, puis lui tendit les bras pour l'aider à descendre.

— Booker, protesta-t-elle, tandis que Maryruth entraînait Zoé vers la maison. Personne ne m'a aidée à descendre d'un cheval ou d'un chariot depuis mon enfance.

— Vous avez droit aux mêmes égards que les autres... à plus d'égards, même, car vous êtes mon épouse.

— Mais...

Il releva son chapeau et la dévisagea d'un œil exaspéré.

— Théa, nous allons mettre les choses au point une bonne fois pour toutes. Pourquoi ne voulez-vous jamais de mon aide ?

— C'est que... je suis trop grande, articula-t-elle en rougissant.

— Trop grande pour quoi ?

— Pour qu'on me porte, évidemment ! Et maintenant, laissez-moi descendre avant que nous ne nous donnions en spectacle.

— Je ne bougerai pas d'un pouce, déclara-t-il, têtu. Ma mère m'a élevé en gentleman et vous allez me laisser me comporter comme tel !

Elle contempla ses épaules carrées, ses pieds fermement campés dans le sol. Cette attitude déterminée l'amusa tant qu'elle se mit à rire.

— Bon, très bien, capitula-t-elle avec un geste désinvolte. Mais je vous aurai averti !

Elle posa les mains sur les épaules de Booker, qui l'attrapa par la taille et la déposa à terre en un clin d'œil.

— Alors, madame Hayes, cela valait-il la peine de faire tant d'histoires ?

Elle rougit et se dirigea vers la maison, mais il l'attrapa par le poignet et l'obligea à lui faire face.

— C'est là que vous devez dire : « Merci de ne pas m'avoir laissée tomber, monsieur mon mari. »

Elle sourit et lui donna une petite tape sur le bras.

— Je n'avais pas peur que vous me lâchiez, voyons !

— Alors que craigniez-vous ?

— Je suis aussi grande, sinon plus, que la plupart des hommes. Vous êtes le premier à avoir osé me porter ainsi.

— Ai-je l'air abattu par l'effort ?

— Non, bien sûr que non.

— Ne vous inquiétez pas, je serai à la hauteur en

toutes circonstances ! chuchota-t-il d'une voix suggestive en lui prenant le bras.

Théa s'empourpra. Elle l'observa à la dérobée et il la gratifia d'un sourire innocent.

— Vous voilà ! s'exclama Trudy. Venez voir, vite !

Ils la rejoignirent et découvrirent, émerveillés, un assortiment de plats plus appétissants les uns que les autres. Lexie leur présenta une immense pièce montée ornée de rubans et de nœuds en glaçage pastel.

— Lexie, c'est toi qui l'as confectionnée ? s'étonna Théa.

Sa jeune demi-sœur baissa la tête en rosissant.

— Tatie m'a aidée, admit-elle.

— Ce gâteau est absolument superbe ! la complimenta Théa. Tu n'aurais pas pu m'offrir de plus beau cadeau. Je te remercie du fond du cœur !

Ensuite, Odessa entraîna les jeunes mariés vers la véranda où les attendait un amoncellement de paquets colorés. Ils ouvrirent à tour de rôle chacun des présents. Jim Coulson leur avait offert une magnifique pendule de cheminée ; Maryruth des draps et des oreillers brodés, tandis qu'Elsbeth et son mari avaient apporté de Saint Louis un service en porcelaine.

L'enthousiasme se calma peu à peu. Les hommes se dispersèrent pour jouer aux fers à cheval, tandis que les femmes s'éparpillaient dans la maison et le jardin. Lucas trouva Théa assise auprès de Booker, sur la balancelle de la véranda.

— Je... je vous ai aussi apporté quelque chose, balbutia-t-il, les mains derrière le dos.

— Qu'est-ce que c'est ?

Il lui tendit un paquet plat emballé dans du papier kraft et fermé avec de la ficelle. Intriguée, Théa jeta un coup d'œil à son époux, qui haussa les épaules en signe d'ignorance. Elle dénoua la cordelette et écarta le papier, révélant le dos d'un cadre. La jeune femme le retourna et découvrit un dessin au fusain protégé par une plaque de verre : une petite fille était assise sur une pelouse, une jambe repliée sous sa robe, l'autre étendue devant elle. Un chaton joueur grimpait sur son cou et lui léchait la joue, tandis que l'enfant riait à gorge déployée.

L'enfant, bien sûr, c'était Zoé.

Théa, émue, leva les yeux vers Lucas.

— C'est tout son portrait ! Tu es vraiment doué, tu sais.

— M. Hayes m'a donné le papier et les fusains, expliqua Lucas en fourrant les mains dans ses poches.

— On peut dire que tu en as fait bon usage... L'aviez-vous déjà vu ? s'enquit-elle auprès de Booker.

— Non, répondit-il d'une voix enrouée par l'émotion.

— Où l'as-tu fait encadrer ? demanda la jeune femme à Lucas.

— Œil-de-Faucon m'a accompagné au comptoir de Bellevue.

— Je te remercie beaucoup. Ton cadeau me touche infiniment. Je sais déjà où je vais l'accrocher.

Il rougit et lui sourit timidement, puis il tourna les talons et détala vers le fond du jardin

Théa étudia le dessin plus avant.

— Il a beaucoup de talent. Le saviez-vous, Booker ?

— Il n'arrêtait pas de dessiner des chevaux et des paysages sur des morceaux d'écorce, alors je lui ai offert du papier. C'est la première fois que je le vois montrer une de ses œuvres. Il vous aime beaucoup, c'est évident.

— Combien de temps pensez-vous qu'il faudra à Mme Vaughn pour arriver ici ?

— Probablement une ou deux semaines. Pourquoi ?

— Je me demandais...

— Oui ?

— Si... si nous ne pourrions pas adopter Lucas.

Il sourit, ravi.

— Comme quoi, les grands esprits se rencontrent ! J'ai songé à la même chose.

— Vraiment ?

— Oui. Mais il faudrait qu'il le veuille.

— Dans ce cas, nous le lui proposerons.

— Très bien, acquiesça-t-il en posant sa main sur celle de Théa.

Malgré son enthousiasme, elle perçut en lui une pointe de tristesse et en ressentit une vague culpabilité. Que se passait-il donc ?

Elle-même avait apprécié cette journée, l'attention de ses parents, de ses sœurs, le bonheur qu'avait eu sa tante à tout préparer...

Et soudain, elle comprit.

Tous ses amis à elle étaient rassemblés pour l'occasion. Sa famille était là, au grand complet, même Elsbeth, venue de Saint Louis. Ils l'avaient félicitée, embrassée et lui avait offert des présents... mais Booker n'avait plus de famille.

Personne, sauf Zoé.

Des larmes perlèrent au coin de ses yeux.

— Théa ! Que se passe-t-il ? s'inquiéta-t-il en effleurant sa joue.

— Je viens juste de m'apercevoir combien votre sœur et votre mère doivent vous manquer.

— Vous pleurez pour moi ?

— Cela a dû être si douloureux pour vous de trier les affaires de Julia et de meubler votre maison avec des objets qui lui appartenaient.

— Je me sens plus proche d'elle en ayant ses possessions autour de moi, expliqua-t-il en s'adossant à la balancelle.

— Qu'est-il arrivé à vos parents, Booker ?

— Mon père est mort lorsque j'étais enfant. J'ai alors vécu avec ma mère et ma sœur dans un appartement situé au-dessus d'un magasin, à Chicago. Ma mère a été emportée par la maladie quelques années après mon enrôlement dans l'armée.

— Je me souviens à peine de la mienne, murmura Théa. Nous vivions dans une cabane en terre battue, à l'époque, puis elle est tombée malade. Il faisait si froid l'hiver !

— Je sais au moins une chose sur elle...

— Quoi ?

— Elle devait être belle.

Théa scruta son expression pour tenter de déceler s'il était sérieux.

— Pensez-vous que ce soit important ? Qu'une femme soit belle ?

— Non, répliqua-t-il immédiatement. Bien sûr, comme tous les hommes, j'apprécie la beauté, mais à mon sens, le charme est bien plus important. Or, j'ai connu nombre de beautés qui n'avaient ni votre sensibilité, ni votre rayonnement.

— Vous me connaissez à peine, murmura-t-elle.

— Je sais ce que j'ai besoin de savoir.

Il avait déjà prononcé ces mots lorsqu'il lui avait demandé sa main. Que signifiait cette phrase énigmatique ? Qu'il savait qu'elle serait une bonne mère pour Zoé, et que c'était tout ce qui importait ?

— Booker ! appela Denzel. Que dirais-tu de jouer avec nous aux fers à cheval ?

— Allez-y, l'encouragea-t-elle.

Il lui baisa la main et rejoignit les hommes.

« Il avait connu nombre de beautés », se répéta-t-elle. Ces mots demeuraient gravés au fer rouge dans son esprit. Cela voulait sûrement dire qu'il ne la trouvait pas séduisante. Pourtant, la veille, lorsqu'il l'avait embrassée, elle avait cru... Mais comme il le disait lui-même, c'était un homme, avec des besoins d'homme... Son empressement, par conséquent, ne prouvait rien.

Le cœur serré, Théa pénétra dans la maison et fut aussitôt attirée par des voix venant de la salle à manger. Elle se dirigea vers la pièce et aperçut Madeline qui rangeait des assiettes dans le buffet, tandis que sa sœur aînée nettoyait l'argenterie.

— Elsbeth, disait Madeline, n'est-il pas le plus bel homme que tu aies jamais vu ?

— Il est beau, en effet.

Théa s'arrêta sur le seuil, se demandant de qui elles parlaient.

— Il aurait pu avoir n'importe quelle fille du comté, ou même de l'Etat !

— N'y aurait-il pas une pointe de jalousie dans ton discours, Madeline ? Tu avais l'œil sur M. Hayes, peut-être ?

Médusée, Théa se figea... ses demi-sœurs discutaient de son mari !

— En tout cas, nous aurions été plus assortis. Pour l'amour du ciel, Ellie ! Elle est si grande et si mal fagotée ! Elle n'a pas la moindre idée de comment se comporter avec un homme... comment lui donner du plaisir...

L'estomac de Théa se contracta. Elle avait toujours soupçonné Madeline de ne guère l'apprécier, mais l'entendre exprimer tant de dédain la blessait profondément.

— Oh, parce que tu es plus au fait des choses de l'amour, peut-être, ma chère petite sœur ? railla Elsbeth.

— Certainement plus qu'elle. Voyons, pense aux terres de papa ; ne me dis pas qu'il n'y a pas songé... Elle recevra un jour un gros héritage.

— C'est vrai, mais tout de même...

— Et j'aimerais que tu le voies avec sa nièce, l'interrompit Madeline. Il ferait n'importe quoi pour elle. Il est venu droit de New York pour la retrouver. Il lui a construit une maison et maintenant il lui a donné la mère qu'elle voulait, avec en prime la perspective d'agrandir son domaine.

Théa porta une main tremblante à sa bouche. Etait-ce vrai ? Aurait-il fait n'importe quoi ? Aurait-il épousé une vieille fille insignifiante et sans attrait ?

Non, ce n'était pas possible ! songea-t-elle en gémissant.

Alertée par cette plainte, Madeline fit volte-face et blêmit en apercevant Théa, mais cette dernière se précipita à l'extérieur sans lui laisser le temps d'articuler une parole.

Une fois dans le jardin, elle fit un effort pour se calmer et se dirigea vers l'arbre où étaient réunies tante Odessa, Agnès et les autres femmes. Madeline avait-elle vraiment eu l'œil sur Booker? Etait-ce pour cela que ses propos étaient si malveillants? C'était ridicule. Elle attirait tous les hommes à la ronde, alors pourquoi refuserait-elle à Théa une part de bonheur?

— Théa, l'interpella Lynette Rawlings. Pourrais-tu nous aider à finir ce patchwork?

— Bien sûr. Si nous nous y attelons maintenant, nous l'aurons peut-être terminé ce soir.

Elle était heureuse de pouvoir oublier un moment les réflexions de Madeline et les doutes qui lui rongeaient le cœur. Pourtant, bien qu'elle s'efforcât de faire bonne figure, son malaise demeura.

Booker, qui n'avait atteint la cible qu'à grand-peine, se redressa et sourit à son beau-père.

— Ne te mets pas au jeu, fiston, lui conseilla Jim en tirant sur sa pipe. Tu perdrais des fortunes!

— Je n'en ai pas l'intention.

Comme durant tout l'après-midi, il chercha Théa du regard.

— Je l'ai vue à l'intérieur tout à l'heure, l'informa Denzel.

Le marié traversa le jardin et pénétra dans la maison. Une bienfaisante fraîcheur régnait dans la cuisine. Il trouva son épouse en train de couper du pain et d'empiler les tranches sur des assiettes. David, assis sur une chaise haute, jouait avec un bout de ficelle. Subjugué, Booker observa les épaules rondes et les hanches pleines de Théa, que moulait la robe de satin crème. Elle était fermée dans le dos par de minuscules boutons en tissu, qu'il s'imagina en train de défaire un à un. La soie crissait, voluptueuse, sur son corps superbe... Que portait-elle en dessous ? Des jarretelles ? Des bas ?

Il se reprit et s'éclaircit la gorge.

— Que faites-vous ?

— Je prépare le repas du soir.

— Mais c'est votre mariage ! Quelqu'un d'autre pourrait certainement s'en charger.

— Toutes mes sœurs s'occupent du patchwork. Et puis, cela ne me gêne pas, ajouta-t-elle à la hâte.

Ses prunelles bleu-vert avaient pris une teinte plus vive. La robe ivoire mettait en valeur son teint de porcelaine, ce qui amena Booker à imaginer les taches de rousseur émaillant ses seins... A quels autres endroits se cachaient ces délicieuses constellations ? Le long de ses jambes déliées ? Sur son ventre ?

Le regard de Booker s'attarda sur les perles qui ornaient son cou, et le souvenir de leur étreinte fit monter en lui un violent émoi. Il se remémora sa peau tiède et satinée, le halo cuivré de sa chevelure, le goût de ses lèvres, son parfum enivrant...

Il serra les poings, puis s'obligea à les détendre. Seigneur ! elle était si pure, si innocente — et pourtant jamais aucune femme ne lui avait inspiré pareil désir charnel !

A ce moment, David frappa le plateau de sa chaise. Théa le souleva de son siège, puis planta un baiser sonore sur sa joue potelée.

— Je suppose que Maryruth avait besoin de s'amuser un peu, fit observer Booker sans cacher son mécontentement.

— Quelque chose ne va pas ? s'enquit Théa, en écarquillant les yeux.

— Ne voyez-vous donc pas que tout le monde profite de vous ? C'est le jour le plus important de votre vie et vous vous escrimez à la tâche... Regardez-vous !

Il passa derrière elle et dénoua le tablier, puis le jeta sur la table d'un air rageur.

— Je suis désolée, s'excusa-t-elle. Je ne voulais pas vous déplaire.

Quel hypocrite il faisait ! s'avisa-t-il soudain. L'attitude des amis et de la famille de la mariée envers elle le rendait furieux, et pourtant il était là, inutile, consumé par le désir ! N'allait-il pas lui aussi profiter d'elle, en assouvissant ses propres besoins ?

Eh bien non ! décida-t-il. Tout ce qu'il adviendrait ensuite dans leur intimité devrait être la décision de Théa. Bien sûr, elle avait semblé répondre avec fougue à ses étreintes, mais n'était-ce pas seulement pour le contenter ? Une telle attitude correspondrait en tout point au caractère altruiste de la jeune femme. S'il ne voulait pas être aussi égoïste que ceux qu'il condamnait, il se devait de la respecter. Malgré le désir intense qu'elle faisait naître en lui, il attendrait qu'elle vienne librement à lui.

10.

Une fois arrivés chez eux, les mariés saluèrent les jeunes du voisinage qui les avaient escortés en frappant sur des casseroles et en chantant à tue-tête. Le joyeux groupe s'éloigna, et bientôt le brouhaha des conversations s'estompa dans le lointain.

Œil-de-Faucon et Lucas étaient venus plus tôt s'occuper des tâches quotidiennes, puis l'Indien avait décidé que lui et l'adolescent passeraient la nuit dans la grange. Denzel et Maryruth avaient emmené Zoé chez eux.

Booker aida Théa à descendre du chariot et la guida vers leur logis. Une fois arrivé sous le porche, il ouvrit la porte et fit une halte. La jeune femme leva vers lui un regard interrogateur.

— Il est d'usage, madame Hayes, qu'un mari porte sa femme à l'intérieur, expliqua-t-il avec un sourire. Et je n'accepterai aucune protestation cette fois...

Elle s'empourpra mais se laissa faire. Son compagnon la souleva dans ses bras solides, franchit le seuil avec solennité et la déposa doucement sur le sol avant de refermer le battant, qui résonna étrangement dans la maison vide.

Ils étaient seuls... entièrement seuls...

Troublée par cette proximité, Théa se réfugia dans ses habitudes.

— Voulez-vous du café ? s'enquit-elle.

— J'ai assez bu et mangé pour au moins une semaine.

Elle fronça les sourcils, inquiète.

— Ah bon ? Vous souhaitez peut-être une cuillère d'extrait de menthe pour soulager votre estomac ?

— Non, ça ira, répondit-il en lui saisissant les poignets.

La jeune femme frémit à son contact. Qu'allait-il se passer maintenant ? Comment devait-elle se comporter ?

— Théa, il faut que nous parlions, commença Booker d'un air grave.

— Entendu, murmura-t-elle.

Il lui prit la main, emporta la lampe qu'il venait d'allumer et guida la mariée vers l'escalier. Le sang de cette dernière tambourinait à ses tempes comme un oiseau fou.

— J'ai beaucoup réfléchi aujourd'hui, déclara-t-il en atteignant le palier. Bien que cela me coûte énormément, je dois vous dire une chose.

— A quel propos ? s'enquit-elle, interdite.

— A notre sujet.

— Que se passe-t-il ?

Booker entra dans la chambre de Théa, puis annonça brusquement :

— Je vous laisse choisir l'endroit où vous voulez dormir...

Elle en resta bouche bée. Ainsi, il avait réfléchi au meilleur arrangement pour dormir ? Les paroles cruelles de Madeline lui revinrent à la mémoire : il aurait pu avoir n'importe quelle fille du comté.

— Vous pouvez rester ici, ou me rejoindre dans ma chambre.

Théa n'a pas la moindre idée de comment se comporter avec un homme... comment lui donner du plaisir.

« J'ai connu nombre de beautés », avait-il dit... mais elle était juste une vieille fille avec un gros héritage en perspective. Voyons, pense aux terres de papa ; ne me dis pas qu'il n'y a pas songé.

— Je me conformerai à votre décision, reprit-il.

Mais elle n'entendait plus que la conversation surprise quelques heures plus tôt.

J'aimerais que tu le voies avec sa nièce. Il ferait n'importe quoi pour elle.

Oui, Booker adorait Zoé... assez pour s'unir à une femme qui l'indifférait et même accomplir son devoir conjugal, si elle insistait..., songea Théa, le cœur de plus en plus lourd.

Elle avait souvent eu à accomplir des choses désagréables durant ses vingt-neuf ans d'existence, mais il était hors de question qu'elle supplie un homme pour qu'il l'accepte dans son lit !

— Je vous en prie, comprenez-moi, murmura-t-il.

Oh, elle comprenait ! Elle comprenait qu'on puisse ne pas trouver séduisante Théa-la-Géante ! Mais pourquoi lui avoir joué la veille la comédie du désir ? Pourquoi lui avoir fait croire qu'elle lui plaisait ? De toute façon, elle l'aurait épousé, rien que pour Zoé. Il le savait. Mais ce rejet... alors qu'il avait fait naître l'espoir en elle, c'était insupportable !

— Je comprends, articula-t-elle d'une voix blanche.

— Je me plierai à tous vos choix, reprit-il.

Bien sûr, qu'il s'y plierait. Il consentirait même à la faire sienne, mais elle lui épargnerait cette épreuve, songea-t-elle amèrement.

— Théa, je veux que vous soyez heureuse. Votre bonheur m'importe beaucoup.

— Merci, dit-elle sèchement en ouvrant la porte pour le laisser sortir.

Juste avant qu'elle ne referme le battant, elle eut le temps de voir son expression. Etait-ce de la surprise ? Du soulagement ? Difficile à dire...

Restée seule, la jeune femme s'observa dans le miroir. Elle arracha le brin de gypsophile qui ornait sa coiffure et le jeta rageusement à terre.

— Espèce d'idiote ! lança-t-elle à son reflet. Tu pensais vraiment qu'il avait envie de toi ? Tu croyais réellement que c'était plus qu'un arrangement pratique pour donner une mère à Zoé ? Ah, il s'est bien joué de toi, avec son ardeur feinte !

Submergée par le désespoir, elle tomba à genoux sur le parquet et se mit à sangloter de plus belle. Elle était trop grande, sans aucun attrait... toujours la même rengaine... Elle avait été si naïve, et lui si convaincant... Mais c'était sa nièce qu'il voulait rendre heureuse, pas elle.

Au bout d'un moment qui lui sembla une éternité, la jeune femme se releva avec peine. Son corps lui semblait de plomb. Elle n'avait qu'une envie, se coucher et se réfugier dans le sommeil. Malheureusement, sa parure de satin n'était pas faite pour être enlevée seule. Elle réussit tant bien que mal à défaire une quinzaine de centimètres de boutons en partant de la nuque ; puis à peu près autant au niveau de la taille. Elle regarda par-dessus son épaule dans le miroir : les minuscules attaches restantes auraient tout aussi bien pu se trouver à dix kilomètres ! En se contorsionnant, elle parvint toutefois à en déboutonner deux ou trois de plus. Des gouttes de sueur perlaient sur son front. Haletante, elle s'assit au bord du lit et maudit son mari. Il eût mérité qu'elle se ruât dans le corridor à l'instant et lui ordonnât de l'aider à ôter cette robe !

Mais comme d'habitude, elle prit sur elle et n'en fit rien...

Elle fit voler en éclat les derniers boutons, retira sa tenue et tourna la mèche pour éteindre la lumière. Elle n'eut même pas le courage de se débarrasser de ses dessous pour revêtir une chemise de nuit. Epuisée, elle s'allongea sur le lit et fixa le plafond d'un air absent.

Une vieille fille... Théa-la-Géante...

La détresse lui contractait la gorge. Dire qu'elle avait placé toute sa confiance et ses espoirs dans ce major aux yeux noirs ! Elle avait beau se maudire de sa propre folie, elle l'avait épousé, et devrait en subir les conséquences.

Elle se consacrerait à Zoé. Après tout, n'était-ce pas pour la fillette qu'elle avait initialement consenti à cette union ? Qu'elle en soit venue à être attirée par son mari n'avait aucune importance. Elle devrait reléguer son désir aux oubliettes, comme elle l'avait toujours fait...

*

Booker s'assit sur la malle de cuir située au pied de son lit et se passa la main dans les cheveux en un geste désespéré.

Il avait tout gâché, cette fois : il l'avait lu sur le visage de Théa. Pourtant, il ne souhaitait que son bonheur. Il voulait la laisser libre de décider. Qu'aurait-il pu dire d'autre ?

Il n'avait qu'une envie : la rejoindre et la prendre avec fougue. D'ailleurs, elle se laisserait faire ; sans aucun doute, elle se laisserait faire.

Mais il ne pouvait pas être aussi égoïste, il lui avait promis de respecter son choix.

Peut-être viendrait-elle le rejoindre ? se dit-il dans un sursaut d'espoir. Il lui avait bien fait comprendre que c'était ce qu'il désirait, tout en lui expliquant qu'il accepterait son refus.

Mais pourquoi voudrait-elle de lui ? Après tout, Zoé était officiellement l'unique raison de leur mariage. Et même si Théa avait parfois paru répondre à ses avances, c'était sûrement pour lui complaire. N'était-ce pas sa façon d'être : se sacrifier pour les autres ? Puisqu'elle acceptait leur union, elle acceptait aussi le devoir conjugal, même si cela lui répugnait. Elle avait certainement simulé la passion, pour lui plaire. Sinon, comment expliquer sa dérobade de ce soir ?

Booker se leva, retira sa chemise et la jeta sur le coffre. Une brise chaude pénétrait par la fenêtre ouverte et le clair de lune inondait la pièce. Il alla contempler son domaine, le barrage qu'il avait construit, les fondations du moulin. Peu à peu, les rêves qu'il avait si patiemment élaborés se réalisaient.

Tous — sauf un.

Théa ne venait pas le rejoindre, elle avait pris sa décision.

Lentement, le cœur lourd de regrets, Booker se déshabilla et s'allongea sur le matelas. Il s'avisa soudain qu'il ne regrettait pas seulement de ne pouvoir satisfaire son désir charnel. Le vide qu'il éprouvait n'était pas de cette nature...

Il l'aimait...

Il aimait sa femme mais elle se refusait à lui.

Théa se leva un peu avant l'aube. Elle n'avait pas fermé l'œil de la nuit. Elle descendit à pas feutrés dans la cuisine pour chercher de l'eau chaude et remonta se laver. Lorsqu'elle fut vêtue, elle étudia un moment le patchwork représentant deux anneaux entrelacés, confectionné pour son lit nuptial...

Non ! se gourmanda-t-elle aussitôt. Elle devait se concentrer sur Zoé et Lucas et oublier ses ridicules rêveries adolescentes !

Elle redescendit, sortit ramasser des œufs dans le poulailler, pétrit de la pâte à pain puis monta de l'eau chaude à Booker. Elle frappa doucement à la porte pour l'avertir, posa le broc sur le parquet du corridor et s'éloigna sans attendre.

Plus tard, tandis qu'elle faisait griller des tranches de bacon dans la poêle, elle sentit la présence de son époux derrière elle. Elle se concentra sur sa tâche, évitant de le regarder en face.

— Bonjour, dit-il simplement.

— Bonjour.

Elle le vit tendre la main pour attraper la cafetière,

puis entendit une chaise racler le sol et crut qu'il s'était assis. Aussi sursauta-t-elle lorsqu'il lui effleura le bras.

— Puis-je aller chercher Lucas et Œil-de-Faucon ?

— Oui, ce sera bientôt prêt, acquiesça-t-elle en cassant des œufs dans une autre poêle.

— Merci pour l'eau.

— Ce n'est rien, assura-t-elle, interloquée.

Elle en avait toujours porté un baquet à ses parents et à ses sœurs le matin, mais personne ne l'avait jamais remerciée.

Quand il revint avec l'Indien et le garçon, elle avait dressé la table et un copieux petit déjeuner les attendait.

— Bonjour, madame, salua Lucas en se glissant sur son siège.

Œil-de-Faucon fit de même puis s'adressa à Booker :

— Allons-nous creuser aujourd'hui ?

Son ami hocha la tête.

— Que creusons-nous ? s'enquit l'adolescent en mordant dans un petit pain.

— Une fosse pour y mettre la turbine ; elle arrive la semaine prochaine. Nous devons aussi nous attaquer à la tranchée.

— Pour quoi faire ? questionna le garçon fasciné.

— Pour la buse.

— La quoi ?

Booker échangea un sourire de connivence avec son ami : ils étaient maintenant habitués aux questions de l'orphelin.

— C'est une longue conduite de bois qui transportera l'eau de la vanne, où nous contrôlons le flux, jusqu'à la turbine.

Lucas mâchait son bacon d'un air pensif.

— Je crois que je vois. Vous avez changé le cours du ruisseau afin de le contrôler avec ce truc, cette vanne. L'eau court le long de la buse, vient frapper la turbine, qui entraîne le... l'autre machin...

— L'arbre de transmission, précisa Œil-de-Faucon.

— Et celui-ci fait tourner la meule située à l'intérieur.

— Tu as tout compris.

Dans un sursaut d'affection, Booker tendit la main pour ébouriffer les cheveux de l'adolescent, mais ce dernier se déroba. L'expression affligée de son mari transperça le cœur de Théa.

— Ce trou, il doit être profond comment ? reprit Lucas, imperturbable.

— Nous avons besoin d'une hauteur minimum de trois mètres cinquante pour produire la puissance nécessaire.

— C'est la hauteur de la chute de l'eau qui va frapper la turbine, expliqua l'orphelin à Théa d'un ton docte.

Cette dernière ouvrit la bouche d'un air étonné. Pour la première fois de la matinée, son regard croisa celui de Booker et elle crut déceler dans ses prunelles noires une pointe de mélancolie. Regret de ne pas avoir épousé une femme qui lui convenait... une femme pour laquelle il éprouverait de l'amour ? Elle savait pourtant qu'il pourrait être un merveilleux époux, tout comme il était un merveilleux père et ami. Mais hélas, il ne l'appréciait que pour ses qualités de mère et de parfaite ménagère...

Elle baissa les yeux. A quoi bon se complaire dans la nostalgie d'un bonheur impossible ? Elle avait son propre foyer maintenant, et des enfants dont elle devait s'occuper. L'hiver dernier, elle n'aurait même pas osé rêver tel changement dans sa vie.

— Elle est arrivée ! s'écria Lucas par la porte de la cuisine. La turbine est arrivée.

Théa posa son tablier sur la table puis tendit la main à Zoé.

— Où sont les hommes ? demanda-t-elle en prenant des bonnets de coton pour elle et la fillette.

— Ils ne seront pas au moulin avant un bon moment. Vous voulez que je vous selle un cheval ?

— Non, merci. Nous allons marcher.

L'adolescent, qui s'était déjà éloigné, revint vers elles au pas de course, faisant tomber son vieux chapeau informe au passage. Il le ramassa et l'enfonça de guingois sur son front.

— Alors je vais vous accompagner. Comme ça, si jamais la petite est fatiguée, je pourrai vous aider à la porter.

— Tu deviens un vrai gentleman, dis-moi ! plaisanta Théa en lui adressant un sourire plein d'affection.

Lucas fourra les mains dans ses poches et se mit à marcher au côté de Zoé d'un air important.

— Le train a transporté la turbine depuis Springfield, dans l'Ohio. Il est arrivé ce matin. Les ouvriers se débattent pour la sortir du wagon-plate-forme depuis. Vous allez voir, c'est quelque chose !

Ils avançaient lentement à cause de la claudication de la fillette. Théa voyait le garçon brûler d'impatience, mais il ne pipait mot et s'adaptait à leur rythme.

Lorsqu'ils arrivèrent au moulin, la jeune femme transpirait sous le soleil de juillet. Son corsage lui collait à la peau. En traversant le pont récemment construit, elle contempla avec envie l'eau qui ruisselait joyeusement entre ses nouvelles rives.

— Lucas, pourquoi n'y a-t-il pas de balustrade ?

— Pour pouvoir y faire passer les gros chargements, évidemment.

— Evidemment...

— Ils sont là ! Ils sont là ! Vous les voyez ?

Il ne put se contenir plus longtemps et s'élança vers le groupe qui arrivait lentement.

Une douzaine d'hommes torse nu suivaient un chariot plat qui portait l'énorme roue hydraulique en fer. Booker et Œil-de-Faucon conduisaient l'attelage de bœufs qui tiraient leur lourde charge, tout en surveillant le sol afin que le véhicule ne verse pas en passant sur quelque monticule.

Théa les regardait approcher avec une admiration non dissimulée. Elle compta les individus présents, reconnaissant des fermiers des environs et leurs fils, ainsi que Denzel et le révérend Newland, et se demanda comment faisait son mari pour les payer tous.

Elle restait clouée sur place, fascinée par le travail des bêtes de somme qui tiraient avec peine leur pesant fardeau. Juste avant d'atteindre leur but, ils rencontrèrent un léger dénivelé. Booker confia les animaux à son ami et alla aider les autres à pousser. Son chapeau tomba, révélant ses cheveux luisant de sueur. Ses muscles étaient tendus sous l'effort. Théa retint son souffle : si la roue en fer glissait vers l'arrière, ils seraient tous écrasés...

L'Indien aiguillonna les bœufs qui finirent par avancer dans un soubresaut. Les autres donnèrent une dernière poussée et le véhicule s'arrêta sur un endroit plat, juste au bord de la fosse.

Ils se reposèrent tous quelques instants pour reprendre leur souffle, puis un groupe de travailleurs se dirigea vers le ruisseau. Booker, campé sur ses jambes musclées, mains sur les hanches, songeait au travail qui les attendait. En balayant du regard les alentours, il aperçut Théa et s'avança vers elle.

— Et maintenant ? s'enquit-elle.

— Maintenant, il faut la fixer au cadre que nous avons construit. Puis nous la ferons descendre à la manivelle dans le trou. Qu'en pensez-vous ?

— C'est quelque chose ! admit-elle, impressionnée.

— Oui, renchérit-il avec fierté. C'est quelque chose !

— Comment allez-vous payer tout ce monde ?

— Je moudrai gratuitement la première récolte des fermiers. Les autres seront rétribués en farine et en avoine.

Quel homme astucieux ! songea-t-elle, ravie.

— Invitez-les tous à la maison ce midi, proposa-t-elle.

— Vous en êtes sûre ?

— Certaine. Vous ne pouvez pas faire travailler des individus par cette chaleur sans les nourrir.

Il sourit.

— Entendu, nous serons là pour le déjeuner.

Maryruth et Lexie, averties par Lucas, vinrent aider Théa. Cette dernière regarda Maryruth peler avec efficacité des carottes puis les plonger dans de l'eau bouillante. S'avisant soudain de ce que deux tables ne seraient pas de trop pour accueillir les convives, Lexie alla en dresser une dans la salle à manger.

— Maryruth ? murmura Théa en s'assurant que sa demi-sœur ne pouvait l'entendre.

— Oui ?

— Crois-tu que Booker ne m'ait épousé que pour Zoé et les terres de papa ?

— Qui a bien pu te mettre cette idée en tête ? s'enquit sa cadette en levant vivement la tête.

— Je le demandais, c'est tout.

— Ton mari a-t-il fait quoi que ce soit pour te donner cette impression ?

— Non.

Mais il n'avait rien fait pour l'assurer du contraire...

— Eh bien, ne t'inquiète pas pour des choses qui n'ont pas lieu d'être. Tu es une femme merveilleuse, Théa. Il avait des millions de raisons pour convoler avec toi.

— Lesquelles ?

Maryruth se tourna vers son aînée et la considéra d'un air perplexe.

— Tu n'es pas sérieuse ?

— Si...

— Ecoute, je sais que tu es complexée par ta grande taille, mais il ne faut rien exagérer. Je suis plutôt grande moi aussi, et cela n'ennuie pas Denzel le moins du monde. Tu te souviens comme nous maudissions notre couleur de cheveux lorsque nous étions enfants ?

Sa sœur acquiesça d'un air entendu.

— Eh bien, Denzel affirme que les nuances de ma chevelure éclipsent les plus beaux couchers de soleil !

— Ton mari a dit ça ? s'étonna Théa en écarquillant les yeux.

Elle ne pouvait imaginer son beau-frère si posé se laissant aller à de telles envolées lyriques.

— Sans compter tes nombreuses qualités. Tu es drôle, sensible, et j'en passe... Ah, j'oubliais ta voix : elle est si douce et agréable. Je me souviens quand tu me faisais la lecture le soir.

— Tu n'as pas dit un mot sur mes talents de cuisinière, ni sur le fait que je suis une bonne mère pour Zoé.

— Etait-ce ce que tu voulais entendre ?

— Non...

Maryruth versa les épluchures dans un seau et adressa à sa sœur un sourire satisfait. Lexie apparut dans l'embrasure.

— Avez-vous bientôt fini ? J'ai entendu un chariot.

— Ce sera prêt dans quelques instants.

En effet, lorsque les hommes se présentèrent à l'entrée, Théa posait le dernier plat de poulet sur la table.

— La moitié dans la cuisine et l'autre moitié

dans la salle à manger, annonça-t-elle d'une voix forte.

Elle s'aperçut qu'en passant, Denzel avait frôlé affectueusement la taille de Maryruth. Il était apparemment amoureux d'elle, alors pourquoi ne le lui prouvait-il plus ?

— Madame ?

Théa se tourna vers Lucas et lui sourit.

— Que veux-tu, mon garçon ?

— Où dois-je me mettre ? s'enquit-il en rougissant.

Elle jeta un coup d'œil autour d'elle. Booker, Denzel, le révérend Newland et d'autres s'étaient déjà installés dans la cuisine, mais il restait quelques places libres dans la salle à manger. Elle fit alors signe à Lucas, qui la rejoignit timidement. Alors seulement, Théa s'avisa de ce que, depuis qu'ils avaient emménagé dans la nouvelle maison, l'adolescent attendait toujours qu'elle lui ait désigné une chaise précise pour s'asseoir. Comme si, en agissant autrement, il craignait des représailles...

— Assieds-toi où tu préfères, dit-elle doucement. C'est sans importance.

Là-dessus, elle disparut dans la cuisine et s'affaira pour servir les convives.

Lorsque les travailleurs eurent terminé leur repas, ils sortirent un à un de la maison. Booker, lui, rejoignit sa femme près de l'évier et se pencha pour déposer un baiser sur sa joue.

— Merci, Théa, je suis fier de vous, dit-il avant de s'éloigner d'un pas vif.

Le cœur de la jeune femme s'affola. Elle vit le sourire en coin de Maryruth et se remit à la vaisselle en rougissant.

Son mari était fier d'elle... mais pas amoureux.

⁂

Lorsque sa sœur fut partie, Théa sortit dans le jardin avec Zoé. Elle avait pris une couverture qu'elle étendit à l'ombre d'un grand chêne.

— Il fera plus frais ici ; tu seras plus à l'aise pour ta sieste.

Elle s'assit, ouvrit un livre, et la fillette posa la tête sur ses genoux. Quelques minutes plus tard, elle baissa les yeux et vit l'enfant qui faisait rouler le gland dans sa paume en l'étudiant soigneusement.

— Ma chérie, pourquoi gardes-tu ce fruit ? s'enquit Théa en posant son ouvrage.

Les prunelles bleues de l'enfant se fixèrent sur elle, et la jeune femme souhaita pour la centième fois qu'elle puisse parler. Zoé approcha sa menotte ouverte du visage de sa mère adoptive.

— Oui, c'est un gland, dit Théa.

La fillette leva les yeux et pointa du doigt les frondaisons, qu'une douce brise faisait bruire. La jeune femme suivit son regard et sourit. Elle aussi, depuis son enfance, adorait ce léger froissement, qui incitait au délassement, à la quiétude...

Puis elle reporta son attention sur Zoé et se remémora le jour d'avril où elle avait rencontré l'orpheline pour la première fois, avec une petite camarade. Toutes deux étaient totalement ignorantes sur la nature... elles ne savaient même pas d'où venaient les pommes !

Que leur avait-elle dit ce jour-là ? Zoé avait trouvé un gland et le lui avait montré d'un air interrogateur. Qu'avait-elle répondu ? « C'est un gland. Si les écureuils ne le mangent pas, il se transformera en arbre. » La fillette avait contemplé le fruit avec stupéfaction puis l'avait soigneusement rangé dans la poche de son tablier. Depuis, elle ne s'en séparait jamais...

— Oh, mon Dieu ! s'écria soudain Théa. Ma chérie, tu crois que ce gland va devenir un arbre ?

La fillette s'assit et hocha la tête d'un air enthousiaste.

— Tu sais, il faut le planter d'abord. C'est comme une graine ; on doit le mettre en terre, attendre qu'il pleuve, avoir de la patience, et alors, peut-être, il grandira, et au bout de très longues années, deviendra aussi haut que le chêne sous lequel nous sommes assises.

L'enfant grimpa sur ses genoux et posa la tête contre sa poitrine. Emue, Théa lissa ses boucles soyeuses. Zoé était sa fille maintenant. Elle avait déjà commencé à lui enseigner l'alphabet sur une ardoise qu'elle avait trouvée dans les malles de Julia. Elle voulait tant lui apprendre, tant lui donner ! Mais arriverait-elle à faire pousser ce gland ? La fillette l'avait transporté si longtemps qu'il était peut-être sec...

Lorsque cette dernière s'endormit, Théa échafauda un plan. Elle ne pouvait décevoir la petite fille. Si elle croyait que son trésor deviendrait un arbre, un arbre il deviendrait !

11.

Théa se dirigea vers la grange, suivie par Zoé. Le chaton gris, qui avait bien grandi, vint se frotter en ronronnant contre la jambe de la petite. La jeune femme s'avança vers l'endroit où étaient entreposés les outils de jardinage, saisit une pelle, puis sortit du bâtiment, l'enfant et l'animal dans son sillage. Elle alla remplir un seau d'eau au puits avant de s'arrêter un moment et d'examiner d'un air songeur le terrain qui montait en pente douce derrière la maison. Enfin, elle fit quelques pas et posa le récipient.

— Voici un endroit parfait pour faire pousser un chêne. Nous pourrons y déjeuner à l'ombre, les jours de canicule.

Zoé opina, un sourire béat sur son joli minois. Encouragée par l'espoir qu'elle lisait dans son regard, Théa se mit à creuser avec détermination. Au bout d'un moment, elle posa la pelle, s'essuya le front d'un revers de main et versa de l'eau dans le trou. Lentement, le liquide s'infiltra dans la terre, laissant juste une petite flaque mousseuse.

— Tu peux y lancer le gland maintenant, Zoé.

La petite considéra un instant le trésor qu'elle gardait précieusement depuis si longtemps, leva des yeux confiants vers Théa, puis le jeta à l'endroit indiqué. La jeune femme lui tapota l'épaule, reboucha le trou et tassa la terre avec son outil.

— Il faudra l'arroser tous les jours, expliqua-t-elle. Nous avons fait de notre mieux, mais l'été est déjà bien avancé. Je ne sais pas quelle est la meilleure saison pour planter un chêne.

La fillette hocha la tête, puis elle prit le petit chat dans ses bras afin de l'empêcher de gratter la terre.

— Allez, viens. Nous allons ranger les outils, dit Théa.

Du coin de la maison, Booker observait son épouse. Que faisait-elle donc ? s'interrogea-t-il sans pouvoir détacher les yeux de sa chevelure de feu.

Il repensa à leur nuit de noces et se maudit pour la centième fois. Il avait tout gâché ! Il aurait voulu aborder le sujet de nouveau, lui expliquer exactement ses sentiments, mais comment le pouvait-il ? Elle avait pris sa décision, et il lui avait juré de respecter son choix. Il ne voyait pas comment s'en sortir sans revenir sur sa parole.

Pourtant, il n'avait qu'une envie : oublier sa promesse, la soulever dans ses bras et la porter dans sa chambre...

Elle frémirait de désir, lui rendrait ses caresses...

Mais non..., se reprit-il aussitôt. A quoi bon se leurrer ? Si elle n'avait pas encore partagé sa couche, c'est que l'ardeur qu'il avait cru déceler lors de leurs trop rares baisers était feinte. Il devait se résigner... Pourtant, bien qu'il ait promis et qu'il fût un homme d'honneur, il ne savait s'il pourrait supporter ces interminables nuits de tourment encore longtemps...

Lucas se réveilla en sursaut. Son visage était enfoui dans l'oreiller, pourtant il percevait une présence dans sa chambre. Instinctivement, il se protégea la tête du bras, mais au lieu des coups que craignait son cerveau encore embrumé de sommeil, il sentit des doigts frais sur sa peau.

La veille au soir, il faisait une chaleur étouffante et il avait préféré s'endormir dans le plus simple appareil. Etendu sur le ventre, il se tordit le cou — et découvrit Zoé tout près de lui.

Elle portait une robe de coton fleuri et ses cheveux blond pâle étaient joliment ébouriffés. D'un doigt, elle toucha les cicatrices qui zébraient le dos du garçon. Il vit ses lèvres former un « oh » d'étonnement et d'effroi.

— Ouais, dit-il simplement.

Il se tourna tout en se couvrant avec le drap et s'assit. La fillette grimpa sur le matelas puis s'installa au pied du lit.

Lucas se frotta les yeux.

— T'as une vie de château ici, ne l'oublie jamais, lui dit-il. Tu te souviens de l'orphelinat ? De cette immense dortoir où les lits n'étaient séparés que par de minuscules cloisons de bois ? Ils sentaient l'urine. Personne ne venait de la nuit. Personne pour entendre si tu pleurais, si tu avais mal, si tu étais malade... Et encore, c'était bien mieux que d'autres endroits où on m'a envoyé...

Les grands yeux bleus de la petite le fixèrent d'un air compréhensif.

— Jamais je n'ai vu autant de nourriture qu'ici. Je ne suis jamais resté aussi longtemps sans avoir faim. A l'hospice on avait du lait et parfois des fruits, mais jamais, jamais en même temps.

Il se gratta la tête et s'étira.

— Dans une des familles où je suis resté, poursuivit-il, l'homme entrait dans l'écurie où je dormais et me réveillait en me jetant des seaux d'eau à la figure... J'ai vite appris à me lever dès que j'entendais la porte grincer.

Zoé lui adressa un regard compatissant.

— Je gardais en cachette les restes qu'ils jetaient sur la pile de compost parce que si je travaillais pas assez vite, ils me nourrissaient pas. Je devais avoir dans les dix ans.

La fillette rampa vers Lucas, se blottit contre lui et glissa sa menotte dans sa main. L'émotion étreignit le cœur du garçon. Il faillit la serrer contre lui, mais sa méfiance durement acquise l'en empêcha. Bien qu'au fond, il sache que Zoé ne lui voulait aucun mal, il faisait déjà une immense concession en la laissant le toucher.

— T'es bien traitée ici, répéta-t-il.

Quel effet cela faisait-il d'avoir Mme Hayes pour mère ? se demanda-t-il. Etait-ce aussi bon que de manger ses tartes et de porter les vêtements qu'elle avait confectionnés avec amour? Aussi bon que de dormir dans les draps qu'elle avait lavés, que d'entendre sa voix au réveil? Mieux encore, sûrement.

A cet instant, il entendit Théa chantonner dans le couloir.

— Zoé? Où es-tu, ma chérie?

— Elle est ici, madame, répondit-il en s'écartant précipitamment de la fillette.

— Bonjour, vous deux! salua-t-elle gaiement.

Son sourire était plus brillant que le soleil.

— Bonjour, madame.

Zoé sauta à bas du lit et agrippa la jambe de sa mère adoptive de ses bras potelés. La jeune femme lui caressa tendrement les cheveux.

— Le petit déjeuner est prêt. Nous allons en ville ce matin. Dépêche-toi, Lucas. M. Hayes et moi voulons te parler, dit-elle en prenant la main de la petite et en quittant la pièce.

Il attrapa son pantalon et l'enfila. Et voilà, le conte de fées était fini, de mauvaises nouvelles se profilaient... Il s'agenouilla et souleva le matelas pour prendre la boîte où il cachait son salaire, puis il compta soigneusement son argent. Il en avait assez pour s'enfuir quand il serait temps. Il fallait espérer que ce ne serait pas aujourd'hui, mais mieux valait glisser les pièces dans sa poche au cas où...

Vingt minutes plus tard, vêtu de sa plus belle chemise, il se glissait dans la chaise qui lui était devenue familière. Théa posa un plat de crêpes épaisses et moelleuses sur la table.

— Où est Œil-de-Faucon ?

— Il a déjà mangé, expliqua son époux en s'asseyant. Il prépare les chevaux.

La jeune femme versa du sirop d'érable sur une crêpe et la coupa pour Zoé, qui l'avala avec appétit.

— Nous avons rendez-vous avec Mme Vaughn à Omaha, Lucas, annonça Booker comme s'il parlait de la pluie et du beau temps.

Le garçon baissa les yeux.

— Je lui ai télégraphié après la pendaison de crémaillère, ensuite j'ai écrit à l'orphelinat pour leur expliquer ce qui s'était passé.

Voilà... Cette femme allait venir le chercher. Ses bienfaiteurs s'apprêtaient à le renvoyer à New York. Oppressé, il pensa aux effets qui étaient là-haut dans sa chambre : les chemises que Mme Hayes avait cousues pour lui. S'il les mettait dans son sac, ils sauraient qu'il avait l'intention de s'enfuir... tant pis... elles lui manqueraient.

— Booker leur a parlé de Bard, déclara Théa. Il leur a expliqué comment il te traitait. L'accord n'est donc plus valable, ce qui veut dire que tu es de nouveau libre.

C'est ça ! ironisa-t-il en son for intérieur. Libre comme un lapin dans sa cage...

— Mon épouse et moi avons discuté, reprit Booker. Nous voudrions savoir si tu aimerais rester ici avec nous définitivement.

L'orphelin leva brusquement la tête et les fixa tour à tour d'un air ébahi.

— Nous souhaiterions t'adopter, Lucas. Mais seulement si c'est ce que tu veux, ajouta Théa.

Trois regards attentifs se portèrent sur son visage cramoisi.

— Vrai de vrai ? finit-il par murmurer.

Théa jeta un regard inquiet à son mari. Ce dernier avala une bouchée et répondit calmement :

— Vrai de vrai.

— Vous voulez dire, reprit Lucas, incrédule, que je serais votre enfant ?

Théa hocha la tête en signe d'approbation.

— Oui. Légalement.

— Et je n'aurais plus jamais à retourner à l'orphelinat ? Plus jamais à partir d'ici ?

— Tu pourras rester autant que tu le voudras, expliqua Booker. Dans quelques années, tu seras assez grand pour te débrouiller tout seul. En attendant, nous souhaitons te garder auprès de nous.

L'orphelin n'arrivait toujours pas à croire en sa chance.

— Et Mme Vaughn ? demanda-t-il, sceptique. Que se passera-t-il si elle ne veut pas que je reste ?

— Je ne pense pas qu'elle y trouve à redire. Elle aussi souhaite te voir installé pour de bon. C'est une personne juste et bienveillante.

L'adolescent opina. En effet, l'accompagnatrice l'avait toujours bien traité... mais il avait déjà eu tant de déconvenues dans sa vie qu'il attendrait un peu avant de se réjouir.

— D'accord, acquiesça-t-il simplement.

Théa échangea un regard de soulagement avec Booker tandis que Zoé leur adressait un sourire radieux. Lucas considéra les personnes assises autour de la table d'un nouvel œil.

Sa famille...

⁂

Ils se tenaient à l'ombre de l'auvent du Bazar Général, se protégeant du mieux qu'ils pouvaient de la poussière que soulevaient les cavaliers et les véhicules passant dans la grand'rue. Booker tira une montre de sa poche de gousset pour vérifier l'heure.

— Elle devrait déjà être ici.

Œil-de-Faucon était assis sur le banc qui longeait le mur du bâtiment et tenait Zoé sur ses genoux. La petite fille, coiffée d'un joli bonnet de dentelle, s'était assoupie dans ses bras. Lucas était juché sur la plus haute marche du perron et scrutait la rue avec attention.

— Quelque chose a dû se passer, commenta Théa.

— Je vais me renseigner au bureau du télégraphe, annonça Booker. Mme Vaughn a peut-être averti qu'elle serait en retard.

Dès qu'il fut parti, trois membres du cercle des dames patronnesses, toutes vêtues de leurs plus beaux atours, s'approchèrent du petit groupe.

— Théa ! Voilà bien longtemps que nous ne t'avons vue ! Où étais-tu donc passée ? questionna Agnès Birch d'un ton inquisiteur. Tu n'es pas venue à l'église lors de notre dernière réunion.

— En effet, je n'ai pas pu me libérer ce soir-là.

Pénélope Dodds intervint dans la conversation.

— Certaines d'entre nous sont allées aider la veuve Barnett à trier les affaires de son mari et à nettoyer la maison afin qu'elle puisse la mettre en vente.

— Ah oui ? dit Théa qui se sentait vaguement coupable.

Elle ne savait même pas que M. Barnett était décédé.

— C'était fort aimable à vous, reprit-elle. Je suis sûre qu'elle a apprécié votre geste.

— Nous nous demandions toutes où tu avais disparu, ajouta Malvina Beck, la femme du forgeron. Je ne crois pas que tu sois en sécurité là-bas, avec cet espèce de Peau-Rouge dans les parages, poursuivit-elle en chuchotant.

Stupéfaite, Théa espéra qu'Œil-de-Faucon n'avait pas entendu cette remarque malveillante. Agnès se pencha vers elle d'un air conspirateur.

— Il n'est pas prudent de laisser une fillette innocente auprès d'un Indien, renchérit-elle.

— C'est ridicule, protesta Théa. Œil-de-Faucon est l'ami de mon époux.

Mme Birch fit une mimique réprobatrice.

— Eh bien, on dirait que ton époux est en train de te transformer en recluse, ma chère. Nous allons finir par croire que tu évites la communauté, conclut-elle d'un air pincé.

Là-dessus, elle pivota et entra dans le magasin avec ses amies.

Théa en resta d'abord interdite, puis sentit la colère monter en elle. Comment ces femmes pouvaient-elles être aussi calomnieuses ? Comment osaient-elles juger ainsi un homme qu'elles ne connaissaient même pas ?

Elle s'efforça de se calmer en voyant Booker revenir.

— Mme Vaughn a télégraphié. Elle a été retardée et ne pourra arriver que demain matin.

— Oh, mon Dieu, s'exclama Théa en jetant un coup d'œil à Zoé, qui était maintenant profondément endormie sur les genoux d'Œil-de-Faucon. Dire que nous avons attendu tout l'après-midi ! Il est si tard !

— Nous passerons la nuit ici. Nous mettrons les chevaux à l'écurie et prendrons deux chambres à l'hôtel. Nous pourrons aussi y manger ce soir.

La jeune femme, qui songeait à la dépense, s'apprêtait à protester, quand il l'arrêta d'un signe de la main.

— Je ne veux rien entendre.

Trop fatiguée par l'attente et par la chaleur, elle accepta d'un signe de tête.

— Alors, c'est d'accord. Si vous avez besoin d'effets pour la nuit, allez les chercher maintenant, ajouta-t-il en désignant le magasin qui se trouvait derrière eux.

— Il nous faudra peut-être une brosse et du savon, admit Théa en entrant dans la boutique.

Un peu plus tard, ils attendaient dans le hall de l'hôtel pendant que Booker remettait son arme et inscrivait leurs noms sur le registre.

— Allez faire un brin de toilette, puis nous nous retrouverons dans la salle à manger. J'en profiterai pour aller chez le barbier.

Théa monta dans sa chambre où une servante lui porta de l'eau. Bien que Zoé fût épuisée, elle se laissa débarbouiller sans mot dire. La jeune femme se rafraîchit également, puis arrangea sa chevelure. Lorsqu'elle sortit dans le couloir, elle croisa Œil-de-Faucon.

— Mesdames, vous êtes absolument charmantes ! dit-il gaiement en les escortant dans l'escalier.

Dès qu'ils pénétrèrent dans le hall, le directeur, un homme replet, engoncé dans une chemise trop étroite et un nœud papillon, se campa devant eux, les empêchant d'entrer dans la salle à manger.

— On n'accepte pas les Peaux-Rouges, ici, déclara-t-il en foudroyant l'Indien du regard.

Plusieurs têtes se tournèrent vers eux avec curiosité.

— Œil-de-Faucon est notre ami, répondit doucement Théa.

N'était-il pas l'image même de l'élégance avec sa cravate et sa chemise d'un blanc immaculé ?

— Il dîne avec nous, reprit-elle d'un ton ferme.

— Pas ici, en tout cas. Nos clients n'aiment pas manger avec des sauvages.

Théa baissa les yeux vers ce petit homme si suffisant.

— Il n'est pas plus sauvage que vous et moi ! rétorqua-t-elle, indignée.

— Ne vous inquiétez pas, madame Hayes, intervint Œil-de-Faucon en lui touchant le coude. Cela n'a pas d'importance.

— Y a-t-il un problème ?

Théa pivota, soulagée d'entendre la voix grave de son époux. Il tombait à pic ! Irving Jackson, le propriétaire de l'établissement, apparut au même moment.

— Que se passe-t-il, Clancy ? questionna ce dernier.

Théa se tourna à contrecœur vers Jackson, dont la présence ravivait toujours ses terreurs enfantines.

— Cette dame veut emmener le Peau-Rouge dans la salle à manger, expliqua le dénommé Clancy en ricanant.

— Je suis désolé, monsieur, dit le propriétaire à Booker, mais les Indiens sont interdits dans l'hôtel.

— Vous ne savez donc pas qu'une guerre longue et sanglante a eu lieu à cause de ce genre d'attitude ? s'enquit Booker calmement.

Lucas se tenait dans l'embrasure de la porte et observait la scène d'un air effarouché, comme s'il se préparait à s'enfuir d'un moment à l'autre.

— Je ne vois pas ce que...

— En effet, je suis persuadé que non, répondit l'ancien officier en toisant son interlocuteur. J'ai réservé deux chambres pour la nuit. Ma famille et moi souhaitons dîner ici. Si mon ami n'est pas le bienvenu, je vous demanderai de me rembourser et nous irons loger ailleurs.

« Que répondez-vous à cela ? » eut envie de crier Théa à Irving. Ce dernier pinça les lèvres, visiblement déchiré entre la perspective de perdre de l'argent et la crainte d'offenser les autres clients. La jeune femme jeta un coup d'œil dans la pièce et observa les convives. La plupart paraissaient simplement curieux du dénouement, mais certains visages reflétaient la haine, comme celui d'Agnès Birch.

Le propriétaire avait également dû s'en aviser, car il reprit :

— Je suis désolé, monsieur... ?

— Hayes.

— Monsieur Hayes. Je perdrais des clients en vous permettant de rester.

Un muscle tressaillit dans la mâchoire de Booker.

— Très bien. Dans ce cas, rendez-moi mon argent.

— Ce n'est pas possible. Le fait que vous choisissiez de partir n'a rien à voir avec la qualité de notre service.

— Alors, nous restons, répliqua Booker en guidant Théa et Lucas vers les tables. Et nous mangeons.

— Monsieur ! s'écria Jackson en le suivant. Vous ne pouvez pas faire cela.

Sous l'ordre silencieux du chef de famille, tout le monde prit un siège, y compris Œil-de-Faucon.

— Monsieur, vous devez partir.

— Dans ce cas, il faudra nous jeter dehors, répondit l'ancien officier d'un ton ferme.

Jackson les dévisagea un à un. Clancy se tenait à son côté.

— Si vous osez lever le petit doigt sur ma femme ou mes enfants, vous aurez affaire à moi, ajouta Booker d'un ton menaçant.

Le propriétaire jaugea son adversaire en hésitant. Théa se souvint qu'il avait assisté à la pendaison de crémaillère, le jour où son fiancé avait envoyé Ronan Bard dans la poussière. Craignant apparemment de subir le même sort, il tourna les talons en entraînant le directeur dans son sillage.

A la table voisine, Agnès Birch jeta sa serviette sur la table et se leva.

— Viens, Edgar, nous partons.

— Pas déjà, Aggie, protesta son conjoint. Nous n'avons pas encore mangé notre dessert.

— Nous partons, un point c'est tout! lança-t-elle en le saisissant par le bras et en l'entraînant vers la sortie.

— Booker..., salua au passage le malheureux avec un sourire contrit.

Et le couple disparut.

— De toute façon, un petit régime ne lui fera pas de mal! commenta le chef de famille pour détendre l'atmosphère.

Théa jeta un coup d'œil à Œil-de-Faucon. Ce devait être affreux pour lui d'être traité ainsi.

— Je suis tellement désolée, dit-elle, tout en jugeant qu'il s'agissait là d'un euphémisme.

Elle connaissait Agnès Birch depuis son enfance et n'aurait jamais pensé qu'elle pût avoir un comportement aussi haineux. Etait-ce la même personne qui aidait à coudre des patchworks pour que les missionnaires les donnent aux peuplades lointaines et leur parlent de l'amour de Jésus?

— Ne vous excusez pas, madame. Vous seriez traitée de la même façon par mon ancien peuple.

— Pourquoi ancien?

— Je suis devenu trop blanc pour eux. J'ai travaillé avec l'armée afin de rétablir la paix, mais ils n'ont pas compris.

Elle hocha pensivement la tête.

La serveuse vint alors prendre leur commande.

Même après ce fâcheux épisode, Théa prit plaisir à déguster ce repas préparé par d'autres. Lucas fut d'avis que la tarte aux pommes n'était pas aussi bonne que la sienne, et rougit lorsqu'elle sourit à son compliment. Clancy et Jackson, debout dans un coin de la pièce, ne les quittaient pas des yeux. Booker les surveillait du coin de l'œil.

Il venait de se faire de nouveaux ennemis, semblait-il.

Théa se dévêtit et observa la chambre au mobilier sommaire. Zoé dormait paisiblement au milieu du lit, la lueur de la bougie illuminant ses traits angéliques.

On frappa doucement à la porte.

— Oui ? répondit la jeune femme.

— C'est moi.

Comme elle portait seulement ses dessous, elle s'enveloppa dans une couverture et alla ouvrir.

— Œil-de-Faucon et Lucas ont supposé que je dormirais ici, expliqua Booker. Je n'ai pas osé les détromper...

Il dut lire la surprise dans ses yeux et ajouta très vite :

— Je vais prendre une autre chambre.

— Non, entrez.

Il serait ridicule de dépenser plus pour une seule nuit. Après tout, il était son époux !

— Zoé ne prend pas beaucoup de place, dit-elle très vite. Restez avec nous, ce sera plus simple.

Il hocha la tête et accrocha son chapeau sur une patère située près de la table de toilette.

Théa en profita pour se glisser entre les draps et se tourner sur le côté. Bientôt, elle entendit le matelas grincer, puis deux bruits sourds lui indiquèrent que Booker avait ôté ses bottes. Il souffla la chandelle, et le lit s'affaissa sous son poids.

La pièce étant dans l'obscurité, la jeune femme s'étendit sur le dos. Ce n'était pas une bonne idée... Elle pouvait désormais sentir l'odeur ambrée de son compagnon... ses cheveux. Il avait mis de la lotion capillaire aujourd'hui...

Dire qu'il était tout près d'elle dans le noir ! Heureusement qu'ils étaient séparés par Zoé, sinon elle eût été tentée de commettre un acte irréfléchi... comme tendre la main pour savoir s'il portait un pyjama, par exemple. Ou alors se lover contre lui et savourer chaque parcelle de sa peau...

Son cœur se mit à battre la chamade. Petit à petit, ses yeux s'habituèrent à la pénombre, et elle put distinguer le profil de Booker, sa silhouette athlétique. Seigneur, se lasserait-elle un jour de l'admirer ?

Oui, heureusement que Zoé dormait entre eux. C'est grâce à elle qu'ils s'étaient rencontrés, et grâce à elle que, cette nuit, elle résisterait à la tentation de s'humilier...

Quand enfin, Théa réussit à trouver le sommeil, elle fut visitée — comme souvent — par son amant de la nuit. Il s'insinuait dans ses rêves et caressait son corps enfiévré avec douceur, embrassait sa gorge, ses seins, murmurant des mots sans suite, des mots d'amour. Il tissait une toile de passion autour d'eux, qui les entraînait plus loin, toujours plus loin... Soudain, elle crut percevoir la chaleur de ses doigts sur sa jambe. Elle tenta de retenir ce songe... Non, elle ne voulait pas se réveiller, perdre ces sensations merveilleuses. Il était trop bon de sentir ce corps d'homme nu pressé contre le sien...

Mais elle ouvrit les yeux malgré elle... pour constater qu'elle ne rêvait pas !

Booker était allongé tout près d'elle, une jambe entremêlée aux siennes. Une des mains de son mari reposait sur sa cuisse, tandis que son autre bras enlaçait possessivement sa taille !

Eperdue, la jeune femme prit une profonde inspiration. Elle pouvait peut-être s'esquiver avant qu'il ne se réveille et découvre avec quelle impudeur elle s'était glissée contre lui !

Elle jeta un coup d'œil par-dessus son épaule pour s'assurer que Booker était toujours endormi... et le cœur lui manqua.

Les yeux grands ouverts, il la scrutait d'un air énigmatique.

12.

— Bonjour, dit-il simplement.

Elle s'empourpra, balbutia une vague réponse, puis détourna la tête.

— Donnez-moi mon pantalon, puis je vous laisserai vous préparer.

Elle sortit du lit en enjambant Zoé, et se dirigea vers la chaise où était posé le vêtement demandé. Elle l'attrapa et le tendit à son mari. Ce dernier le revêtit très vite, puis s'assit au bord du lit et enfila sa chemise.

Zoé se redressa soudain et observa la pièce de ses yeux ensommeillés.

— Bonjour, ma puce, dit son oncle en lui ébouriffant les cheveux.

Rassurée sur son environnement, la fillette laissa retomber la tête sur l'oreiller.

— Je vais chercher de l'eau, annonça Booker avec naturel.

Théa, encore troublée, ne put qu'opiner du chef. Lorsqu'il revint, elle avait tressé les cheveux de Zoé et s'apprêtait à se coiffer.

— Vous permettez ? lui demanda-t-il.

Elle lui tendit la brosse, perplexe. Quelles pensées nourrissait-il en cet instant? Quelles conclusions tirait-il après avoir découvert qu'ils avaient passé une partie de la nuit serrés l'un contre l'autre?

Sans un mot, il fit glisser la brosse, lentement, méthodiquement, le long de ses mèches soyeuses. Théa ferma les paupières et s'abandonna tout entière à cette sensation envoûtante, comme si chaque geste devenait caresse... Alors Booker se pencha et effleura sa nuque d'un baiser fugace. Théa laissa échapper un soupir langoureux. Il resta ainsi un instant, puis soudain, posa la brosse et se leva, brisant net le lien ténu qui les avait unis quelques instants.

— Je vais voir si les autres sont prêts, puis vous pourrez nous rejoindre dehors.

Elle acquiesça, soulagée qu'il n'ait pas suggéré de prendre le petit déjeuner dans l'hôtel.

— Nous mangerons à la pension de famille qui se trouve au bout de la rue, ajouta-t-il comme s'il avait deviné ses pensées; ensuite nous irons attendre le train. Il se dirigea vers la porte, puis s'arrêta net.

— Théa?

— Oui?

— Vous êtes ravissante ce matin.

Puis, comme elle affichait un sourire incrédule :

— Pourquoi cet air sceptique? Je pense réellement que vous êtes une très belle femme. Je vous l'ai déjà dit, mais vous semblez toujours considérer que je me moque de vous, et cela finit par me vexer!

Théa se mordit la lèvre. On lui avait asséné le contraire pendant trop d'années pour qu'elle se laissât si vite convaincre... Se pouvait-il que Booker la trouvât vraiment jolie? Maryruth lui avait souvent répété la même chose, mais elle en avait déduit que sa sœur voulait simplement lui donner confiance. L'admiration de Booker était différente... entièrement différente.

— Merci, murmura-t-elle, émue.

Il sourit, saisit son chapeau et sortit dans le couloir.

En faisant sa toilette, Théa réfléchit à ces paroles. S'était-elle trompée en croyant qu'il n'était pas attiré par elle ? En tout cas, il venait de lui faire le plus beau des compliments... Elle se remémora la veille de la cérémonie, lorsqu'il l'avait embrassée, enlacée, avec tant de fièvre. Peut-être n'avait-il pas joué la comédie, après tout... Que se serait-il passé si Lucas ne les avait pas appelés ? Et ce matin, si Zoé n'avait pas été là ?

La jeune femme revécut en pensée chaque instant de leur « nuit de noces » : les paroles de Booker, sa propre réaction... ou plutôt sa réaction habituelle : enfouir ses propres envies et s'adapter à la volonté des autres.

Et si elle avait mal interprété sa proposition, prenant pour un rejet ce qui n'était qu'une preuve de délicatesse ? Oui, elle s'en apercevait maintenant : en lui laissant le choix de venir ou non le rejoindre, Booker avait simplement voulu se montrer attentionné. Combien d'hommes auraient eu ce tact ? Fort peu, assurément...

Mais comment faire maintenant ? Elle ne pouvait tout de même pas se jeter à son cou et le supplier de lui faire l'amour ! Non, elle devait lui faire comprendre qu'elle était prête à partager sa couche par des moyens plus subtils. Et pour cela, il n'existait qu'une solution : elle allait séduire son mari.

⁂

Lucas, au comble de la nervosité, arpentait le quai de long en large. Il ne savait combien de temps il pourrait encore supporter cette cravate ! songea-t-il en passant un doigt à l'intérieur de son col trop serré. Dans le lointain, un sifflement lugubre annonça l'arrivée du train de 20 h 08...

Mme Vaughn avait intérêt à être là ! se dit-il en croisant le regard empli de compassion de Théa. Sous son bonnet de coton bleu, ses yeux étaient plus brillants que le ciel le plus pur... aussi clairs que l'eau ruisselant sur des galets moussus. Il lui sourit timidement et elle lui retourna un clin d'œil complice. Quelle chance d'avoir un ange comme maman... ou plutôt comme nouvelle maman, car il avait déjà eu une mère, un jour. En faisant un effort, il arrivait même à se la représenter : elle était brune, mince et pleurait souvent. Parfois, lorsqu'elle avait trop bu, elle chantait. Oui, elle pleurait, chantait et attendait un bateau. Et le navire avait dû venir, parce que, tout à coup, elle était partie et il ne l'avait plus jamais revue.

Puis il s'était retrouvé à l'orphelinat, et le cauchemar avait commencé. Les visages, les années et les raclées se confondaient dans son esprit, et encore, seules les pires bastonnades restaient gravées dans sa mémoire.

Soudain, le chef de gare siffla, et le garçon sentit son estomac se nouer. Il vit Hayes fixer calmement l'horizon, son chapeau noir rabattu sur ses yeux. Il n'avait jamais eu de père, et n'en avait jamais voulu, faute d'avoir rencontrer un homme qu'il juge digne d'être son modèle. La plupart de ceux qu'il rencontrait étaient des monstres ! Pourtant, le major était différent. Il ne l'avait jamais vu frapper quiconque... sauf Bard, pensa-t-il avec un sourire satisfait.

Enfin, la locomotive apparut au loin et cracha une fumée noire dans le ciel. Les rails vibrèrent, rappelant à l'orphelin chaque mile de son long voyage de New York vers l'Ouest. S'il le pouvait, il ne prendrait plus jamais un seul train de sa vie... Les wagons s'immobilisèrent dans un grincement de métal.

Un porteur noir en uniforme déplia le marchepied de la voiture, et un couple descendit en premier. Puis ce fut au tour de MmeVaughn, qui sourit lorsque Booker la délivra de son sac de voyage et lui offrit le bras. Théa la salua également, puis Lucas les suivit à l'intérieur de la gare. Son cœur cognait si fort dans sa poitrine qu'il avait l'impression qu'il allait éclater.

— Mes plus sincères félicitations pour votre mariage, madame Hayes, dit la représentante de l'orphelinat. J'ai reçu le télégramme de votre époux.

— Je vous remercie. Pourrez-vous rester avec nous quelques jours ?

— Malheureusement non. Je dois repartir sur l'heure vers l'Est. J'ai déjà un jour de retard sur mon emploi du temps.

— Nous pouvons peut-être vous offrir à déjeuner ? proposa Booker.

— C'est fort aimable à vous mais j'ai des provisions dans mon sac de voyage, répondit-elle en sortant une liasse de papiers de son réticule. J'ai juste besoin que vous signiez tous deux ces documents.

Pendant que vous les lirez, je voudrais parler à Lucas seule à seul.

Théa se pencha vers l'adolescent.

— Dis bonjour à Mme Vaughn, voyons ! lui chuchota-t-elle. Où sont passées tes manières ?

Il leva enfin son chapeau, l'écrasa contre sa poitrine et se rapprocha de l'accompagnatrice.

— Bonjour, madame, bredouilla-t-il.

Cette dernière le conduisit vers les chaises de bois à dossier droit qui bordaient le mur, et s'assit. L'orphelin se jucha inconfortablement à côté d'elle, tout en martyrisant le bord de son feutre. Le hall était plongé dans une rafraîchissante pénombre.

— Comment vas-tu, mon garçon ? s'enquit doucement Mme Vaughn.

— Très bien, madame.

— Tout d'abord, je voudrais te dire combien je suis désolée au sujet de M. Bard. J'espère que tu comprends que je ne pouvais prévoir ce qui se passerait.

— Oui, madame.

— Je me sens responsable des enfants que je place. Tous les soirs, je prie pour qu'ils trouvent un véritable foyer.

— Oui, madame.

— Lucas, aimes-tu M. et Mme Hayes ?

— Oui, madame.

— Es-tu content qu'ils veuillent t'adopter ? C'est très important, tu sais. Une fois la décision de justice arrêtée, je n'aurai plus rien à dire sur la façon dont tu seras traité. L'Etat de New York ne sera plus ton tuteur légal.

L'adolescent la dévisagea d'un air incrédule.

Cette adoption allait-elle vraiment se faire ? Il était pourtant persuadé que l'administration s'en mêle et gâche tout...

Mme Vaughn cligna des yeux.

— Réponds-moi : veux-tu vraiment que M. et Mme Hayes deviennent tes parents ?

Lucas tourna la tête vers le couple. Les papiers étaient posés sur les genoux de Théa, qui les étudiait attentivement avec Booker.

— Je... je serai vraiment leur fils ? Pour de bon ?

— Le tribunal devra consulter les dossiers et signer les documents, mais je ne vois rien qui pourrait empêcher la procédure d'aboutir d'ici à quelques mois. Je me suis occupée de nombreuses adoptions, vois-tu. Et les juges n'attendent qu'une chose : vous placer auprès de bons parents.

Il n'en était pas si sûr. Selon son expérience, ils avaient surtout voulu se débarrasser de lui !

— Alors, Lucas ? Est-ce que tu le souhaites ?

— Oui, madame.

Elle lui tapota le bras de sa main gantée.

— Dans ce cas, c'est entendu, déclara-t-elle en se levant. Allons signer ces formulaires avant le départ du train.

Elle sortit un stylo-plume de son sac et traversa le hall, sous le regard médusé de l'adolescent. Dire que son avenir reposait sur ces quelques feuilles de papier ! s'étonna-t-il en voyant ses nouveaux parents apposer leur paraphe au bas des documents.

Peut-être qu'enfin, il n'aurait plus jamais à s'enfuir...

***

Ils se dirigeaient tous vers l'écurie de louage quand un cavalier s'approcha d'eux.

— Hayes ! héla-t-il.

Ils firent tous halte et Booker releva son feutre en fixant le shérif d'un regard interrogateur.

— C'est bien vous, Hayes ? demanda l'homme en mâchant son cigare.

— Oui.

— On m'a dit que vous aviez fait du grabuge à l'hôtel, hier soir.

Théa considéra le représentant de l'ordre, inquiète. Qu'arrivait-il donc aux habitants de cette ville ? Tous ceux qu'elles connaissaient devenaient des ennemis !

— Je crois que le problème s'est réglé d'une manière satisfaisante, répliqua calmement son mari.

— Ah, oui ? dit Hardy d'un air soupçonneux.

Il jeta un coup d'œil à sa montre à gousset, puis la remit en place aussi lentement que possible.

— Pourriez-vous me dire où vous avez passé la nuit ?

— Pourquoi me le demander puisque vous savez déjà que j'étais à l'hôtel ? rétorqua Booker d'un ton où perçait l'agacement.

— Où étiez-vous aux environs de 1 heure du matin ?

— Chambre 17.

— Vous avez des témoins ?

— Moi, intervint précipitamment la jeune femme. Il a passé la nuit avec moi. Pourquoi toutes ces questions, shérif ?

— On a roué de coups Irving Jackson la nuit dernière, à son départ de l'hôtel. Il est en mauvais état.

Connaissant le propriétaire de l'établissement, Théa ne jugea guère étonnant qu'il se soit fait des ennemis.

— Je peux vous assurer que mon époux n'y est pour rien, riposta-t-elle froidement, et je suis outrée que vous osiez le suspecter.

— Allons, vous savez ce que c'est quand il y a des étrangers en ville. Les gens deviennent méfiants.

Puis le représentant de l'ordre se tourna vers Œil-de-Faucon.

— Et vous ?

La peur étreignit la jeune femme. Elle connaissait la « justice » expéditive et craignait pour leur ami. Que se passerait-il si Hardy décidait de l'arrêter ? Les habitants seraient capables de le lyncher...

— J'étais dans la chambre voisine, répondit l'Indien sans hésiter.

— Quelqu'un d'autre s'y trouvait-il ?

— Moi, affirma Lucas en s'avançant. Et il n'a assommé personne ; c'est pas son genre !

— Vous ne croyez pas tout de même pas que je vais accepter le témoignage d'un gosse ?

— Avez-vous un témoin, une preuve quelconque ? questionna Booker. Mon ami indien et moi-même avons tous deux combattu dans l'armée, afin de rétablir la paix dans ce pays. Le gouvernement a reconnu les brillants états de service d'Œil-de-Faucon. Vous n'avez qu'à télégraphier à Washington pour en demander confirmation.

Le shérif les considéra tous deux longuement.

— Je n'y manquerai pas, dit-il enfin . En attendant, vous feriez mieux de vous tenir à carreau.

⁂

Théa et Zoé portèrent un seau d'eau à l'endroit où elles avaient planté le gland puis le vidèrent sur le sol nu. Toutes deux regardèrent le liquide s'infiltrer lentement dans le sol. Deux semaines s'étaient écoulées, mais toujours rien en vue... La jeune femme jeta un coup d'œil aux nuages menaçants qui se rassemblaient à l'horizon.

— Je crois bien que cela suffira pour aujourd'hui.

Le cliquetis des harnais annonça l'arrivée d'un véhicule. Elle se retourna et vit son mari accompagner à cheval un chariot tiré par un attelage de mules. A la vue de sa silhouette athlétique se découpant sur le ciel d'orage, son cœur se mit à battre la chamade. Elle n'avait pu se trouver seule avec lui depuis des jours. Dans ces conditions, comment mettre en œuvre son plan de séduction ? Fébrile, elle suivit la fillette qui ramenait le récipient vide dans la grange, puis rejoignit les nouveaux arrivants.

Booker mit pied à terre tandis qu'un homme à la barbe grisonnante sautait prestement du véhicule. Un peu voûté, les jambes arquées, il arrivait à peine à mi-torse de son époux.

— Théa, voici monsieur Gunderson, le constructeur de moulins dont je vous ai parlé. Skeeter, je vous présente ma femme.

Le petit homme tendit le cou pour la regarder.

— Dites donc ! Elle est ben grande ! dit-il avec un sifflement étonné.

L'intéressée ne put s'empêcher de sourire.

— Voyons, Skeeter, le reprit Booker d'un air malicieux. Il va vous falloir être poli avec mon épouse. C'est la meilleure cuisinière du comté et je suis sûr que vous ne voudriez pas qu'elle vous jette dehors avant le dîner !

— Pour ça non ! s'exclama le vieil homme en s'inclinant de façon comique. J'aime les grandes, ça pour sûr !

— A la bonne heure ! Je vais aller chercher les plans du moulin, déclara son hôte en riant. Nous avons le temps de les examiner avant le repas. C'est d'accord ? demanda-t-il en se tournant vers Théa.

Surprise par sa question, cette dernière se contenta de hocher la tête, pendant qu'il pénétrait dans la maison. Zoé contemplait un papillon qui voletait autour d'un massif de violettes.

— Je n'savais pas qu'il s'était mis en ménage, commenta le visiteur de sa bouche édentée.

Théa se demanda si elle pourrait servir quelque chose qu'il serait capable de mâcher !

— Nous nous sommes rencontrés après son départ de l'armée, lorsqu'il est venu chercher sa nièce, expliqua-t-elle.

— C'est elle, là-bas ?

— Oui, elle s'appelle Zoé.

— Quand j'étais môme, on avait une chèvre du même nom. Une drôle de bestiole ! Une fois, elle a mangé les dessous de ma mère qui pendaient sur la corde à linge.

Son interlocutrice réprima à grand-peine un sourire.

— C'est une ben belle grange que vous avez là ! reprit le vieil homme en observant le bâtiment flambant neuf. Mes mules et moi, on y sera comme des rois.

— Voyons, monsieur Gunderson, vous n'allez

pas rester dans la grange ! Nous avons de la place dans la maison.

— Sais pas, marmonna-t-il en observant la construction d'un air sceptique. Ça m'a l'air ben luxueux...

— Pas du tout. Vous verrez, c'est sobre et lumineux... exactement comme son propriétaire !

Rien n'aurait pu être plus vrai, se dit-elle. Elle adorait la demeure, ses vastes pièces claires, ses meubles fonctionnels. Il n'y avait pas un seul napperon, ni une seule broderie. Après avoir vécu des années entourée des ouvrages de Madeline et de Trudy, elle se réjouissait de l'absence de colifichets.

— Notre maison est très agréable, je vous assure, insista-t-elle. Voulez-vous la visiter ?

— Vous me la montrerez tout à l'heure, quand j'aurai fait un brin de toilette. Je suis aussi poussiéreux que si j'avais chevauché une semaine dans le désert !

Au loin, le tonnerre gronda et Zoé courut s'agripper à ses jupes.

— Entendu, acquiesça Théa, tandis que Booker revenait avec les plans.

— Nous ferions mieux de nous dépêcher d'aller au moulin, dit-il en observant le ciel qui s'assombrissait peu à peu.

Il enfourcha Gideon tandis que M. Gunderson sautait dans son véhicule avec une agilité surprenante pour un homme de son âge.

— A tout à l'heure, dit Booker en talonnant sa monture.

La jeune femme les regarda s'éloigner en espérant qu'ils évitent l'averse.

Par chance, quand elle eut fini de préparer le repas, il n'avait toujours pas plu. Les deux hommes réapparurent bientôt, et Théa les installa tous deux dans la cuisine en pensant que leur singulier invité y serait plus à l'aise. Un repas formel dans la salle à manger, avec leur plus belle vaisselle, l'aurait sûrement embarrassé... Booker lui signifia son approbation d'un sourire et d'un rapide baiser sur sa joue. Elle dissimula son trouble en pivotant pour attraper le panier dans lequel elle avait disposé des petits pains tout chauds..

— C'était ben bon, madame, déclara Gunderson quand ils eurent terminé.

— Je vous remercie.

— Vous avez choisi l'endroit parfait, Hayes, poursuivit-il, apparemment prêt à la conversation. Il est tout à fait comme vous m'l'aviez décrit !

— Je pense qu'on peut arriver à cinquante chevaux de puissance, avec cette hauteur, répondit Booker.

— Que Dieu me damne si on n'atteint pas les soixante ! Pardon, madame, j'ai pas l'habitude de surveiller mon langage, vu que j'ai jamais affaire à des dames. Ces pierres à moudre, elles vont tourbillonner comme un derviche, y'a pas à dire ! reprit-il. Et avec le cours d'eau un peu en retrait, les stocks seront aussi secs qu'un squelette dans le désert !

Booker hocha la tête, visiblement satisfait de l'approbation du spécialiste. Ce dernier se frotta le ventre d'un air repu puis tapota le bord de sa tasse à café vide.

— J'apporte le dessert et d'autre café, annonça Théa en se levant pour prendre les assiettes.

Skeeter haussa ses sourcils broussailleux.

— Et en plus, il y a du dessert ? s'étonna-t-il en s'adressant à son hôte. C'est une sacrée femme que vous vous êtes dégoté. L'avez déjà mise en cloque ?

— Pardon ? demanda Théa, qui ne connaissait pas cette expression.

Booker devint cramoisi.

— Euh, pour le moment, ces deux enfants nous suffisent, balbutia-t-il.

« Des enfants ? » songea Théa. Leur invité demandait si elle était enceinte ? C'eût été plutôt difficile en faisant chambre à part !

Enceinte..., se répéta-t-elle. Lorsqu'elle avait accepté cette union, c'était uniquement pour Zoé. Puis était venu le désir... et maintenant, c'était l'amour de Booker qu'elle souhaitait ardemment. Mais l'idée de porter son enfant la troublait tant qu'elle préférait ne pas s'y appesantir.

Visiblement aussi gêné qu'elle, son époux détourna la conversation.

— S'il ne pleut pas demain matin, j'aimerais que vous me montriez comment installer les câbles.

Théa posa les assiettes dans l'évier et revint avec deux tartes aux pommes. Lorsqu'elle vit le visage de Lucas s'illuminer, son cœur se gonfla d'émotion.

— Ton gâteau préféré, murmura-t-elle en se penchant vers lui.

— Oui, madame, balbutia-t-il.

— J'ai préparé ces tartes pour toi ce matin.

Comme il levait vers elle ses yeux gris, elle posa les plats et tapota affectueusement son épaule maigre. Il ne se déroba pas, comme elle l'avait vu faire avec Booker.

Soudain, un roulement de tonnerre secoua la maison. Zoé laissa tomber bruyamment sa fourchette et sauta si vite sur les genoux d'Œil-de-Faucon que l'Indien eut à peine le temps de reposer sa tasse de café. Théa surprit l'expression peinée qu'eut son époux en voyant que la petite fille lui préférait son ami.

Au même moment, des pas se firent entendre dehors puis on frappa un coup sonore à la porte. La jeune femme alla ouvrir — pour se trouver nez à nez avec son père.

— Papa ! s'exclama-t-elle en l'embrassant. Quelle bonne surprise ! Tu arrives juste à temps pour le dessert.

Le nouvel arrivant donna une tape amicale sur l'épaule de son gendre, puis s'installa dans la chaise désertée par la petite. Sa fille lui offrit une part de tarte et lui versa une tasse de café.

— Mmm, elle semble succulente, comme toujours ! Tes pâtisseries commençaient à me manquer ! Mais ne t'inquiète pas, je me languis aussi de toi, ajouta-t-il avec un sourire affectueux.

— Tu as échappé à la pluie de justesse, fit-elle observer en entendant de grosses gouttes tambouriner contre les vitres.

— En effet. Je suis venu lorsque j'ai appris que vous aviez un invité.

Booker fit les présentations, et James Coulson se leva pour serrer la main du vieil homme.

— Le terrain de Jim jouxte le mien, du côté sud, expliqua le maître des lieux.

— Hum, marmonna Skeeter en savourant une bouchée de gâteau. Vous avez des fils ?

— Cinq filles ! expliqua Jim, mais mon autre gendre travaille avec moi.

— Nous comptions examiner les plans maintenant, annonça Booker à son beau-père. Voulez-vous vous joindre à nous ?

— C'est pour cette raison que je suis venu. Depuis qu'il m'a parlé de sa turbine, je brûle de la voir fonctionner, expliqua-t-il à M. Gunderson.

— C'est une sacré bon Dieu de machine ! répondit le vieil homme. C'est la deuxième dans le Nebraska. Bientôt, on verra plus que ça dans le pays, je vous le dis comme je vous le dis ! Le temps abîme ces satanées roues de bois bien trop vite... Je vous demande bien le pardon, madame.

Théa, amusée par les écarts de langage de leur invité et plus encore par sa façon de s'en excuser, rit de bon cœur.

— Nous ferions mieux d'aller mettre les chevaux à l'abri avant que l'orage ne se déchaîne, intervint Booker en attrapant son chapeau et son cache-poussière.

Œil-de-Faucon installa Zoé sur une chaise et suivit son ami.

— Je vais en profiter pour mettre ma monture dans votre grange, ajouta Jim.

— Prends garde à ne pas prendre froid, papa, l'avertit Théa. Tu as eu un mal fou à te débarrasser de ta dernière grippe.

Juste au moment où Booker ouvrait la porte, un éclair étincelant déchira le ciel. De grosses gouttes s'écrasèrent sur le sol poussiéreux et martelèrent le toit. Il lança son manteau à son beau-père.

— Je vais remplir les mangeoires de foin et voir

si les mules de Skeeter vont bien. Œil-de-Faucon, veux-tu rentrer les bêtes ? demanda-t-il en dévalant les marches du perron.

— A bientôt, Théa, dit Jim avant de les rejoindre. Ah, au fait, j'ai oublié de te dire... Trudy s'est mis en tête de vous coudre des taies d'oreiller. Vous les aurez bientôt.

— C'est gentil, tu la remercieras.

— Fais attention à ne pas dormir sur les marguerites brodées ! Je l'ai fait une fois et je me suis promené toute la journée avec une fleur imprimée sur ma joue !

— J'y penserai, répondit Théa, amusée.

— A tout à l'heure, alors...

Skeeter resta là à siroter son café. Zoé, assise en face de lui, s'amusait à plier et déplier une serviette. De temps en temps, elle jetait un coup d'œil au vieil homme à la dérobée.

Un roulement de tonnerre éclata, aussitôt suivi par une détonation. Intriguée, Théa s'essuya les mains et ouvrit la porte juste au moment où l'alezan de son père se cabrait. Elle étouffa un cri, et s'efforça de distinguer ce qui se passait à travers le rideau de pluie.

— Papa ? appela-t-elle, de plus en plus inquiète.

Des voix indistinctes lui parvinrent derrière les trombes d'eau.

— Vous m'entendez ?

Mais elle eut beau s'égosiller, aucune réponse ne lui parvint. Au bout d'un moment qui lui parut interminable, elle vit apparaître son mari et Œil-de-Faucon qui soutenaient un homme courbé en deux qu'elle reconnut aussitôt.

— Papa ! Oh, mon Dieu, que lui arrive-t-il ?

— Dégagez la table afin que nous puissions l'examiner, lui intima Booker.

Elle n'obéit pas tout de suite, paralysée par l'angoisse.

— Que... que s'est-il passé ? balbutia-t-elle.

— On lui a tiré dessus.

13.

Lucas se précipita pour finir de débarrasser la table, puis Théa lui demanda d'emmener Zoé dans sa chambre et de veiller sur elle. Il obéit en silence.

Sans perdre une seconde, l'Indien sortit un long couteau de sa veste de cuir et trancha le manteau puis la chemise à carreaux de Jim. Le regard consterné de Théa passa de la plaie sanglante au visage marqué par la souffrance de son père.

Dieu merci, il était encore conscient !

Visiblement soucieux de la voir si inquiète, il prit sa main et la serra faiblement, comme pour la rassurer. Elle réprima un sanglot et écarta d'un geste affectueux les cheveux qui retombaient sur le front du blessé.

— La balle a ricoché sur une de ses côtes. Elle a probablement fini sa course dans ses vêtements, commenta Booker en explorant le tissu maculé de sang...

— C'est pas beau à voir, mais ça sera pas très grave, ajouta Skeeter. Vous avez eu une sacré veine, ça j'vous le dis ! Ça doit faire un mal de chien, non ?

Jim leva péniblement la tête pour observer sa blessure... Une vive douleur le transperça.

— Vous allez discuter longtemps comme ça, ou vous allez réparer les dégâts ? marmonna-t-il entre ses dents serrés.

— Je sors, annonça brusquement Œil-de-Faucon. J'ai bien peur que ce déluge n'ait effacé toutes les traces de pas, mais je vais quand même essayer de trouver un indice.

— Théa, faites bouillir de l'eau, lui enjoignit Booker. Il faut nettoyer la plaie, puis la suturer. Apportez-moi votre panier à ouvrage... Skeeter, essayez de rapprocher les bords de l'entaille avec cette serviette propre. Je vais me laver les mains et chercher des bandages.

Elle obéit comme un automate, puis enfila une aiguille tandis que son mari lavait la blessure.

— Donnez-lui quelque chose à mordre pendant que je le recouds, reprit-il.

Elle attrapa un torchon que son père agrippa entre ses dents.

— Appuyez-vous sur ses bras et ses épaules pour le maintenir en place, poursuivit Booker d'un ton calme.

La jeune femme et Gunderson se placèrent de chaque côté du blessé.

— Avez-vous déjà pratiqué ce genre d'intervention ? demanda-t-elle dans un souffle.

Il fit un signe de tête approbateur, puis se concentra sur sa tâche. Il suturait tout en tenant les deux pans de chair rapprochés. La sueur perlait sur son front.

Théa sentait son père trembler.

— Il a presque fini, papa.

Ce dernier, à bout de forces, laissa échapper un juron.

— Ce n'est pas bien, de jurer comme ça devant une dame ! plaisanta Skeeter pour détendre l'atmosphère.

Mais cette fois-ci, Théa ne sourit pas à la remarque de leur visiteur. Elle ferma les yeux un instant, priant pour que cette épreuve finisse. Ses pensées n'étaient plus que confusion : on avait tiré sur son père !

— C'est bon, Jim, annonça enfin Booker en s'essuyant le front d'un revers de main.

Il trempa un torchon dans l'eau bouillante et nettoya la blessure de son beau-père avant d'y placer un carré d'étamine et de lui bander la poitrine.

— Vous allez devoir passer la nuit ici. Vous êtes trop faible pour rentrer chez vous à cheval.

Théa, qui avait déjà promis la chambre d'amis à leur invité, tourna les talons et se dirigea vers l'escalier. Elle céderait sa couche à son père et dormirait sur le sofa, voilà tout.

— Je vais préparer son lit, annonça-t-elle.

Lucas apparut sur le palier, le visage soucieux.

— Il va bien, ne t'inquiète pas, mais il doit passer la nuit ici.

— Il peut dormir dans ma chambre, offrit le garçon. Je me contenterai du canapé.

Son empressement toucha la jeune femme au plus profond du cœur. Elle imaginait sans peine combien son propre espace devait compter pour l'adolescent, si longtemps privé d'un territoire bien à lui. Et son offre spontanée en était d'autant plus généreuse...

— Me... merci, bredouilla-t-elle, les larmes aux yeux.

Maladroitement, Lucas s'avança vers elle, passa

un bras autour de sa taille et posa sa tête sur son épaule.

Laissant enfin libre cours à son angoisse, elle éclata en sanglots. Jamais elle n'avait eu aussi peur qu'en voyant cette plaie béante sur la poitrine de son père. Bien qu'elle ait passé presque toute sa vie dans l'Ouest, elle n'avait jamais frôlé la mort d'aussi près. Jim Coulson avait bien protégé sa famille — jusqu'à maintenant...

Au bout d'un moment, elle reprit le contrôle d'elle-même.

— Bien, je dois changer les draps. Tu viens m'aider ?

Lorsqu'ils eurent installés Jim pour la nuit, Booker demanda à Œil-de-Faucon d'aller prévenir Trudy.

Skeeter monta se coucher tôt, laissant ses hôtes seuls dans la cuisine. Maintenant que sa frayeur première était passée, les questions se bousculaient dans l'esprit de Théa. Elle arpenta la pièce, fébrile, en se tordant les mains.

— Vous allez bien ? s'enquit Booker avec sollicitude.

— Je crois... Comment avez-vous réussi cela ? lança-t-elle tout à trac.

— Quoi donc ?

— Recoudre cette blessure comme si vous raccommodiez une chaussette ! Mes mains tremblaient tant que j'avais peine à enfiler le fil dans le chas de l'aiguille.

— Nous avons tous fait notre part de travail, répondit-il en haussant les épaules.

— Eh bien... c'était du beau travail.

Il hocha simplement la tête.

— Booker, que s'est-il passé là-bas ?

— Je l'ignore. Je travaillais dans la grange lorsque j'ai entendu le coup de feu. Œil-de-Faucon se trouvait dans le corral. Le temps qu'il en sorte, Jim était à terre.

— Qui a pu faire une chose pareille ?

L'idée que quelqu'un veuille assassiner son père lui était inconcevable. Jim était aimé de tous. Pour autant qu'elle le sache, il n'avait pas un seul ennemi.

— Je n'en sais rien.

— Pourquoi essaierait-on de le tuer ? répéta-t-elle.

— Laissez-moi m'inquiéter de cela et allez dormir, vous en avez besoin, répondit-il d'une voix rassurante.

Cette remarque ne fit qu'exaspérer la jeune femme. Comment pourrait-elle se reposer quand un meurtrier dont on ignorait l'identité rôdait dans les parages ?

— Il ne pleut presque plus, annonça Œil-de-Faucon, qui venait juste de rentrer.

— Allons dans mon bureau. Bonne nuit, Théa, ajouta Booker en se levant.

Elle les regarda s'éloigner avec irritation. Apparemment, il voulait discuter de la situation avec son ami... sans elle. Pourtant, tout ce qui touchait à la sécurité de son père la concernait aussi. Elle n'appréciait guère d'être ainsi traitée comme une faible femme !

Elle sortit de la cuisine, puis s'immobilisa dans le corridor obscur pour écouter le murmure des voix qu'elle percevait à peine à travers la lourde porte de chêne. Elle eût pu faire irruption dans la pièce, et exiger que son mari la laisse participer à la discussion. Mais à quoi bon ? Il tenterait de la calmer et éluderait ses questions.

Furieuse et inquiète à la fois, elle monta l'escalier sur la pointe des pieds, jeta un coup d'œil à son père qui dormait paisiblement, puis entra dans la chambre de Booker et alluma la lampe afin qu'il n'eût pas, plus tard, à tâtonner dans l'obscurité. Etrangement émue, elle parcourut la pièce du regard. Elle y faisait le ménage une fois par semaine, aussi les objets lui étaient-ils familiers.

Elle toucha le peigne en corne posé sur la commode. De la menue monnaie et un canif abîmé étaient négligemment éparpillés sur le meuble. Sur la table de toilette, elle trouva le nécessaire à raser de son mari, ainsi qu'une savonnette. Elle la porta à son visage et inspira longuement le parfum ambré, qui réveilla aussitôt une flambée de désir au plus profond de son corps.

Booker... Oh, Booker. Elle ferma les paupières et s'assit au bord de l'immense lit, imaginant son époux allongé, torse nu, qui lui souriait.

Si seulement elle pouvait partager sa couche, devenir enfin une femme !

— Tu as vu quelque chose ? demanda Booker à son ancien compagnon de route.

Ce dernier s'enfonça dans l'un des confortables fauteuils de cuir placés devant la cheminée.

— Il pleuvait trop pour distinguer quoi que ce soit. Tout ce que je peux affirmer est qu'un cheval attendait, vers l'ouest du domaine. Je dirais que l'individu était seul, qu'il a laissé sa monture environ une heure, s'est dissimulé derrière la grange et a patienté afin d'avoir un bon angle de tir.

Les suppositions de l'ancien éclaireur confirmèrent les soupçons de Booker.

— Il était donc déjà là avant l'arrivée de Jim.

— Oui. Il aurait pu lui tirer dessus dès ce moment.

— Mais il ne l'a pas fait. C'est donc à moi qu'il en voulait.

Booker, au comble de la nervosité, arpentait le parquet vernis. Il s'immobilisa devant la cheminée. Il avait souvent été une cible, mais seulement lorsqu'il travaillait pour l'armée. La situation était différente maintenant : il possédait des terres, un foyer, une famille. Il observa la pendule que Jim leur avait offert en cadeau de mariage. A cause de lui, son beau-père avait frôlé la mort. Pourquoi une telle injustice ?

— D'après toi, qui est-ce ? demanda-t-il.

— Tu ne te connais pas d'ennemi — en tout cas, pas d'ennemi mortel. A supposer que quelqu'un t'ait suivi jusqu'ici, nous l'aurions déjà remarqué. C'est peut-être à cause de moi...

Booker ne pouvait nier avoir songé à cette hypothèse, surtout après l'épisode de l'hôtel d'Omaha, et l'attaque de Jackson qui s'était déroulée cette même nuit.

— Mais pourquoi ne pas s'en être pris à toi, dans ce cas ?

— Tu fraternises avec les sauvages, fit observer Œil-de-Faucon d'un ton désabusé. Pour la plupart des blancs, c'est un plus grand crime que d'avoir la peau rouge.

— Tu as raison, acquiesça Booker en passant une main sur sa joue rugueuse.

Il entendit une porte s'ouvrir, puis se refermer à l'étage. Il s'imagina Théa vérifiant que son père allait bien puis regagnant sa chambre. La jeune femme lui faisait confiance pour la protéger, elle et les enfants ? Mais était-il en mesure de lui apporter cette sécurité ? Rien hélas n'était moins sûr...

— Nous devons rester sur le qui-vive, dit-il d'une voix altérée. Si quelqu'un veut ma peau, tout le monde ici est en danger. Je n'ai pas l'intention d'attendre les bras croisés un autre accident.

— Je coucherai dehors dorénavant, déclara son ami. Ainsi, j'entendrai si on s'approche de la maison.

Booker accepta, sachant qu'il avait dormi à la belle étoile la plus grande partie de sa vie et que ce n'était pas une épreuve pour lui.

— Nous ferons le tour du domaine deux fois par jour pour plus de sécurité, précisa-t-il.

Œil-de-Faucon hocha la tête et se leva.

— Bonne nuit, dit-il en se dirigeant vers la sortie.

— Bonne nuit.

Resté seul, Booker se laissa tomber sur une chaise. Devait-il informer son épouse du cours des événements ? En serait-elle rassurée, ou s'inquiéterait-elle encore plus en sachant toute la maisonnée en danger ? Baisserait-il dans son estime si elle savait qu'il était responsable de la blessure de son père ? Taraudé par ces questions, il monta l'escalier et pénétra dans sa chambre. Théa avait laissé la lampe brûler pour lui. Chère Théa, toujours attentionnée...

Emu, il oublia ses doutes, ses questions sans réponse. Pour l'heure, une seule chose importait : protéger ceux qu'il aimait.

Le lendemain, après le petit déjeuner, Maryruth et Denzel arrivèrent. Ce dernier discuta un moment avec Jim, puis s'éloigna vers la ferme des Coulson, tandis que sa femme restait pour aider Théa à prendre soin de leur père. La cadette tint un moment compagnie à ce dernier, puis le laissa se reposer.

Lorsque Maryruth la rejoignit, Théa avait déjà lavé les draps et les serviettes, puis les avait suspendus sur la corde à linge. Elle avait aussi commencé à nettoyer le sol maculé des traces de boue laissées par les hommes la veille. Sa sœur l'aida à récurer le sang séché qui s'était infiltré dans les interstices.

— Papa semble se remettre, commenta-t-elle.

— Oui, mais il aurait pu mourir..., dit Théa d'une voix étouffée.

— Ils ne savent pas qui est le coupable ?

— Je ne crois pas, sinon Booker serait déjà à sa poursuite.

Lorsqu'elles eurent terminé, il était déjà temps de préparer le repas de midi.

— Maryruth, commença Théa, la situation est-elle la même... entre toi et Denzel ?

Sa sœur fit un signe de tête affirmatif

— Tu dis qu'il craint de te blesser ?

— Il était terrifié lorsque j'ai mis David au monde. Il jure qu'il ne se le serait jamais pardonné si quelque chose m'était arrivé.

— J'étais effrayée moi-même, tu sais. Nous l'étions tous.

— Le médecin a affirmé que l'accouchement avait été difficile parce que le bébé était sorti par le siège. Ce sera différent la prochaine fois.

— Nous en sommes toutes deux persuadées, mais la peur de Denzel est toujours présente. Peut-être la seule manière de la combattre est-elle d'avoir un autre enfant pour lui prouver que tout peut bien se passer.

Sa sœur eut une mimique désabusée.

— Cela ne risque pas d'arriver pour le moment !

— Je voudrais te poser une question..., demanda Théa d'un ton hésitant.

— Je t'écoute.

— Si une femme veut qu'un homme lui... lui fasse l'amour, comment doit-elle s'y prendre ?

Maryruth resta silencieuse un moment, les yeux perdus dans le vague.

— Eh bien, reprit-elle enfn. Elle doit porter quelque chose qu'il trouve séduisant... une jolie robe... des dessous affriolants... du parfum... ou bien détacher ses cheveux...

Elle s'interrompit soudain et observa sa sœur avec attention.

— Parlons-nous de toi — ou de moi ?

— De nous deux. Je veux que mon mari s'intéresse à moi.

La surprise se peignit sur le visage de sa sœur.

— Mais voyons, il est fou de toi, c'est évident ! Il te contemple d'un air... presque douloureux ! Tu as bien dû t'en apercevoir lors de votre nuit de noces, non ? conclut-elle avec un sourire mutin.

Théa, les larmes aux yeux, eut beaucoup de peine à avouer la situation à sa sœur. Cette dernière la considéra avec stupéfaction.

— Je suis sûre qu'il ne voulait pas te brusquer. Je ne vois pas d'autre explication.

— Mais alors, que puis-je faire ?

— Eh bien... frôle-le lorsque tu passes près de lui. Quand tu verses le café ou que tu poses une assiette devant lui, laisse ta main sur son épaule ou sur son bras... Murmure-lui quelques mots suggestifs à l'oreille. Tu pourrais aussi, poursuivit Maryruth en baissant la voix, le laisser te surprendre dans le plus simple appareil...

— Je n'aurais aucune raison de me promener dans la maison ainsi, et il ne vient jamais dans ma chambre.

Puis, devant la mine médusée de sa sœur :

— C'est justement là le problème, vois-tu. J'occupe toujours la chambre qu'il m'avait attribuée avant notre mariage, et lui la sienne.

— Cela ne simplifie pas les choses, en effet.

— Mais je suivrai quand même tes conseils.

— Je suis sûre qu'il ne pourra pas résister ! prédit Maryruth d'un air espiègle.

Elle resta silencieuse un moment, puis reprit d'un air songeur :

— Tu crois que je devrais faire de même avec Denzel, c'est ça ?

— Oui.

— Ainsi, son... son désir prendra le dessus, et ensuite, il comprendra qu'il n'avait pas à s'inquiéter.

— Exactement !

Elles échangèrent un sourire complice, puis se remirent à leur tâche en silence.

⁂

Cet après-midi-là, Booker et Denzel installèrent leur beau-père à l'arrière du chariot, où Théa et Maryruth lui avaient confectionné un matelas improvisé à l'aide de couvertures.

— Je viendrai prendre de tes nouvelles demain, papa, promit sa fille aînée avant que le véhicule ne s'ébranle.

Dès qu'il fut hors de vue, Zoé la tira par la manche et lui tendit le seau cabossé.

— Ma chérie, il a tellement plu hier soir que nous n'avons pas besoin d'arroser aujourd'hui, expliqua-t-elle en s'agenouillant.

Booker put lire la déception de Zoé sur son visage. Il avait enfin compris ce que toutes deux essayaient de faire. La disparition du gland qui, auparavant, ne quittait jamais sa nièce, puis les arrosages incessants de ce carré de terre, lui avaient enfin donné la solution du mystère : elles attendaient qu'un chêne pousse !

Lui-même, en vérité, prévoyait de planter de nombreux arbres sur le domaine. Quelques-uns bordaient déjà la rivière, mais la prairie demeurait désespérément nue. Rêveur, il imagina un verger empli d'arbres fruitiers, de noyers et de noisetiers. Quelques jours auparavant, à l'autre bout de la propriété, il était tombé sur un bosquet de chênes au pied desquels poussaient de solides jeunes plants. Ce souvenir lui donna une idée...

⁂

Booker et les hommes qu'il avait engagés finirent d'édifier les fondations du moulin à la fin de la journée. Au dîner, ses muscles endoloris se rappelèrent à lui lorsqu'il s'installa à la table de la cuisine.

Des verres de limonade étaient placés devant chaque assiette, que tous burent avec délectation.

— Où avez-vous trouvé des citrons, Théa? s'enquit Booker.

— Maryruth les a apportés.

Puis elle remplit lentement le verre de son époux, tout en laissant ses doigts frais glisser dans son cou.

Il tourna la tête et leva les yeux vers elle.

— Est-elle assez sucrée? lui murmura-t-elle à l'oreille.

Un frémissement le parcourut. Il admira la magnifique chevelure rousse relevée en chignon, dont quelques mèches folles s'échappaient pour retomber sur sa nuque avec grâce, et se visualisa en train d'ôter une à une les épingles qui retenaient prisonnière la masse soyeuse... Au même instant, il vit Théa s'humecter du bout de la langue la lèvre inférieure. Ce n'était qu'un réflexe machinal, mais il provoqua une flambée de désir au creux de ses reins. Il dut s'éclaircir la gorge pour lui répondre d'une voix aussi neutre que possible :

— Sucrée à souhait.

Elle sourit et retira sa main. Il fit un effort pour se maîtriser, et la suivit des yeux pendant qu'elle s'affairait autour de la table. Skeeter se servit d'une généreuse tranche de porc rôti et versa dessus plusieurs cuillerées de sauce onctueuse et fumante.

— Sacrée bonne femme, Hayes, que vous avez là... Sacrée bonne femme, je vous le dis!

Théa jeta un coup d'œil amusé à son mari pour

l'assurer qu'elle ne s'offusquait pas des paroles de leur invité. Il la vit s'installer gracieusement dans la chaise placée à côté de lui, puis couper la viande de Zoé en petits morceaux. Il n'y avait aucun doute : c'était en effet une sacrée bonne femme !

La conversation dévia sur la construction du moulin et Booker vit Théa écouter attentivement leurs paroles. Lorsqu'il lui demanda la salière, elle la lui tendit en effleurant ses doigts au passage. Puis, au moment de découper la tarte aux pêches et de verser le café, elle posa distraitement une main sur son bras, tout en répondant à une question de Lucas.

Booker jeta un coup d'œil aux convives. Tous mangeaient et conversaient avec animation. Personne ne semblait remarquer ce qui lui était si douloureusement évident : la façon dont elle le touchait, la façon dont son propre corps réagissait. Ses amis continuaient leur repas comme s'il leur apparaissait tout à fait normal que Théa profite du souper pour le séduire.

Au bout d'un temps qui lui parut interminable, et durant lequel il fit tout pour se contrôler, la jeune femme retira sa main et s'éloigna. Booker, lui, fixa son assiette, la gorge contractée, incapable d'avaler une bouchée.

— Booker ? appela-t-elle pendant que les autres discutaient d'un détail technique concernant le chariot.

Il haussa les sourcils d'un air interrogateur.

— Vous allez bien ? Vous ne finissez pas votre dessert ?

— Je suis épuisé par la chaleur et je dois encore éplucher les comptes ce soir. Si vous voulez bien m'excuser..., expliqua-t-il d'une voix enrouée.

— Bien sûr.

Il se tourna dans sa chaise, puis se leva brusquement et quitta la pièce en hâte, en espérant que personne ne trouve incongrue cette sortie précipitée. Une fois seul, il poussa un soupir de soulagement et resta immobile quelques instants afin de se reprendre. Puis il alluma la lampe posée sur son bureau, s'assit et ouvrit le livre de comptes.

Que s'était-il donc passé ce soir ? se demanda-t-il en s'efforçant de se concentrer sur les chiffres qui dansaient devant ses yeux. En tout cas, il ferait bien à l'avenir de se contrôler, sans quoi il finirait par ne plus manger du tout !

La nuit tomba, et chacun regagna sa chambre. Une heure plus tard, Booker s'apprêtait à faire de même lorsqu'il entendit s'ouvrir la porte du bureau. Il se retourna vivement et aperçut Théa, pieds nus, son peignoir attaché négligemment autour de la taille, ses cheveux dénoués nimbant d'or son visage. Le souffle court, il la regarda onduler vers lui.

— J'ai vu la lumière, alors j'ai pensé que cela vous ferait plaisir, dit-elle en posant un bol en terre cuite sur son sous-main.

L'arôme du cidre lui chatouilla les narines. Il but une gorgée, sans toutefois pouvoir détacher les yeux de sa femme.

— Merci.

Elle restait immobile près du bureau, regardant les pages ouvertes devant lui.

— Pourquoi ne dormez-vous pas ? s'enquit-il.

— Et vous ?

Il laissa glisser son regard le long de son corps souple. Que portait-elle sous son peignoir ?

— Je m'apprêtais à monter, expliqua-t-il en s'efforçant de ne pas trahir ses pensées.

— Vous paraissiez tendu ce soir, fit-elle observer. Etes-vous inquiet pour mon père ?

— Non, il s'en remettra.

— Qu'y a-t-il donc, alors ? Puis-je vous aider en quoi que ce soit ? poursuivit-elle en s'approchant de sa chaise. Voulez-vous que je vous masse les épaules ?

— Non ! s'exclama-t-il en se levant brusquement.

Elle recula d'un air peiné.

— Désolée...

— Je vais bien, vraiment. Pardonnez ma réaction, mais j'ai les nerfs à fleur de peau ce soir. C'est sûrement dû à la fatigue et à la chaleur. Une bonne nuit de sommeil et il n'y paraîtra plus, dit-il avec une feinte assurance.

Oh, non, ce n'était pas le repos qui le calmerait, mais il ne pouvait lui avouer les véritables raisons de son état. Il lui avait promis de se conformer à sa décision, non ? Et il devrait s'y tenir, coûte que coûte.

Alors il referma le livre de comptes, éteignit la lampe, puis suivit sa femme dans le couloir, luttant contre la folle envie de l'implorer de le laisser lui faire l'amour enfin.

Il mit quelques secondes à reprendre ses esprits quand elle s'immobilisa devant la porte de sa propre chambre. Là, elle lui toucha de nouveau le bras, et la tiédeur de ses doigts fins transperça l'étoffe de sa chemise pour embraser sa peau.

— J'ai peur pour mon père, chuchota-t-elle.

Cet aveu fit tomber la réserve de Booker. Théa

avait besoin d'être rassurée... Doucement, il la prit par les épaules et la guida dans la pièce.

— Ne craignez rien, il est hors de danger maintenant.

Il la serra contre lui, juste une minute... juste assez pour apaiser ses frayeurs. Il fit un effort surhumain pour refouler le désir que suscitait en lui son odeur de jasmin, pour oublier qu'elle était presque nue dans ses bras à deux mètres du lit...

— Ne vous inquiétez pas, d'accord? murmura-t-il en s'éloignant. Vous devez vous reposer. Bonne nuit.

Au prix d'un dernier effort, il ferma doucement la porte et se retrouva dans le couloir. Elle pourrait peut-être s'endormir, mais lui, certainement pas.

Théa s'éveilla en sursaut, le corps trempé de sueur. Son rêve par trop familier était revenu...

Elle repoussa les draps au pied du lit et s'avança sur la pointe des pieds vers la table de toilette. Elle retira sa chemise de nuit, trempa un gant de toilette dans l'eau tiède de la cuvette puis le pressa sur ses épaules et ses seins. Mal lui en prit : en coulant le long de son ventre, l'eau attisa plus encore son désir.

Elle ferma les paupières, dévorée par cette envie qui la tourmentait sans cesse. Elle savait — même si cela ne laissait de la surprendre — que Booker la trouvait séduisante et la désirait. Alors pourquoi niait-il constamment cette envie? Avait-il honte de sa déraisonnable attirance pour l'indésirable Théa-la-Géante? Pourquoi même ce soir, bien qu'elle ait tout fait pour l'encourager, l'avait-il repoussée?

Avant qu'elle ne le rencontre, elle s'était résignée à rester vieille fille, à étouffer ses rêves d'adolescente, à occulter ses désirs de femme. Mais Booker avait fait irruption dans sa vie, aiguisant ses sens, lui redonnant espoir — pour finalement la laisser insatisfaite et désespérée.

Non ! se révolta-t-elle soudain. Elle avait trop longtemps supporté cette horrible frustration ! Les choses devaient changer... Elle était légitimement unie à Booker, tout de même ! Et c'était donc à lui de l'initier aux joies de l'amour physique.

Tremblante, elle se remémora les mots qu'il avait prononcés lors de leur nuit de noces : il lui laissait la décision.

Après tout, qu'avait-elle à perdre, sinon sa fierté ? Et la fierté ne la réchaufferait pas durant les nuits d'hiver glaciales... la fierté ne comblerait pas ses sens, ne lui donnerait pas d'enfants...

La jeune femme ouvrit les yeux, s'épongea le reste du corps et s'essuya d'une main fébrile. Puis elle sortit une chemise de nuit propre du tiroir de sa commode, la revêtit, et se brossa les cheveux avant de sortir dans le couloir.

Sans se donner le temps de changer d'avis, elle entra dans la chambre de Booker et referma doucement le battant. Torse nu, son mari se tenait immobile devant la fenêtre grande ouverte. Il fit volte-face en l'entendant entrer.

Le cœur de Théa s'affola. Elle croyait le trouver endormi ; cela lui aurait laissé quelques minutes pour se donner une contenance. Mais au lieu de cela, il la fixait intensément.

— Que se passe-t-il ? Avez-vous entendu un bruit inhabituel ? s'enquit-il en s'approchant.

— Non, aucunement, répliqua-t-elle d'une voix mal assurée.

— Qu'y a-t-il, alors ?

Elle plongea son regard dans le sien.

— Je veux quelque chose.

— Très bien, dit-il en se détournant vers la table de nuit. Je vais allumer...

Mais elle l'arrêta d'un main sur son bras. Elle sentit ses muscles se contracter à ce seul contact, et un délicieux frisson la parcourut.

— Booker, dit-elle dans un souffle. Je veux que vous...

Seigneur, que c'était difficile !

— Je veux que nous...

Elle prit une inspiration et se décida enfin :

— Je veux faire l'amour avec vous.

14.

Il resta immobile comme une statue, sans ciller. Le silence les entourait, presque palpable dans l'atmosphère étouffante de cette nuit d'été. Les mots qu'elle venait de prononcer semblèrent flotter entre eux durant une éternité, pourtant Théa ne les regretta pas.

Enfin, Booker se passa la main dans les cheveux. Il se rapprocha légèrement d'elle mais ne prononça pas une parole. La lueur de la lune faisait briller la toison brune qui recouvrait son torse puissant.

— Dites quelque chose, murmura la jeune femme, les larmes aux yeux. Vous m'effrayez. Je... je croyais que... que vous le vouliez aussi.

— Théa...

Il tendit un bras vers elle, puis se reprit et plaça les deux mains sur la couture de son pantalon.

— Je vous désire, croyez-moi, je vous désire, avoua-t-il dans un souffle.

Elle replia les bras sur sa poitrine, désemparée.

— Alors que se passe-t-il ? Pourquoi me repoussez-vous ?

— Tout le monde se sert de vous..., dit-il enfin.

Non, laissez-moi parler, ajouta-t-il en voyant son épouse prête à protester. J'ai observé votre famille, vos amis, vos voisins ; tous, sans exception, ignorent vos envies, vos désirs. Je suis furieux de voir la façon dont ils profitent sans aucun scrupule de votre gentillesse et de votre générosité. J'ai vu comment vous vous comportiez avec Zoé, Lucas et David. J'ai vu comme vous étiez douce et aimante — et j'en suis venu à vouloir tout cela pour moi.

— Et alors ? interrogea-t-elle, perplexe.

— Vous ne comprenez donc pas ? Je serais exactement comme les autres si je profitais aussi de vous. Je veux être différent. Je veux satisfaire vos propres besoins, Théa, vos propres envies — et pas seulement les miennes.

— Oh, Booker, si vous saviez ! s'exclama-t-elle, l'espoir renaissant dans son cœur. Mon désir le plus cher est de vous appartenir, de me sentir femme dans vos bras. Je fais sans cesse des rêves où vous m'embrassez... me touchez... et...

Sa voix se brisa dans un sanglot.

— ... et je ne reconnais plus mon propre corps, confessa-t-elle enfin. C'est merveilleux et terrible à la fois, presque incompréhensible...

— Ma douce ! chuchota-t-il en s'avançant vers elle.

Elle l'arrêta d'un geste.

— Je dois savoir. Je dois être sûre que vous éprouvez pour moi de l'attirance, et non de la pitié.

— Oh, Théa ! Comment pouvez-vous imaginer une chose pareille ? Tout en vous m'enflamme. Vos cheveux... votre peau... Pas un jour ne s'écoule sans que je ne souhaite vous embrasser, vous dévêtir...

— Mais je suis si grande ! protesta-t-elle timidement. D'ordinaire, les hommes n'aiment pas cela !

— Regardez-moi. Ai-je l'air intimidé par votre taille ? Oui, vous êtes grande, mais vous êtes proportionnée à merveille. Vous avez de longues jambes, une taille fine... Votre poitrine... c'est simple, quand j'y pense, je ne peux trouver le sommeil. Dès notre tout premier baiser, j'ai voulu vous faire mienne. J'y ai songé des milliers de fois. Ce soir, lorsque vous m'avez frôlé, tenté, j'ai cru devenir fou de désir.

Le cœur battant, Théa écoutait ce discours tout droit sorti de ses rêves. Booker la désirait... il la désirait vraiment !

— Je vous en prie, apprenez-moi, implora-t-elle.

Pourtant, maintenant que le moment tant attendu était enfin arrivé, elle était paralysée d'effroi. Ils s'étaient déjà embrassés plusieurs fois, mais lorsqu'il se rapprocha d'elle et posa les mains sur ses épaules, elle se mit à trembler de tous ses membres. Alors, tout en lui chuchotant à l'oreille des mots rassurants, Booker la souleva et l'emporta vers le lit.

— C'est comme cela que je vous aime, lui dit-il dans un souffle. Depuis des jours et des jours, je vous imagine ainsi, agrippée à moi, éperdue de désir...

Penché sur elle, il l'inondait de baisers, dévorait des lèvres son visage, ses épaules, sa nuque.

— Ne doutez jamais plus, madame Hayes. Ne vous demandez jamais plus si vous êtes une belle femme, murmura-t-il en dénouant les ultimes rubans de sa chemise de nuit.

Théa sourit. En elle montait une euphorie, une

exaltation étranges, comme si les gestes de son mari la libéraient des conventions, la révélaient à elle-même. Dans ses yeux brillait l'éclat émouvant du plaisir, sur ses lèvres offertes se devinaient le trouble, les frissons, la déraison qui l'habitait

— Montrez-moi..., supplia-t-elle. Maintenant !

— Patience, mon amour, nous avons toute la nuit.

— Non, maintenant !

Elle avait dû patienter des années... des années d'espoir flétri, d'innombrables nuits de solitude... Non, elle ne pouvait plus attendre.

— Grâce à vous, murmura-t-elle avec gratitude, je me sens belle.

— Vous *êtes* belle. Ne l'oubliez jamais.

— Me le rappellerez-vous de temps en temps ?

— Aussi souvent que vous m'y autoriserez, dit-il d'une voix rauque.

Consumé par le désir, il reprit son exploration enfiévrée du corps de Théa. Cette dernière s'abandonnait à ses caresses expertes, les lui rendait, découvrant chaque parcelle de son corps avec émerveillement. Quand il glissa la main entre ses cuisses, elle se raidit un instant, puis ferma les paupières et se laissa emporter par une vague de plaisir inconnu.

— Avez-vous peur ? s'enquit-il.

Théa s'arracha à grand-peine de l'univers de délices où elle s'était perdue. De quoi devrait-elle avoir peur ? se demanda-t-elle, perplexe.

— Ce sera un peu douloureux au début, expliqua-t-il, répondant à sa question muette.

— Quelle importance ?

— Vous pourriez également vous retrouver enceinte.

— Cela vous ennuierait-il ?

— Vous êtes ma femme, répliqua-t-il d'une voix douce. Je veux que vous portiez mes enfants.

— Rien ne saurait me rendre plus heureuse, confessa-t-elle.

Il caressa sa chevelure brillante.

— Je mourais d'envie de connaître le parfum de votre peau, votre réaction à mes caresses, dit-il d'une voix rauque.

— Et... vous n'êtes pas déçu ?

— Bien au contraire...

Il l'embrassa encore, et Théa se sentit fondre comme au voisinage d'un brasier. Les joues roses, brûlantes, elle se pressa contre lui avec la fièvre ardente d'une amoureuse, l'ardeur d'une femme séduite.

Ce ne fut plus ensuite que soupirs, murmures, gémissements... La passion les transporta au-delà des rêves, au-delà même du paradis.

Longtemps après que se fut dénoué l'écheveau de leur plaisir, Booker continua à tenir sa femme dans ses bras.

— Eh bien, madame Hayes, dit-il d'un ton taquin, avons-nous satisfait quelques-uns de vos désirs ?

Théa, qui ne pouvait oublier sa crainte de lui avoir déplu, éluda sa question.

— Vous ai-je déçu ? s'enquit-elle pour la seconde fois.

— Grands dieux, non ! Qu'allez-vous chercher là ? Vous étiez merveilleuse ! Vous me comblez, Théa. J'ai besoin de vous — et pas seulement pour Zoé ! précisa-t-il aussitôt.

Une larme roula le long de la joue de la jeune femme, suivie par un sanglot étouffé. Elle enfouit son visage contre le torse protecteur de Booker et laissa libre cours à son émotion. Elle avait attendu si longtemps ! Si longtemps... Jusqu'à ce qu'un mystérieux major entre dans sa vie. Et la joie extrême qu'elle ressentait l'effrayait presque.

— Que se passe-t-il ? questionna Booker, alarmé. Pourquoi pleurez-vous ?

— Je vous aime, murmura-t-elle.

Alors, avec une infinie tendresse, Booker prit sa bouche. Jamais il ne l'avait embrassée avec autant de délicatesse, de vénération. Puis il l'enlaça étroitement, et ils s'abîmèrent tous deux dans un sommeil parfait.

Théa s'éveilla lentement ; elle prit d'abord conscience de son corps nu entre les draps et s'étira voluptueusement en songeant à la nuit merveilleuse qu'elle venait de passer. Puis elle leva ses paupières encore alourdies de sommeil. Le soleil matinal inondait la pièce. La porte s'ouvrit et Booker apparut avec un seau d'eau et des serviettes. Il était déjà rasé et habillé.

Il lui sourit.

— Bonjour.

— Bonjour !

— Je vous ai apporté de l'eau fraîche, annonça-t-il en la versant dans la cuvette en céramique posée sur la table de toilette. Ils dorment encore tous, prenez votre temps.

— Merci.

Il l'embrassa, puis sortit sur un ultime sourire.

Le cœur en fête, Théa entreprit sa toilette. Le seul savon à portée de main étant celui de son époux, elle s'en servit. Ainsi, elle respirerait son odeur ambrée toute la journée ! se réjouit-elle.

Alors qu'elle se séchait, un bruit de cavalcade lui parvint. Intriguée, elle enfila son peignoir et gagna la fenêtre.

Six cavaliers venaient de faire halte à l'entrée du jardin. Elle reconnut le shérif, accompagné d'Irving Jackson et de quatre hommes, tous armés. En observant la façon dont ils tenaient la main sur leur colt ou leur carabine, la jeune femme sentit l'angoisse la gagner. Elle courut dans sa chambre, revêtit une chemise et une jupe, releva ses cheveux en chignon sans même prendre la peine de les brosser, puis dévala l'escalier. Booker se tenait sous le porche, près de Hardy. Elle courut vers lui, mais il se plaça devant elle, comme pour la protéger.

Œil-de-Faucon, qui arrivait de la grange, rejoignit le groupe, une carabine à la main. L'estomac de Théa se noua.

— Où se trouvait votre mari le soir où l'on a tiré sur votre père, madame Hayes ? interrogea le représentant de l'ordre.

— Ici même, répondit-elle.

Où voulait-il donc en venir ?

— Avec vous ? Booker l'interrompit d'une voix ferme :

— Si vous avez des questions à me poser, shérif, pourquoi ne pas vous adresser directement à moi ?

— Je préfère l'avis d'un témoin en qui je puis avoir confiance, rétorqua Hardy. Votre épouse est un membre respectable de notre communauté, et comme nous parlons de son père, je doute qu'elle me mente. Et maintenant, madame, vous me disiez que votre mari était avec vous lorsque vous avez entendu le coup de feu ?

— Non. Il était allé donner du foin aux chevaux dans la grange.

— Quelqu'un se trouvait-il avec lui ?

Perplexe, la jeune femme jeta un coup d'œil au visage sévère de Booker.

— N... non.

— Où était le Peau-Rouge ? intervint Irving Jackson.

Théa se tourna vers le propriétaire de l'hôtel. Ses deux yeux étaient tuméfiés, et le coin droit de sa bouche portait une balafre. Que faisait-il ici ? Pourquoi cette patrouille ? On eût dit une expédition vengeresse ! pensa-t-elle, épouvantée.

— Œil-de-Faucon rassemblait les autres montures dans le corral.

— Portait-il une carabine ?

— Non, rétorqua Théa.

— Et votre mari ? reprit Hardy. Avait-il une arme ?

La jeune femme savait que Booker laissait une winchester dans la grange en cas d'urgence. C'était celle que portait aujourd'hui l'Indien.

— En avait-il une ou pas ?

— Non.

Les sourcils froncés, le maître des lieux s'interposa entre sa femme et son interrogateur.

— Où voulez-vous en venir, shérif ?

Ce dernier agrippa le pommeau de sa selle et se pencha en avant.

— J'ai appris qu'on avait tiré sur Jim Coulson, alors je suis venu vous poser quelques questions.

— Vous n'avez pas demandé si nous connaissions le coupable.

— Et alors, vous le connaissez ?

— Non. La pluie avait effacé toutes les empreintes.

— Comme c'est pratique ! commenta Jackson, sarcastique.

Théa sentit son époux se raidir.

— Seriez-vous en train de m'accuser ? s'enquit-il froidement.

— Peut-être bien que oui, peut-être bien que non, dit le shérif d'une voix traînante.

— Avez-vous des preuves ? Parce que sinon, nous avons du travail qui nous attend.

— Je cherchais simplement à qui pourrait profiter la mort de Coulson, commenta Hardy en coupant le bout de son cigare avec ses dents.

Il fouilla dans sa poche pour en tirer une allumette, qu'il frotta sur sa selle. Puis il alluma son cigare et reprit d'une voix lente :

— Or, à mon avis, vous êtes le seul à avoir une bonne raison. Tout le monde dans ce village respecte Jim.

Booker, les poings serrés, fit un pas en avant.

— Déguerpissez d'ici, et vite !

Théa reprit enfin ses esprits.

— Shérif ! Comment osez-vous accuser mon mari de vouloir tuer mon père ? Jamais il ne ferait une chose pareille !

— Non ? Alors qui donc ?

— Je ne sais pas, mais ce n'est pas lui.

— Il est le seul étranger dans les parages — avec le Peau-Rouge.

— Cela n'en fait pas un assassin.

— De toute façon, il ne peut s'agir du major pour une simple et bonne raison, intervint l'Indien.

— Œil-de-Faucon..., commença Booker, mécontent. Je te prie de...

Le shérif l'interrompit.

— Ah oui ? Laquelle ?

— Ce soir-là, M. Coulson portait le manteau du major. Le tireur visait donc M. Hayes.

Hardy fit rouler son cigare entre ses lèvres et fixa Théa :

— C'est vrai ?

Théa se mordit la lèvre. Comment avait-elle pu ne rien remarquer ? Elle avait pourtant vu Œil-de-Faucon découper le cache-poussière de Booker pour soigner son père, mais elle était trop choquée pour en tirer des conclusions.

— Oui, répondit-elle. C'est vrai.

Le shérif rangea son revolver dans son étui.

— Très bien. Vous vous en tirez pour l'instant, Hayes. Mais je vous ai à l'œil, menaça-t-il en tournant bride.

Jackson décocha une œillade haineuse à Théa et Booker avant d'éperonner sa monture et de rejoindre la patrouille au triple galop. La jeune femme les regarda s'éloigner en poussant un soupir de soulagement.

— Il fallait que je le dise, s'excusa Œil-de-Faucon. Je ne veux pas que ton épouse s'inquiète, mais je devais te protéger.

Booker hocha la tête, tandis que son ami pénétrait dans la maison.

Théa dévisagea son mari, consciente soudain d'en savoir très peu sur lui. Il pouvait fort bien lui dissimuler des détails de son passé. Et il ne lui avait visiblement pas fait suffisamment confiance pour lui expliquer que la balle ayant blessé son père lui était en réalité destinée.

— Pourquoi ne m'avoir rien dit ?

— Je ne voulais pas vous alarmer.

— Quelqu'un vous en veut-il ?

— Pas que je sache.

Cette découverte changeait tout. Si on avait suivi Booker jusque dans le Nebraska pour le tuer, tous ses proches étaient en danger. Il s'en était fallu de peu pour que Jim succombe à la vengeance d'un inconnu.

Elle fronça les sourcils, terrifiée à l'idée de perdre son mari, mais furieuse qu'il lui ait dissimulé la vérité.

— Ne me traitez plus jamais comme une enfant ! lança-t-elle avant de tourner les talons.

Tandis que les hommes discutaient des travaux les attendant au moulin, Booker avala son petit déjeuner en silence, ébranlé par les accusations du shérif. Il avait vécu des années d'errance, ballotté d'affectation en affectation, dans des territoires à peine colonisés, où la violence pouvait surgir à chaque détour.

Enfin, il avait quitté cette existence sans but pour se faire enfin une place au soleil. Et contre toute espérance, il avait trouvé bien plus qu'une simple terre : il avait désormais des enfants, une femme qu'il adorait — et qui tous le fuyaient !

Mais qu'avait-il donc fait pour les braquer ainsi contre lui ?

Son épouse évitait ostensiblement de croiser son regard ; Zoé adorait Théa, acceptait Œil-de-Faucon et appréciait déjà Skeeter plus que lui !

Et Lucas... Booker le regarda boire son verre de lait. Il savait que le garçon avait été maltraité, il comprenait sa méfiance. C'est pourquoi il s'était comporté avec lui comme avec un cheval rétif, lui montrant qu'il ne lui voulait aucun mal, essayant de le mettre en confiance dans l'espoir de gagner son affection peu à peu. Mais là aussi, il avait échoué : Théa pouvait le toucher, lui ébouriffer les cheveux, mais l'adolescent se dérobait dès qu'il posait la main sur son épaule.

Etait-il pestiféré ? Un dangereux individu voulant sa mort était en liberté dans la nature, et pourtant c'était *lui* qui devenait le suspect numéro un ! Hors de lui, il se leva brusquement et attrapa son chapeau d'un geste sec.

— Nous ne pourrons pas venir déjeuner ce midi, annonça-t-il d'un ton bourru.

— Très bien. Je vous apporterai une collation sur place, répondit Théa calmement.

— Lucas, va prendre des planches dans la grange et apporte-les dès que tu auras fini de manger, ordonna-t-il.

— Bien, monsieur, acquiesça le garçon, intimidé par son ton brusque.

Sur ce, Booker pivota et quitta la cuisine d'un pas vif.

⁂

— J'ai l'estomac dans les talons, annonça Skeeter en voyant Théa disposer le déjeuner sur une nappe dont elle venait de recouvrir le hayon arrière du chariot.

— Je vous ai préparé du poulet frit, répondit-elle en souriant.

Torse nu sous le soleil implacable de midi, Œil-de-Faucon et Lucas arrivèrent ensuite. La jeune femme ouvrit des bocaux et des paniers, les aida à remplir leur assiette, et versa de l'eau fraîche dans leurs verres. C'est seulement lorsque tous deux se détournèrent pour s'asseoir à l'ombre du véhicule que Théa aperçut le dos martyrisé de l'adolescent.

Elle était visiblement la seule à ne jamais avoir vu ses cicatrices, car les autres mangeaient comme si de rien n'était. Sa peau était devenue hâlée, mais les lignes zébrant son dos maigre étaient d'un rose vif qui faisait peine à voir. Des larmes perlèrent à ses paupières tandis que la colère montait en elle, une colère si forte, si puissante, qu'elle faillit hurler ! Quel genre d'individu pouvait infliger un tel traitement à un enfant ? Elle savait que Bard l'avait battu, mais à ce point !

— Que se passe-t-il ? lui demanda Booker.

— Rien, répondit-elle en lui tendant une assiette.

Il reposa la nourriture et l'empoigna par le bras.

— Ne me racontez pas d'histoires ! Vous avez pleuré.

— Je n'avais jamais vu les blessures de Lucas, murmura-t-elle en étouffant un sanglot.

— Ah...

— C'est Bard qui lui a fait cela ?

— Bard et beaucoup d'autres, je pense.

— Nos enfants n'auront plus jamais à avoir peur. Ils sauront toujours que nous les aimons, n'est-ce pas ?

— Oui, Théa, nous ferons de notre mieux pour leur faire oublier le passé. Ils sont en sécurité maintenant. Vous savez, les premiers jours, Lucas n'aurait ôté sa chemise pour rien au monde et maintenant, il ne fait plus attention à ses cicatrices. Petit à petit, il oublie... Bien sûr, il restera marqué à vie, mais il se porte déjà bien mieux, et c'est en grande partie grâce à vous. Séchez vos larmes, madame Hayes, conclut-il en déposant un baiser sur son front.

Elle le gratifia d'un sourire reconnaissant et retourna servir les autres.

Une bouffée d'amour et de tendresse submergea Booker.

Quelle femme merveilleuse !

Sa bonté, sa générosité transparaissaient à chaque instant de sa vie. Elle se donnait pleinement aux autres et n'attendait rien en retour. Lorsqu'elle s'était offerte à lui la veille, il avait été ému jusqu'au tréfonds de son âme. Elle avait su le combler comme aucune autre auparavant. Elle lui avait dit qu'elle l'aimait... Le pensait-elle vraiment, ou n'était-ce que des mots prononcés dans le feu de la passion ? Pourtant, ce matin, elle était venue le défendre devant le shérif et ses acolytes... mais peut-être ne s'agissait-il que d'un simple élan de loyauté envers celui dont elle portait désormais le nom.

En tout cas, il l'aimait à la folie et jamais plus il ne s'endormirait loin d'elle.

15.

Après dîner, ils se rassemblèrent tous dans le salon. Théa, penchée sur son ouvrage, confectionnait une robe pour Zoé. Skeeter et Booker jouaient aux dames. Le vieil homme tapa soudain du pied.

— Ha ! s'exclama-t-il. C'est aussi facile de vous battre que de trouver une aiguille dans une botte de foin, mais j'y suis arrivé tout de même !

— Vous êtes partant pour faire la belle ? proposa son adversaire avec un sourire en coin.

— Pour ça non ! Je préfère rester sur une victoire. D'ailleurs, il se fait tard, et on a du pain sur la planche demain. Je vais vous laisser. Bien le bonsoir, madame, dit-il en s'inclinant de sa manière inimitable.

Lorsqu'il fut sorti, Théa se dirigea vers Zoé. Le menton appuyé sur les poings, cette dernière était allongée sur le tapis à côté de Lucas, absorbée dans la contemplation du dessin qui naissait sous les doigts de son frère adoptif. Elle montra quelque chose sur la feuille.

— Tu reconnais ton chat ? demanda-t-il. Et d'abord, comment s'appelle-t-il ?

La fillette haussa les épaules, comme pour signifier que les noms et les mots n'avaient pas d'importance, puis laissa retomber la tête sur ses mains.

— Viens, ma chérie, intervint la jeune femme. Tu tombes de sommeil.

La petite fit la moue.

— Je vais la porter, proposa Lucas.

En le regardant s'agenouiller et prendre l'enfant dans ses bras, Théa imagina l'homme attentionné et sensible qu'il deviendrait un jour... un homme qui aurait surmonté les malheurs vécus dans son enfance.

Dès qu'il eut déposé Zoé sur son lit, il sortit pour laisser la jeune femme la border. Après avoir tendrement embrassé la fillette sur le front, Théa rejoignit sa propre chambre. Là, elle tourna la mèche de la lampe, se débarrassa de sa robe — et hésita, indécise.

Que devait-elle faire ? La veille, elle était allée vers Booker, lui avait clairement fait comprendre qu'elle le désirait. La réalité s'était révélée infiniment plus fabuleuse que ses rêves. Il la trouvait belle... et avec lui, elle l'était vraiment.

Il lui en voulait peut-être pour ce matin... Elle n'aurait pas dû élever la voix ainsi, puis s'éloigner sans laisser place à la discussion. Elle ne regrettait pourtant pas ses paroles : elle ne voulait pas qu'on lui cache ce qui les concernait tous. C'était le ton et la manière qu'elle avait employés dont elle se repentait amèrement.

Elle entendit son mari monter l'escalier et son cœur se mit à battre la chamade lorsqu'il passa devant sa chambre... Mais elle attendit en vain. Une porte s'ouvrit, se ferma, puis plus rien.

Les genoux tremblant, Théa se laissa tomber au bord de son lit. Devait-elle le rejoindre ou pas ? Seigneur, ce dilemme allait-il recommencer chaque soir ?

Booker était pieds nus dans son immense chambre et déboutonnait sa chemise. Que faisait donc Théa ? Ne lui avait-il pas prouvé la veille combien il la désirait ? Ne lui avait-il pas montré qu'il savait être tendre, attentif... et passionné ?

Malheureusement, il l'avait déçue en lui cachant que la balle ayant blessé son père lui était en réalité destinée. Alors qu'il pensait l'épargner, il l'avait insultée. Il en était désolé, mais il avait pris la décision qu'il pensait être juste sur le moment. A l'avenir, il saurait à quoi s'en tenir.

L'avenir... Il ferma les paupières et poussa un profond soupir. Il avait fait de si beaux plans pour le futur. Les travaux du moulin avançaient comme il le souhaitait, mais tout le reste était sens dessus-dessous. Zoé lui en voulait manifestement pour avoir, un jour, tenté de l'enlever à Théa. Pourrait-il se faire pardonner ? Gagner son affection ? Pas sûr... Quant à Lucas, comment pourrait-il le blâmer de demeurer méfiant à son égard ? De la part des hommes, le garçon n'avait reçu jusqu'ici que des coups et des insultes. Pour espérer l'apprivoiser, il lui faudrait montrer encore plus de patience et de tolérance.

Et puis il y avait Théa. Il l'avait longtemps attendue, et même lorsqu'elle était venue s'offrir à lui, il lui avait laissé la possibilité de changer d'avis. Mais elle était restée... et s'il en croyait sa réaction, il avait su la satisfaire. Alors que diable faisait-elle dans sa chambre ? Le punissait-elle de lui avoir caché la vérité ? Eh bien, il ne laisserait pas les choses dégénérer encore entre eux ! décida-t-il, gagné par la fureur. Il allait de ce pas régler cette ridicule querelle...

Mû par cette résolution, il se précipita dans le couloir et entra sans frapper dans la chambre de sa femme.

Théa, assise au bord du lit en chemise de nuit, le fixa sans mot dire. Il s'approcha d'elle en quelques enjambées.

— Que faites-vous ici ? questionna-t-il d'un ton brusque.

— Je... je ne sais pas, balbutia-t-elle, les lèvres tremblantes.

Sa chevelure soyeuse s'éployait sur ses épaules, et ses yeux brillaient de larmes contenues. Son expression désemparée dissipa la rancœur de Booker.

— Prenez des vêtements, dit-il plus calmement. Et suivez-moi.

Il se dirigea vers la commode où il prit son peigne, sa brosse et ses épingles à cheveux.

— Demain, vous déménagerez le reste de vos affaires chez moi, d'accord ? Nous aurions dû le faire aujourd'hui, poursuivit-il en lui tendant la main.

Elle l'agrippa et se releva péniblement, puis elle enfouit la tête au creux de son épaule solide, soulagée qu'il fût venu. Il la serra dans ses bras et fut aussitôt gagné par un violent émoi. Seigneur, cette femme avait le don d'aiguiser ses sens avec un rien !

Elle répondait à son désir aussi facilement qu'elle affrontait les problèmes ; elle était aussi forte et déterminée que sensible et douce.

Jamais il n'avait rencontré pareille enchanteresse.

— Venez, lui enjoignit-il d'une voix chaude.

Elle rassembla ses habits et ses affaires de toilette, puis le suivit dans le couloir. Une fois dans sa chambre, *leur* chambre, Booker ouvrit un tiroir qu'il avait laissé vide pour qu'elle puisse y mettre ses effets. Puis elle le rejoignit près du lit, et il enfouit ses doigts dans ses cheveux, pressa ses lèvres contre son front nacré, inhalant son parfum, savourant sa douceur...

Théa laissa courir ses mains sur la poitrine robuste et le dos large de son époux. Jamais elle ne pourrait se rassasier de sa force, de sa puissance mêlées de tendresse. Son sang s'accéléra dans ses veines.

— Booker, murmura-t-elle dans un souffle.

Il la dévisagea intensément.

— Vous m'en voulez de vous avoir parlé sur ce ton ce matin ?

— Non, vous aviez absolument raison.

Puis, devant sa surprise :

— Je vous jure de ne plus jamais rien vous cacher, promit-il solennellement. Mais j'ai une autre promesse à tenir, ajouta-t-il d'un ton plus léger.

— Laquelle ?

— Celle de vous rendre heureuse...

Sa voix était douce comme l'ombre de la nuit, douce comme ses mains qui lui emprisonnaient le visage, douce comme ses lèvres qui se posaient sur les siennes.

Et lorsqu'il la souleva dans ses bras pour la déposer sur la couche, Théa, émerveillée, devina le bonheur qui l'attendait.

Au même instant, dehors, un orage éclata. Des éclairs zébraient le ciel tandis que des grondements de fauve sur le point d'engloutir quelque proie roulaient au-dessus du domaine.

— Vous êtes belle..., chuchota Booker.

Dans la pénombre, ses yeux brillaient d'un feu presque effrayant. Théa y déchiffra l'éclat de l'orage, l'étonnement ébloui de la savoir toute à lui.

Ensemble, ils glissèrent dans un monde enchanté, fait de plaisir et de volupté.

Plus tard, en contemplant à la lueur argentée de la lune le charmant visage de son épouse, Booker découvrit que des perles salées roulaient sur ses joues rosies par l'amour.

— Ce sont des larmes de joie, je présume ? demanda-t-il.

Puis, comme elle hochait la tête en souriant :

— Allons bon, j'ai une épouse qui pleure quand je lui fais l'amour !

— C'est que vous me rendez heureuse, murmura-t-elle.

— Je l'espère de tout mon cœur. Vous êtes si belle, ma douce.

— Je vous aime, Booker.

L'orage s'était éloigné, mais des gouttes de pluie continuaient à crépiter contre les vitres.

— Je vous aime aussi, Théa.

Une minute s'écoula, et en caressant la joue de sa femme, Booker s'aperçut qu'elle était mouillée.

Elle pleurait encore !

⁂

Le vent souffla toute la nuit. Lorsque Théa s'éveilla, elle s'aperçut qu'il avait laissé place à une pluie drue et persistante qui noyait le paysage dans une triste grisaille. Elle se leva, revêtit son peignoir et contempla le ciel bas et sombre.

Booker sortit un pantalon d'un tiroir et l'enfila.

— Qu'allez-vous faire aujourd'hui ? s'enquit-elle.

— Les ouvriers savent qu'ils n'ont pas besoin de venir s'il pleut. Nous ne pouvons travailler à l'extérieur, mais nous trouverons toujours de quoi nous occuper.

— Les intempéries vous retarderont-elles ? s'inquiéta la jeune femme, percevant son agacement.

— Les fermiers ne peuvent pas travailler non plus, je pense donc que nous finirons dans les temps. Dès que ce déluge aura cessé, nous nous rattraperons. Nous serons prêts pour la moisson.

Théa, rassurée, enlaça son époux. Il lui avait affirmé qu'il l'aimait ! A ce souvenir, son cœur se gonfla d'émotion. Comment pouvait-elle avoir autant de chance, elle, Théa-la-Géante ? Elle n'arrivait pas à croire à son bonheur. Le destin lui avait offert un amant tout droit sorti de ses rêves... et aussi des enfants.

Jamais elle n'avait été aussi heureuse.

— Vous n'allez pas pleurer encore, j'espère ? s'enquit-il d'un ton perplexe.

A ces mots, elle se mit à rire et s'empressa de s'habiller.

⁂

Booker ne revint pas déjeuner ce jour-là. Œil-de-Faucon et Lucas ne cachèrent pas leur étonnement, croyant qu'il était resté à la maison toute la matinée. L'Indien ne parut cependant pas préoccupé outre-mesure, mais Théa se fit du souci tout l'après-midi. Maintenant qu'elle savait qu'on en voulait à la vie de son époux, elle ne pouvait le voir s'éloigner sans un pincement au cœur.

Afin de ne pas transmettre sa crainte à Zoé, elle s'affaira plus que de coutume, prépara du pain et des tartes, épousseta chaque recoin de la maison et cira les parquets jusqu'à ce qu'ils brillent comme un miroir.

Une heure avant le dîner, des pas familiers résonnèrent sur les lattes de bois de la véranda. Théa, soulagée, se précipita à la rencontre de Booker. Il secoua son nouveau manteau, le suspendit à une patère, ôta son chapeau puis s'assit sur une des chaises en osier pour ôter ses bottes boueuses, comme si de rien n'était.

— Où étiez-vous ? questionna-t-elle, irritée par cette attitude désinvolte.

Elle qui avait été si anxieuse !

— J'avais des courses à faire, répliqua-t-il simplement.

Puis il se leva et pénétra dans la maison. Elle le suivit dans la cuisine, où il ôta sa chemise trempée et la posa sur le dossier d'une chaise. Puis il se dirigea vers la cafetière laissée sur la cuisinière. Elle était vide.

— Allez mettre des vêtements secs, je vais faire du café, dit-elle d'un ton brusque.

Comment pouvait-il partir ainsi toute une journée sans l'avertir et revenir la fleur aux dents ? s'indigna-t-elle.

— Booker ! lança-t-elle avant qu'il ne quitte la pièce.

Il pivota et la dévisagea d'un air surpris.

— J'étais inquiète...

Il sembla enfin prendre conscience de son désarroi — mais ne prononça pas d'excuses pour autant.

— Je suis assez grand pour me protéger. Nul besoin de laisser cette histoire vous alarmer, dit-il simplement.

Pas un mot d'explication, pas une phrase de regret. Elle ne voulait pas le harceler sans cesse, comme certaines épouses, mais elle n'avait pas non plus l'intention de passer d'autres journées à se ronger les sangs... Il était menacé, grands dieux ! Son propre père avait failli mourir, et tout ce que Booker trouvait à dire était qu'elle n'avait pas à se tourmenter !

— Dorénavant, auriez-vous l'obligeance de me prévenir si vous ne rentrez pas ? demanda-t-elle d'un ton froid.

Il s'approcha d'elle d'un air contrit et la serra contre lui. La colère de Théa s'évanouit instantanément. Comme d'habitude, elle oublia tout dans ces bras protecteurs. Tout — sauf sa peur.

— Je vous avertirai la prochaine fois, promit-il avant de disparaître dans l'escalier.

La jeune femme réprima un soupir. Elle avait tout ce qu'elle pouvait désirer. Alors pourquoi lui semblait-il que son bonheur ne tenait qu'à un fil ?

⁂

Le lendemain fut aussi gris et pluvieux que la veille. Cette fois, Booker annonça qu'il ne rentrerait pas déjeuner. Il ne revint qu'au dîner, mais comme la veille, il ne lui révéla ni sa destination ni ses activités, et la jeune femme rongea son frein. Le troisième jour, son optimisme revint avec le soleil. Elle était en train d'accrocher la lessive sur la corde à linge tendue dans le jardin lorsque Zoé tira sur sa jupe. Théa baissa les yeux et vit que la fillette portait le seau d'un air plein d'espoir.

Elle avait espéré que l'enfant finirait par oublier son chêne, mais elle semblait déterminée.

— Ce n'est pas la peine d'arroser aujourd'hui, ma chérie, car il a beaucoup plu ces derniers jours. Mais si tu veux, nous allons jeter un coup d'œil.

La petite la gratifia d'un sourire éclatant — et agrippa sa main avec enthousiasme lorsqu'elles atteignirent l'endroit où le gland avait été planté.

— Eh bien, ça alors ! s'exclama Théa, stupéfaite.

Au point exact où elles avaient planté le gland se trouvait un jeune plant d'environ un mètre de hauteur. Pas une herbe ne poussait dans un diamètre de cinquante centimètres alentour. Quelqu'un avait visiblement pris soin d'effacer ses pas, aidé en cela par la pluie.

Mais ce « miracle » n'était pas difficile à comprendre. Maintenant, songea Théa avec émotion, elle savait à quoi Booker avait employé ses journées.

Deux jours durant, Skeeter cisela des cannelures dans les pierres à moudre. Lorsqu'il avait fini, un des ouvriers plaçait une pierre sur une autre pour vérifier qu'elles s'encastraient, puis l'ôtait et le vieil homme se remettait au travail pour parfaire son œuvre. C'était visiblement un perfectionniste.

Enfin, tous les éléments furent en place.

Il était maintenant temps de détruire le barrage temporaire afin que le ruisseau reprenne son lit originel, là où la turbine était installée.

C'était un grand jour. La plupart des hommes qui avaient aidé depuis le début vinrent donner un ultime coup de main et voir la machine fonctionner. Même Edgar Birch fit une apparition ; Agnès n'en était sûrement pas avertie ! se dit Théa qui suivait l'avancement des travaux du haut de la berge, accompagnée de Zoé et de Maryruth portant David.

Elle observa sa cadette avec attention : Maryruth avait bien meilleure mine que ces dernières semaines.

— Cela va mieux entre Denzel et toi ? s'enquit-elle.

— Beaucoup mieux, répondit Maryruth d'un air entendu. Et de ton côté ?

Théa jeta un coup d'œil à Booker, qui travaillait dans le lit de la rivière.

— Pareil...

Les deux sœurs échangèrent un sourire complice, puis leur attention fut attirée par Œil-de-Faucon. L'Indien se tenait parmi les hommes, dans l'eau qui leur arrivait maintenant à la taille, et interpellait son ami.

— Si j'avais su combien de fois j'aurais à transporter ces pierres, je serais allé directement dans le Colorado !

— Crois-moi, si j'avais pu faire cela plus facilement, je n'aurais pas hésité !

— Et la dynamite ?

— Oh, j'y ai songé ! Mais c'était impossible.

Ils se remirent à la tâche et une heure plus tard, l'eau ruisselait sur les pierres. En quelques minutes, tous les hommes furent trempés. Par précaution, ils s'encordèrent en prévision de la percée finale.

Lorsque l'eau s'engouffra enfin par la brèche ainsi créée, les cris d'enthousiasme des travailleurs couvrirent presque le grondement des flots. La rivière brisa le barrage pour aller éclabousser la solide vanne. Les hommes, ravis, regagnèrent la rive pour regarder le ruisseau reprendre son cours initial.

Théa et Zoé suivirent la berge et s'arrêtèrent près de la vanne. Booker et Skeeter grimpèrent dessus par une échelle ménagée sur le côté.

— Prêt ? demanda le maître des lieux tandis que les autres attendaient en retenant leur souffle.

— Prêt !

Les deux hommes attrapèrent le panneau de bois et le tirèrent vers le haut. Théa vit les muscles de son époux se tendre sous l'effort. Au bout d'interminables secondes, l'opération réussit. L'eau s'engouffra dans l'espace ainsi ménagé et se déversa dans la buse, puis tomba d'une hauteur de cinq mètres pour aller frapper la turbine qui se trouvait dessous.

Lentement, la roue en fer se mit à tourner.

Exultant, Booker rejeta la tête en arrière et poussa un cri d'allégresse. Où était donc sa femme ? Elle devait absolument voir cela !

— Théa !

— Je suis là.

Il pivota et l'aperçut.

— Vous avez vu ?

Elle hocha la tête en souriant.

Il lui fit signe de le rejoindre près du moulin. Là, il prit Zoé dans ses bras et précéda Théa dans l'escalier. Il lui fit visiter la pièce où se trouvait la meule, puis ils redescendirent.

Ensemble, ils regardèrent avec admiration l'arbre de transmission tourner, prendre de la vitesse et entraîner la dent d'engrenage. Le bâtiment entier tremblait ; bientôt, un bruit familier leur parvint de l'étage supérieur.

— Nous avons réussi ! s'écria Booker en jetant son chapeau en l'air.

Il lut de la fierté dans les yeux clairs de sa femme.

— C'est vous qui avez réussi, Booker. Vous avez transformé votre rêve en réalité.

Satisfait de voir le moulin fonctionner, M. Gunderson annonça son intention de partir le soir même, après le dîner.

— Vous pouvez rester ici aussi longtemps que vous le souhaitez, offrit Théa en s'asseyant sur le canapé auprès de son époux.

— Je n'ai aucune raison de rester ici à me tourner les pouces ! J'ai appris depuis longtemps à pas laisser l'herbe pousser sous mes pieds. J'ai du pain sur la planche dans d'autres contrées !

— Ce fut un plaisir de vous recevoir, Skeeter.

— La prochaine fois que je serai dans le coin, je ferai un saut ici et je laisserai votre dame me gaver de bons petits plats ! C'est un sacré cordon-bleu !

— Oui... je crois que je vais la garder, plaisanta Booker en serrant affectueusement sa femme contre lui.

— Vous êtes rudement bien tombé, Hayes ! poursuivit leur visiteur. Elle ne jacasse pas à tort et à travers, et se met pas dans tous ses états pour des broutilles ! Elle ne me connaissait ni d'Eve ni d'Adam, pourtant elle m'a accueilli chaleureusement.

Théa, habituée à ce qu'il parlât d'elle sans lui adresser directement la parole, s'amusa de cet éloge pour le moins original.

— Vous serez toujours le bienvenu, assura-t-elle, sincère.

Le vieil homme lui adressa un sourire malicieux de sa bouche édentée.

— Elle a autant de taches de rousseur qu'un œuf de dinde, mais elle est aussi jolie qu'une jument de course !

Théa éclata de rire, et vint déposer un baiser sur sa joue.

— Je prendrai cela pour un compliment, monsieur Gunderson.

Puis elle ramassa les jouets de Zoé et conduisit la fillette vers la porte.

— Tu veux que ton oncle te borde, ce soir ? s'enquit-elle en s'agenouillant auprès de l'enfant.

Cette dernière resta silencieuse un moment, puis, au moment où Théa croyait qu'elle allait refuser et peiner Booker, elle hocha timidement la tête.

— C'est gentil de ta part. Laissez-nous quelques minutes, puis vous pourrez nous rejoindre, annonça-t-elle à son époux.

Il la regarda quitter la pièce. Seigneur, comme il

aimait cette femme ! Il jeta un coup d'œil à Lucas et vit une émotion fugitive passer sur son visage. Skeeter, les yeux fermés, s'était mis à ronfler.

— Je vais me coucher aussi, déclara l'adolescent.

— Qu'as-tu dessiné ?

Lucas lui porta la feuille : c'était un portrait de Théa. La jeune femme était plus vraie que nature : détendue, heureuse, les yeux pétillant d'humour.

— Mon garçon, je ne te dirai jamais assez combien tu as de talent.

— Vrai de vrai ? murmura l'artiste en herbe, en rougissant jusqu'aux oreilles.

— Vrai de vrai.

Booker se tut un long moment, étudiant le croquis, puis reprit :

— Si tu en avais la possibilité, aimerais-tu aller étudier dans une bonne école ?

— Loin d'ici ? balbutia son fils adoptif en blêmissant.

Booker s'avisa alors de ce que l'adolescent devait s'imaginer.

— Je ne suis pas en train d'essayer de me débarrasser de toi si c'est ce que tu crois, assura-t-il doucement. Je suis très content de t'avoir ici.

Lucas gardait toujours les yeux baissés.

— Es-tu déjà allé à l'école ?

— Un peu.

— En tout cas, nous pouvons y réfléchir. Nous souhaitons que tu restes auprès de nous aussi longtemps que tu le voudras, sois-en sûr. Mais dans quelques années, si tu n'as pas envie de devenir fermier, éleveur, ni de t'occuper du moulin, tu auras parfaitement le droit de trouver ta voie ailleurs. Nous pourrions alors te trouver un bon établissement.

Lentement, le garçon leva les yeux vers lui. Booker attendit, espérant qu'il avait compris.

— J'y penserai, dit enfin Lucas.

Booker hocha la tête, puis admira encore un moment le dessin avant de le lui rendre.

— Vous... vous le voulez ? proposa l'adolescent.

— Ton croquis ?

— Oui.

— Ce serait avec grand plaisir.

Lucas le lui donna, resta un moment à se dandiner d'un pied sur l'autre, puis il finit par lui tendre ses doigts tachés de fusain.

— Bo... bonne nuit, balbutia-t-il.

Booker serra la main offerte.

— Bonne nuit, Lucas, et merci pour le dessin.

Le garçon hocha la tête avant de s'élancer dans l'escalier en courant.

Booker soupira. Il devait se contenter de menus progrès. Chaque jour, les choses s'arrangeaient : son moulin fonctionnerait à temps pour les moissons, Théa l'avait accepté pour époux ; et bientôt, Lucas et Zoé finiraient peut-être par l'aimer, eux aussi...

Bien que le temps fût au beau, Booker s'absenta mystérieusement un autre après-midi, mais cette fois, Théa ne s'inquiéta pas : il était probablement parti accomplir quelque exploit pour prouver son affection à sa nièce.

Quelques jours plus tard, cependant, elle trouva curieux qu'il annonce qu'ayant des affaires à régler à Saint Louis, il serait absent plusieurs jours. Auparavant, il avait toujours insisté pour qu'elle l'accompagne afin de faire des emplettes ou de rendre visite à Elsbeth. Pourquoi n'en faisait-il rien aujourd'hui ? s'interrogea-t-elle perplexe. Il est vrai qu'elle lui avait maintes fois répété que la ville ne présentait aucun attrait pour elle... Il s'était donc probablement fait une raison...

Booker, en effet, confia à Œil-de-Faucon la bonne marche du moulin, chargea Lucas de s'occuper des chevaux, embrassa Théa — et s'en fut à bride abattue.

Durant son absence, la jeune femme décida de déballer les dernières malles contenant les affaires de Julia. Les robes de cette dernière, confectionnées dans de ravissantes étoffes colorées, lui plaisaient beaucoup, mais étaient trop petites pour elle. Ses sœurs avaient déjà plus de vêtements qu'elles ne pouvaient en porter et il se passerait des années avant que Zoé puisse les mettre. La jeune femme décida donc d'utiliser les tissus afin d'y tailler des tenues pour la fillette, des chemisiers pour elle-même, gardant les chutes pour des patchworks et des vêtements de poupée.

Le deuxième jour, comme elle avait besoin de fil et de dentelle, elle demanda à Lucas de seller leurs montures et de l'escorter au Bazar d'Omaha. Tout enthousiasmé de se voir confier une telle responsabilité, l'adolescent chevaucha fièrement auprès de sa mère et de sa sœur adoptives.

— Je vais faire boire les bêtes et leur trouver de l'ombre, proposa-t-il lorsqu'ils arrivèrent sur place.

— Merci, Lucas. Nous en avons pour environ deux heures. Tu pourras nous rejoindre à la pension de famille pour le déjeuner.

— Entendu, acquiesça-t-il en emmenant les chevaux.

Théa prit la main de Zoé et se dirigea vers le magasin. Elle s'attarda un moment devant la vitrine pour comtempler les couvre-chefs exposés en vitrine. Elle qui n'avait jamais porté que des bonnets de coton fut soudain attirée par une charmante capeline ornée d'un bouquet de violettes et d'un ruban de même teinte qui retombait en deux pans gracieux à l'arrière.

Elle pénétra dans la boutique pour l'essayer : elle pouvait porter ce qu'elle voulait lorsqu'elle se trouvait en compagnie de son époux, car lui, au moins, ne la trouvait pas trop grande. Lorqu'elle avait de nouveau mentionné le sujet voilà une semaine, il avait répondu d'un ton sans appel : « Trop grande pour quoi ? Trop grande, c'est comme trop courageuse ou trop belle, cela ne veut rien dire. »

Nathalie McKee la salua de derrière le comptoir.

— Bonjour, Théa. Puis-je vous aider ?

— Je vais prendre ce chapeau, décida-t-elle sur une impulsion, puis faire un tour dans les rayons.

L'employée s'avança pour emballer l'article. Zoé restait accrochée aux basques de Théa, lâchant parfois sa main pour toucher un rouleau de velours ou de tissu brillant. La jeune femme se baissa pour admirer un assortiment de boutons colorés qu'elle lui montrait. Absorbée par la fillette, elle ne prêta guère d'attention au bavardage des clientes qui circulaient dans l'allée voisine — jusqu'à ce qu'un commentaire perfide la fasse tressaillir.

— Avez-vous remarqué l'orphelin près de l'écurie ? demanda une voix féminine.

Théa fronça les sourcils et prêta l'oreille.

— Oui. La tribu Hayes doit être en ville, ricana une autre.

— Bonjour, mesdames, dit la boutiquière. Puis-je vous aider ?

— Auriez-vous des noix de pécan ?

Cette fois, Théa reconnut la voix de Pénélope Dodds.

— Certainement.

— Je ne suis pas souvent venue à Omaha durant la maladie d'Abner, reprit l'autre voix, qui se révéla être celle de la veuve Barnett. J'ai entendu parler de la pendaison de crémaillère, et Agnès n'arrête pas de parler de ce sauvage.

Mortifiée d'entendre une telle conversation, Théa fut tentée de se lever et de se montrer, mais elle ne put se résoudre à affronter ces mégères.

— Je ne crois pas que Théa savait dans quoi elle s'embarquait quand elle a épousé ce Hayes. Un vrai coureur de jupons, ce type, entonna Pénélope.

— Vous m'en direz tant..., susurra son interlocutrice avec une curiosité malsaine.

La colère submergea Théa. Comment osaient-elles parler ainsi de son époux ?

— Ben et Ellie Wallace étaient à Lincoln hier soir, et ils l'ont vu avec une femme.

— Non ! s'exclama la veuve Barnett d'un ton désapprobateur.

Théa porta sa main à sa gorge. Elle aurait voulu les faire taire mais elle restait clouée sur place, incapable du moindre geste.

— Comme je vous le dis ! Ellie nous a raconté que c'était une jolie brune, très élégante. Ils se trouvaient dans le hall de l'hôtel.

— Pauvre Théa, dit l'autre d'un ton de fausse commisération. D'après vous, qui était-ce ?

— Je parierais pour cette traînée, Lorraine Edwards. Et ça se dit couturière ! Pff...

Lorraine Edwards..., songea la jeune femme. Elle l'avait aperçue à l'église, et se souvenait que sa silhouette exquise lui avait attiré bien des regards masculins. Une vive douleur lui transperça le cœur.

— C'est une créature magnifique, admit la veuve.

Booker avait connu nombre de beautés...

Non, il devait y avoir une erreur... Théa baissa les paupières, et aussitôt, la vision du corps athlétique de son époux pressé contre celui, délicat, de la couturière vint la hanter. Elle ne devait pas ajouter foi à ces ragots ou elle deviendrait folle ! songea-t-elle dans un sursaut d'énergie. Il ne pouvait s'agir de Booker. Et même s'il avait rencontré cette couturière, il avait sûrement une bonne raison...

Mais laquelle ? s'interrogea-t-elle avec désespoir.

— Cette fripouille de Hayes n'est pas mal non plus, ajouta Pénélope dont la voix s'estompait. Théa devra jouer l'autruche si elle veut le garder.

Cette dernière n'entendit pas la réponse de la veuve Barnett, car les deux commères s'en étaient allées payer au comptoir, dans le fond du magasin. Puis la sonnette de la porte tinta, indiquant qu'elles sortaient.

Pour Théa, la journée était gâchée. Pendant le déjeuner, un sourire figé aux lèvres pour ne pas alarmer les deux enfants, elle se remémora les jours où Booker s'était absenté de la maison et du moulin sans explication. Non, non et non ! Il devait y avoir une erreur, se répéta-t-elle. Il lui avait expliqué qu'il se rendait à Saint Louis, pas à Lincoln. De plus, il n'avait aucune raison de rencontrer Lorraine Edwards. Les Wallace avaient sûrement aperçu quelqu'un qui ressemblait à son mari.

Alors, pourquoi ne parvenait-elle pas à s'en persuader tout à fait ?

16.

Il ne rentra pas cette nuit-là...

Théa se leva à l'aube, les yeux marqués de cernes. Elle n'avait pas fermé l'œil. Epuisée, elle descendit préparer le petit déjeuner et s'efforça de se donner une contenance lorsque les enfants et Œil-de-Faucon apparurent. Tous trois venaient à peine de quitter la table quand un martèlement de sabots se fit entendre. Le cœur de Théa se serra, pourtant elle s'obligea à garder son calme. Elle posa le plat qu'elle portait et se dirigea vers la porte mais au lieu de son mari, elle découvrit le shérif Hardy et Irving Jackson, à la tête d'une douzaine de cavaliers. Bien que l'angoisse lui nouât la gorge, la jeune femme réussit à afficher un sourire serein.

— Bonjour, shérif. Qu'est-ce qui vous amène de si bon matin ?

— Votre mari est-il ici ? questionna l'homme d'une voix dure.

Œil-de-Faucon rejoignit Théa en silence.

— Non, répondit-elle.

— Savez-vous où il se trouve ?

— Il s'est rendu à Saint Louis pour affaires.

— Je suppose que vous savez dans quel hôtel il est descendu.

— N... non. Je l'attends d'un moment à l'autre.

— On n'a aucun moyen de le joindre, si je comprends bien ?

— Que lui voulez-vous ? interrogea-t-elle enfin.

Hardy, comme à son habitude, prit son temps pour répondre. Etait-ce sa manière de déstabiliser ses interlocuteurs ? se demanda-t-elle, ulcérée.

— Cette fois-ci, c'est du sérieux, dit-il d'un ton menaçant.

— Quoi donc ?

Irving Jackson s'agitait sur sa selle comme s'il brûlait d'impatience à l'idée d'annoncer lui-même la nouvelle.

— Clancy a été tué ! annonça-t-il.

Théa réfléchit un moment. Clancy ? Le directeur de l'hôtel ? L'homme qui avait tenté de les empêcher d'entrer dans la salle à manger ?

— Quel rapport avec mon époux ?

— Un rapport direct, déclara Jackson. L'autre fois, nous n'avions rien pu prouver, mais cette fois-ci, nous le tenons.

— Vous le tenez ? Pourquoi ?

— On a retrouvé Clancy poignardé dans la ruelle ce matin, l'informa Hardy. La montre en or de Hayes était à côté du corps.

— Je ne l'ai jamais vu portant un tel objet. Comment savez-vous que cette montre lui appartient ?

— A cause d'une inscription gravée à l'intérieur du couvercle. Une dénommée Julia la lui a offerte.

Théa interrogea du regard Œil-de-Faucon, qui confirma l'information d'un hochement de tête. Elle eut l'impression qu'une chape de plomb s'abattait sur ses épaules.

— Il doit y avoir une erreur, murmura-t-elle d'un air absent.

Ne pouvait-elle donc faire mieux pour le défendre ? se reprocha-t-elle aussitôt.

— Dodds, Victor, fouillez la maison, ordonna le shérif à deux de ses comparses. Vous, poursuivit-il en pointant du doigt d'autres membres de la patrouille, allez voir dans la grange.

Les intéressés mirent pied à terre.

— Attendez ! protesta la jeune femme. Vous ne pouvez pas entrer ici ! Je vous ai dit que mon mari était absent. Vous allez effrayer les enfants ! Ordonnez à vos hommes de faire demi-tour.

— Je vous conseille de ne pas vous mettre en travers de la loi, menaça le représentant de l'ordre.

Elle leva le menton, nullement résignée à céder, mais Œil-de-Faucon dit doucement :

— Laissez-les faire.

— Lucas ! Zoé ! s'écria Théa en se ruant à l'intérieur.

Ces derniers se tenaient debout, les yeux écarquillés, devant la fenêtre de la cuisine. La jeune femme alla se placer à côté du garçon et prit la fillette dans ses bras. La petite dut sentir qu'elle tremblait, car elle lui caressa gentiment la joue. Au bout d'une éternité, les hommes s'en furent, bredouilles.

Restée seule, Théa entreprit de débarrasser la table. Malgré son trouble et sa peur, la colère s'insinuait peu à peu en elle. Booker aurait dû se trouver ici ! Où était-il encore ? Ne tenait-il aucun compte de ses sentiments ? Partir ainsi sans aucune précision, et s'imaginer qu'elle ne s'inquiéterait pas... C'était inhumain !

Au déjeuner, il n'était toujours pas rentré. Tous mangèrent dans un silence tendu, et l'après-midi s'étira en longueur.

Enfin, entendant un cavalier approcher, Théa se précipita dehors.

C'était Victor Penn, un des hommes qui avaient accompagné Hardy.

— Votre mari est en prison, madame Hayes. Le shérif m'a envoyé vous le dire, déclara-t-il avant de tourner bride et de disparaître dans un nuage de poussière.

La jeune femme resta clouée sur place. La prison ! Comment était-ce possible ?

Aussitôt, Œil-de-Faucon la rejoignit.

— Ils l'ont arrêté, annonça-t-elle d'une voix blanche.

L'Indien posa la main sur le bras de Théa.

— C'est ma faute.

— Que voulez-vous dire ? Vous n'avez tout de même pas tué cet homme ?!

— Non, mais on n'aurait jamais accusé le major si je n'étais pas ici. C'est moi qu'ils rejettent, et ils haïssent Booker parce qu'il est mon ami.

— Oh...

Que pouvait-elle dire ? Quelle excuse trouver à ces gens odieux ? Ses voisins, ses anciens camarades de classe, les fidèles qu'elle retrouvait tous les dimanches à l'église. Cette attitude ne l'étonnait qu'à moitié de la part de certains, mais d'autres, comme Agnès et Pénélope...

— Je comprends, dit-il posément.

— Comment le pourriez-vous ? On m'a traité comme une marginale toute ma vie, et je ne comprends toujours pas.

— Que voulez-vous faire, pour Booker ? lui demanda-t-il.

— Aller le voir.

— Je vais préparer le chariot.

Théa, au comble de l'inquiétude, eut l'impression que le trajet n'en finirait jamais. Pour couronner le tout, le soleil dardait impitoyablement ses rayons, et il lui semblait que sa tête allait éclater. Enfin, ils s'arrêtèrent devant la prison, à l'entrée de laquelle se trouvait le logement du shérif. Ils trouvèrent Hardy assis devant un vieux bureau, dégustant un énorme plat de pâtes. A leur vue, il leva la tête et s'essuya la bouche d'un revers de main.

— Je souhaite voir mon époux, annonça Théa sans s'embarrasser de politesses.

Il se leva et saisit un trousseau de clés accroché à un clou.

— Une seule personne à la fois ! déclara-t-il d'un ton sec.

Théa le suivit en s'efforçant de ne pas trembler. Il sortit un revolver de son étui, poussa une porte donnant sur l'arrière du bâtiment, en ouvrit une autre, cadenassée celle-là, puis lui fit signe d'avancer. La jeune femme releva ses jupes et descendit une volée de marches étroites et glissantes.

En bas, elle s'arrêta et scruta l'étroit corridor flanqué de deux cellules de chaque côté. Une odeur de moisi la saisit à la gorge. Une seule lanterne noire de fumée perçait à grand-peine la pénombre.

Grands dieux, se pouvait-il que Booker fût là-dedans ?

Le shérif alluma une lampe, la lui tendit et déverrouilla la première porte sur la droite. Le battant de bois épais, percé d'un minuscule judas, s'entrebâilla en grinçant. Hardy fit signe à la visiteuse d'entrer. Le cœur battant, elle obéit, puis entendit le vantail se refermer d'un bruit sourd et la clé tourner dans la serrure.

— Théa !

Booker se leva de la paillasse sur laquelle il était assis et la rejoignit d'un bond. Il s'était tant habitué à l'obscurité que la lueur blafarde de la lanterne le fit cligner des yeux.

— Vous allez bien ? s'inquiéta-t-il.

Elle plongea son regard dans ses yeux noirs. Une centaine de questions se bousculaient dans son esprit, mais elle ne put en formuler qu'une seule :

— Où étiez-vous ? s'enquit-elle d'un ton froid.

— Je vous avais prévenue que j'avais des affaires dont je devais m'occuper.

— Où ?

Il fronça les sourcils.

— Ma chérie, qu'avez-vous ? Pourquoi cet interrogatoire ?

— Quelqu'un a dit vous avoir aperçu à Lincoln.

— En effet, j'y suis allé.

Le cœur de Théa chavira.
— A l'hôtel ?
— Oui.
— Aviez-vous rendez-vous avec une femme ?
— Oui, répondit-il en s'avançant vers elle.
Mais elle se recula vivement.
« Etait-ce Lorraine Edwards ? Cette ravissante couturière aux cheveux noirs et à la taille de guêpe ? » avait-elle envie de hurler. Mais à quoi bon se torturer ? Booker avait déjà répondu en confirmant avoir eu rendez-vous avec une femme... D'abord il lui avait caché la vérité sur l'attaque subie par son père, puis il s'était rendu à Lincoln pour rencontrer sa maîtresse après avoir prétendu aller à Saint Louis... Sur quoi d'autre avait-il menti ? se demanda-t-elle, abattue.
— Etait-ce votre montre qu'ils ont trouvée auprès du corps de Clancy ?
Il hocha la tête.
— Etiez-vous sur les lieux ?
Une expression de douleur fugitive passa sur le visage de Booker, puis il releva le menton.
— Vous me demandez si j'ai tué cet homme ? dit-il, blessé.
— N... non, je vous demande comment votre montre est arrivée là.
— Je n'en ai aucune idée.
— Comment est-ce possible ?
— Je ne sais pas, c'est tout. Je ne la porte jamais. Je ne l'ai pas vue depuis que j'ai déballé mes affaires. Je crois qu'elle était dans un tiroir.
Elle le dévisagea, sans savoir que dire.
— Zoé et Lucas vont bien ? demanda-t-il d'un ton distant, peiné par l'attitude de Théa.

— Ils attendent en haut. Ils voudront peut-être vous parler.

— Je préférerais qu'ils ne me voient pas ici.

— Ils vous aiment.

Booker la fixa intensément, l'espace d'un instant, puis détourna le regard.

« Je vous aime aussi », aurait-elle voulu ajouter, mais elle s'était suffisamment tournée en ridicule. Alors qu'elle savourait le bonheur de leurs nuits d'amour, qu'elle se sentait aimée, séduisante, allant jusqu'à acheter des chapeaux fantaisie, il fréquentait une autre femme.

Il l'avait trompée, abusée... Et dire qu'elle n'arrivait même pas à le haïr !

— Théa, reprit-il d'une voix grave. Prenez bien soin de Zoé, quoi qu'il arrive.

Ces mots portèrent la douleur de Théa à son paroxysme. Elle eut soudain l'impression de se retrouver au tout début de leur relation, quand seule Zoé comptait. Et au fond, rien n'avait changé. Malgré ses dénégations, Booker l'avait épousée uniquement pour offrir une mère à sa nièce.

— Il était inutile de le demander, répondit-elle d'une voix altérée. Voulez-vous que je vous envoie Œil-de-Faucon ?

Il opina du chef, et Théa frappa à la porte. Immédiatement, le shérif ouvrit et lui fit signe de sortir. Elle le suivit comme un automate jusqu'à son bureau.

— Il veut vous voir, dit-elle à l'Indien.

Puis elle se laissa choir sur un vieux banc poussiéreux. Les enfants se précipitèrent sur elle et lui prirent les mains.

— Il va bien? articula Lucas au bout d'un moment.

— Oui.

— Que va-t-il se passer?

— Je ne sais pas...

L'adolescent ne l'avait jamais vue effrayée, et cela l'ébranla jusqu'au plus profond de son être. Tout basculait juste au moment où il commençait à se sentir bien avec eux, à les considérer comme... ses parents. C'était trop injuste! S'il l'avait pu, il aurait étranglé ce gros porc de shérif!

— Attendez! s'écria-t-il en le voyant replacer les clés sur leur clou. Je dois le voir.

Hardy interrogea Théa du regard.

— Laissez-le faire, murmura-t-elle.

L'adolescent suivit le représentant de l'ordre. Il s'était souvent trouvé dans des endroits horribles durant sa courte vie, mais il avait rarement vu pire qu'ici. Il observa le judas et imagina le peu de lumière qui devait entrer dans la minuscule cellule. Sa gorge se noua lorsque le lourd panneau de bois s'entrouvrit. Il avança maladroitement dans la pièce aux murs suintant d'humidité.

Booker pivota pour lui faire face, mais Lucas baissa la tête et considéra la paillasse crasseuse.

— Bonjour, mon garçon.

Il parvint enfin à lever les yeux vers son père adoptif.

— Bonjour.

— Tu as pris soin des chevaux comme je te l'ai demandé?

— Oui, monsieur!

— Je le savais.

Un moment de silence tendu s'ensuivit, puis le prisonnier finit par demander :

— Tu veux savoir si je l'ai tué ?

— Je sais bien que vous n'auriez jamais fait une chose pareille... Je veux...

— Quoi donc ?

— Vous... vous avez dit un jour, que si... si jamais je vous considérais comme mon ami, je pouvais vous dire...

— Je t'écoute, l'encouragea Booker.

Lucas baissa les yeux en se tordant les mains.

— Vous vouliez savoir... pour les cicatrices..., murmura-t-il d'une voix à peine audible.

— Oui.

— Il y avait ce type en ville qui m'a emmené dans son magasin. Je devais couper du bois et faire marcher les moteurs à vapeur.

— Tu avais quel âge ?

— Je n'sais plus... mais si je ne tenais pas la cadence, il me battait comme plâtre avec sa canne.

Booker garda le silence.

— L'autre dont je me rappelle, il avait toute une floppée de gosses. Je dormais dans un bâtiment, à l'extérieur. Quand le père se soûlait, il me fouettait avec son ceinturon.

Booker s'efforça de rester impassible.

— Une des pires fois, c'est un jour où je m'étais enfui. Un policier m'a retrouvé sur le quai. Il m'a emmené dans une ruelle et m'a tellement tabassé que j'ai perdu la mémoire pendant une semaine. C'est là qu'on m'a emmené à l'orphelinat.

— Et Bard ? Tu t'es aussi échappé parce qu'il te frappait, n'est-ce pas ?

— Oui.

— Lucas, ce qui t'est arrivé est inadmissible. Personne ne devrait être traité de la sorte, surtout pas un enfant. Tu n'as rien fait pour le mériter. Si seulement je pouvais..., murmura-t-il d'une voix altérée.

Il s'interrompit et secoua tristement la tête.

— Quoi ?

— J'aimerais pouvoir faire disparaître tout cela, changer le passé.

— C'est ce que je voudrais aussi... pour ça, répondit le garçon en montrant la cellule.

— Je m'en tirerai, ne t'inquiète pas. Prends soin de Théa et de Zoé pour moi, tu veux bien ?

Lucas savait que sa femme et sa fille comptaient pour Booker plus que tout au monde. Aussi le fait qu'il les plaçât sous sa protection l'émut-il infiniment. Jamais personne ne lui avait fait confiance auparavant ; personne ne s'était assez intéressé à lui pour s'assurer qu'il avait un bon lit et suffisamment à manger ; personne n'avait été peiné pour lui...

Jusqu'à Booker.

Et soudain, en croisant le regard de son bienfaiteur, il sut que lui-même avait changé : pour la première fois de sa vie, il s'inquiétait pour quelqu'un d'autre. Cet homme avait su lui donner de l'espoir, lui montrer qu'il existait des gens honnêtes et droits, que l'on pouvait travailler en étant fier des tâches accomplies, que l'on pouvait manger à sa faim. Il lui avait appris que la vie n'était pas toujours faite de souffrance et de solitude, de fuites incessantes et de terreur.

D'un pas aussi hésitant que celui d'un poulain venant de naître, il s'approcha de son père adoptif et posa la tête sur sa poitrine. Il sentit aussitôt une main réconfortante se poser sur son épaule, et ferma les yeux bien fort en s'efforçant de ne pas pleurer comme un bébé.

— Je m'occuperai d'elles, réussit-il enfin à murmurer.

Non, en cet instant, il n'avait plus peur pour lui-même, mais pour l'homme merveilleux qui l'avait recueilli avec tant de bonté.

17.

— Il sera présenté devant le juge lundi matin, annonça le shérif à Théa dans l'après-midi.

Elle avait lu maintes fois dans la gazette des articles sur la justice expéditive dispensée dans les cours de l'Ouest : chaque jour voyait son lot d'amendes, de peines de prison... et de pendaisons...

— On vient de me télégraphier, reprit le représentant de l'ordre en s'adressant à Œil-de-Faucon. Une bande de Peaux-Rouges, des Crows, a attaqué une caravane de chariots au nord d'ici. Ils n'ont laissé aucun survivant. Hommes, femmes et enfants sans exception ont tous été assassinés et scalpés, puis leurs véhicules ont été pillés.

— Je suis désolé de l'apprendre, compatit l'Indien.

— J'ai préféré vous avertir, au cas où quelqu'un vous verrait et voudrait vous tirer dessus.

— Merci de penser à moi. Je suppose que les habitants ne se soucient pas de savoir que je ne suis pas Crow.

Son interlocuteur ignora cette remarque.

— Tout cela, c'est à cause de moi, n'est-ce pas ? questionna Œil-de-Faucon.

— Que voulez-vous dire ?

— On s'attaque au major Hayes parce qu'il m'a amené ici.

— Les Blancs ne font pas confiance aux sauvages, rétorqua Hardy. Nous recevons des nouvelles similaires chaque semaine. Tenez, rien que l'hiver dernier, deux Peaux-Rouges complètement soûls ont assassiné une des filles du saloon avec un tomahawk.

— Des Blancs en abattent d'autres tous les jours lors de duels et de bagarres, intervint Théa.

— En tout cas, un de ces rougeauds a été tué avec son propre tomahawk, ajouta le shérif d'un air satisfait.

— Je crois que les gens seraient quand même moins prompts à accuser M. Hayes si je n'étais pas là, poursuivit Œil-de-Faucon.

— Tout le monde dormirait bien mieux, en effet, renchérit le représentant de l'ordre en s'installant dans son fauteuil aux ressorts grinçants.

Exaspérée par cette étroitesse d'esprit, Théa entraîna son ami hors du bâtiment.

— Si vous me cherchez, vous me trouverez à la ferme des Woodridge, lança-t-elle en sortant.

Le trajet se déroula dans le silence.

Dès qu'ils s'arrêtèrent dans le jardin, son oncle et sa tante apparurent sous la véranda.

— Viens, ma petite, dit Odessa en tendant la main à Zoé. Tu as mangé ?

La fillette secoua la tête en signe de dénégation.

— Lucas, suis-nous, et vous aussi, monsieur... monsieur Faucon ! Venez dîner quand vous aurez dételé les chevaux.

L'Indien sourit à cette amusante appellation et guida les bêtes vers la grange.

Adler prit la main de sa nièce et l'entraîna vers la balancelle.

— Assieds-toi.

Théa obéit et s'installa mécaniquement. Il s'assit à côté d'elle en gardant sa main dans la sienne.

— Que se passe-t-il, ma chérie ? Qu'est devenu ton mari ?

Elle leva les yeux vers son visage respirant la bonté et avisa les mèches grises parsemant sa chevelure rousse.

— Ils l'ont enfermé dans cette horrible prison. Tu l'as déjà vue ?

Il poussa un long soupir.

— Hélas, oui.

— Ils l'accusent d'avoir tué Clancy, l'homme qui travaillait pour Irving Jackson.

— Je sais, c'est le cuisinier qui l'a trouvé ; et quand le shérif est arrivé, ils ont découvert la montre de Booker sous le corps.

— Oui.

— C'est bien sa montre ?

— Il ne la porte jamais. D'après lui, elle était rangée dans un tiroir, dans sa chambre.

— Qui aurait pu avoir accès à cette pièce et voler cet objet ?

— Seulement la famille... Zoé, Lucas, moi, Maryruth. Peut-être papa. Et bien sûr..., ajouta-t-elle sans pouvoir terminer sa phrase.

Adler hocha la tête.

— Œil-de-Faucon, reprit-elle, mais il était avec moi.

— Pas toute la nuit.
— Il dort à l'extérieur ces derniers temps.
— Alors, il aurait pu aisément se rendre en ville sans que tu t'en aperçoives.
— Oh non, tu ne vas pas l'accuser toi aussi ! supplia-t-elle.
— Je ne pense pas qu'il soit coupable, mais quand ils passeront en revue les suspects possibles, il sera au premier plan.
Théa tenta de remettre de l'ordre dans ses pensées.
— Booker a admis s'être rendu à Lincoln pour rencontrer... quelqu'un, avoua-t-elle d'une voix altérée. Quand ils l'interrogeront sur son alibi, tout le monde saura qu'il était...
Sa voix se brisa.
— Avec qui ? insista doucement son oncle.
A bout de nerfs, elle se laissa aller contre lui et éclata en sanglots.
— Je... j'ai été tellement naïve ! hoqueta-t-elle en se tamponnant les yeux avec le mouchoir que lui tendait Adler. Tellement stupide !
Puis, dans un regain de colère.
— Comment a-t-il pu me faire cela ? Et surtout, comment a-t-il pu me l'avouer si simplement, comme si de rien n'était ?
— Qu'a-t-il dit exactement ?
— Qu'il s'était rendu à Lincoln et pas à Saint Louis comme il le devait. Qu'il était allé à l'hôtel pour y rencontrer une femme.
— A-t-il précisé son nom ?
— Non. De toute façon, je savais déjà.
— Ah, bon...

Elle s'adossa à la balancelle et fixa le jardin d'un air absent. Œil-de-Faucon réapparut à cet instant.

— Entrez, offrit Adler. Mon épouse a préparé quelque chose de chaud pour vous. Et toi aussi, il faut que tu manges, ajouta-t-il à l'adresse de sa nièce. J'imagine que tu n'as pas faim, mais il faut te forcer un peu.

La jeune femme se résigna à le suivre dans la cuisine. Quand ils eurent terminé, elle aida sa tante à faire la vaisselle, tandis que l'Indien s'amusait avec Lucas et Zoé dans le salon.

Théa expliqua la situation à Odessa. Tous trois restèrent un moment muets à prendre leur café quand, tout à coup, Adler déclara :

— Dans ce cas, il a un témoin.

— Comment ?

— Si Booker était à Lincoln avec une femme, elle peut prouver qu'il ne pouvait pas se trouver ici pour assassiner Clancy.

Théa en resta bouche bée. Dire qu'elle n'y avait même pas songé ! Booker avait un alibi en or, et elle avait été trop occupée à s'apitoyer sur son propre sort pour réfléchir au moyen de le sauver.

— Quelle heure est-il ? demanda-t-elle.

— Un peu plus de 20 heures.

— Je vais en ville.

— Pour quoi faire ?

— Pour parler à cette personne...

— Je t'emmène, déclara Adler.

Une demi-heure plus tard, Théa se trouvait devant une petite maison située à la lisière de la ville.

Même dans la pénombre, l'on pouvait voir que la bâtisse et le jardin étaient bien entretenus, la barrière et les volets fraîchement repeints. Lorraine Edwards avait visiblement les moyens de s'occuper de sa demeure ; son métier devait lui rapporter assez d'argent. A moins, comme le prétendait la rumeur, qu'elle n'ait d'autres moyens de s'en procurer...

Et justement, songea soudain Théa, que ferait-elle si elle trouvait son hôtesse en galante compagnie ?

Le cœur battant, elle frappa à la porte. Des pas légers se firent entendre, puis la couturière apparut sur le seuil.

— Oui ?

— Mademoiselle Edwards ? Pourrais-je vous parler un moment ? Je suis Théa Hayes.

— Je sais. Entrez donc.

— Je vous remercie.

— Je m'apprêtais à prendre une tasse de thé. Voudriez-vous vous joindre à moi ?

Surprise, la visiteuse accepta. Elle ne savait pas comment elle serait reçue, mais ne s'attendait pas à tant de cordialité. Elle suivit son hôtesse dans une pièce à la décoration très féminine, avec ses plantes vertes, ses napperons en dentelle et ses meubles coquets. Des travaux de couture en préparation étaient étalés sur une table à volets placée devant la fenêtre. Dans un coin, un bouquet de roses s'épanouissait sur une jolie console.

Théa vit son hôtesse revenir avec une tasse en porcelaine, puis verser le breuvage. Elle avait des mains délicates, la peau claire ; visiblement, elle se protégeait du soleil. Elle s'installa sur la causeuse, à côté de sa visiteuse. Sa taille était si fine, que Booker aurait facilement pu l'entourer d'une seule main, songea douloureusement Théa. L'avait-il fait? A voir miss Edwards si charmante, si discrète aussi, elle ne savait soudain plus que croire.

— Il est tellement agréable d'avoir de la visite, déclara son hôtesse, interrompant ses pensées. Je ne connais pas encore beaucoup de monde en ville. La plupart des gens sont assez distants.

— Connaissez-vous mon mari? questionna Théa à brûle-pourpoint.

— Oui, répondit la couturière en lui tendant une tasse.

— Mademoiselle Edwards...

— Je vous en prie, appelez-moi par mon prénom, ce sera tellement plus sympathique! Et je ferai de même. Au fait, avez-vous aimé les étoffes?

— Pardon?

— Les tissus, voyons.

— J'ai... j'ai bien peur de ne pas comprendre.

— Votre époux m'a commandé un ravissant chintz, de la satinette et un très beau lin. Après l'avoir vu, j'en ai même acheté pour moi.

— Quand était-ce?

— Il y a environ quinze jours. Je pensais qu'il vous les avait déjà donnés. Je suis désolée d'avoir gâché la surprise.

— Ce n'est pas grave, dit Théa en posant sa tasse. Lorraine..., commença-t-elle sans savoir qu'ajouter.

Si cette femme avait une aventure avec Booker, elle était une redoutable comédienne car on lui eût donné le bon Dieu sans confession! Plus troublée que jamais, elle rassembla tout son courage :

— Ma question va peut-être vous paraître

étrange, mais... avez vous vu mon mari la nuit dernière ou celle d'avant ?

— Non, répondit son interlocutrice d'un air perplexe.

— Etiez-vous à Lincoln les jours derniers ?

— Non, je ne suis jamais allée si loin.

Disait-elle la vérité ? s'interrogea Théa. Elle considéra les yeux pleins de bonté de son hôtesse, son visage franc — et ses doutes s'envolèrent. Comment avait-elle pu prêter foi à des ragots aussi ridicules ? De toute évidence, cette jeune femme était incapable de cacher l'époux d'une autre derrière ses rideaux !

— Mais pourquoi toutes ces questions ? s'enquit la couturière, désemparée.

— Je... je suis tellement confuse, balbutia Théa. Mon mari a été arrêté pour meurtre alors qu'il était à Lincoln le soir du crime. Et... j'ai... j'ai entendu certaines personnes dire qu'elles vous y avaient vus ensemble. Je ne sais comment j'ai pu croire de telles médisances. Il n'est pas dans mes habitudes d'ajouter foi aux commérages... mais je... je suis si peu sûre de moi. Voyez-vous, avant que Booker me demande en mariage, je n'avais jamais pensé pouvoir attirer un homme et...

Sa voix se brisa tandis qu'elle concluait :

— Pourrez-vous me pardonner un jour d'avoir imaginé cela ? Vous êtes si gentille ! Dire que je ne vous connaissais même pas... Je m'aperçois maintenant combien ma présence doit être insultante pour vous...

Lorraine resta silencieuse un moment avant de répondre d'un air grave :

— Je sais ce que l'on dit de moi en ville, mais je crois que vous avez agi sous le coup de la colère et de l'angoisse. Vous avez eu le courage de me parler franchement. Je ne vous en veux pas. J'espère même que nous pourrons devenir amies et surtout que votre époux sera disculpé. C'est un homme plein de bonté, incapable de commettre un meurtre de sang-froid.

— Je vous remercie infiniment de votre compréhension, Lorraine. Quand ce cauchemar sera fini, je vous promets de vous rendre visite.

Quelle charmante personne ! songea Théa en prenant congé. Comment avait-elle pu la soupçonner de duperie ? Finalement, elle n'avait pas davantage de jugement qu'Agnès et les autres commères... Elle qui avait subi des moqueries toute sa vie, n'aurait-elle pas dû être plus circonspecte, plus tolérante ? D'autant plus qu'avant de rencontrer Booker, elle avait refusé d'accorder foi à ces rumeurs. Mais c'est après son mariage que ses vieux démons avaient repris le dessus et l'avaient poussée à se comporter de façon si mesquine...

Toutefois, un mystère demeurait : qu'avait fait Booker du tissu acheté à Lorraine Edwards ? L'avait-il offert à une autre petite brune... celle qu'il affirmait lui-même avoir rencontrée ?

Songeuse, Théa rejoignit le buggy où l'attendait son oncle, monta et s'installa à côté de lui.

— Ce n'est pas elle, murmura-t-elle.

— Qui, dans ce cas ? s'enquit-il en fouettant les chevaux.

— Je n'en ai pas la moindre idée.

— Pourquoi ne pas le demander à ton époux ?

Théa fixa d'un air absent les lucioles qui dansaient dans la nuit. En effet, pourquoi n'avait-elle pas d'abord questionné le principal intéressé. La réponse s'imposa, évidente : à ce moment-là, elle était persuadée qu'il se trouvait avec Lorraine...

— Demain, j'enverrai un de mes hommes prévenir ton père, poursuivit Adler.

— Merci, c'est une bonne idée.

Jim saurait peut-être que faire. Peut-être même s'abstiendrait-il de lui dire : « Je me suis souvent demandé si tu savais ce que tu faisais en épousant cet homme. » Peut-être que demain, la situation serait plus claire. Peut-être qu'elle se réveillerait et découvrirait que tout cela n'était qu'un horrible cauchemar...

Booker était plongé dans les ténèbres. La mèche de la lanterne accrochée au mur du couloir, dont la lueur blafarde filtrait à peine par le judas, s'était consumée depuis des heures.

La ville entière, pensa-t-il sombrement, aurait pu être balayée par une tempête sans qu'il en eût conscience. Il était entièrement isolé dans ce cachot, coupé du monde — mais pas du ronflement sonore d'un ivrogne jeté par le shérif dans l'une des cellules voisines quelques heures plus tôt.

Il s'allongea, croisa les mains derrière la tête en essayant de trouver une position pas trop inconfortable sur cette paillasse défoncée. Il avait télégraphié à son officier supérieur à Fort Scott, qui avait répondu qu'il ferait tout son possible pour être présent au procès lundi. Il avait aussi envoyé un message à Lincoln, mais n'avait pu joindre la personne susceptible de témoigner qu'il n'était pas à Omaha la nuit du meurtre.

Pourtant, ce n'était pas la peur qui dominait; des années dans l'armée l'avaient endurci et habitué à affronter l'idée de mourir. Non, ce qui dominait, c'était la déception...

Il ne pouvait effacer de son esprit la réaction de Théa... sa conduite... ses paroles... Elle lui avait parlé d'une voix accusatrice, l'avait regardé avec méfiance, avait esquivé ses caresses. Jamais il ne s'était senti si vide, si peiné. Au moment où il avait le plus besoin de son amour, elle l'avait repoussé... Lorsqu'elle avait fait volte-face pour partir, il avait failli l'enlacer pour puiser dans cette étreinte la force dont il avait besoin pour surmonter cette épreuve — mais il s'était finalement abstenu, atterré par sa froideur.

Œil-de-Faucon, qui le connaissait mieux que quiconque, savait la vérité; même Lucas n'avait aucun doute sur son innocence; mais Théa... Savoir qu'elle le pensait capable de commettre un meurtre le blessait profondément, savoir qu'elle le soupçonnait de la tromper le heurtait plus encore. Si elle lui avait accordé sa confiance sans réserve, alors il aurait pu tout lui expliquer, mais son attitude l'en avait empêché.

Un son métallique le tira de ses pensées. Il prêta l'oreille et bientôt des pas résonnèrent sur la pierre. Un carré de lumière apparut dans sa cellule. Le shérif devait avoir rallumé la lanterne du couloir. Qui pouvait donc venir à cette heure?

Il cligna des yeux, aveuglé par la lumière — et, médusé, aperçut sa femme.

— Que faites-vous ici ? s'enquit-il une fois que le battant se fut refermé avec un bruit mat.

Elle posa sur la paillasse un paquet enveloppé dans une serviette à carreaux.

— Je vous ai apporté de quoi manger.

— Au beau milieu de la nuit ?

— C'est déjà le matin, répondit-elle en le dévisageant à la lueur de la lampe. J'aurais dû amener un rasoir.

— Mon geôlier vous l'aurait confisqué.

— Ah, bon...

Elle détourna les yeux, puis lui fit face de nouveau.

— Vous m'en voulez, n'est-ce pas ? reprit-elle.

— Oui.

— Avez-vous contacté quelqu'un qui puisse être là lundi ?

— Mon officier supérieur m'a promis qu'il s'efforcerait de venir témoigner au procès.

— Et cette femme avec qui vous étiez à Lincoln ?

— J'ai essayé de la joindre.

— Et alors ?

— Sans succès.

— Pourquoi vous être donné la peine de prétendre m'aimer ? demanda-t-elle d'une voix blanche. Vous savez bien que je vous aurais aidé à élever Zoé. Vous m'avez utilisée ; vous avez profité de mes sentiments pour vous. Vous avez pris tout ce que j'avais à donner. Je vous ai cru, et maintenant je m'aperçois que vous m'avez seulement épousée pour votre nièce.

Booker resta silencieux un moment, laissant ces mots pénétrer son esprit. Il eût été si simple de lui répéter qu'il n'aimait qu'elle, de tout lui expliquer, mais il ne pouvait supporter sa défiance.

— C'est vrai, concéda-t-il.

Elle pivota brusquement et lui tourna le dos.

— Mais si l'on y réfléchit, qui de nous deux s'est le plus servi de l'autre ? reprit-il. Vous vouliez Zoé à toute force, je vous le rappelle ! Voilà pourquoi ce fut si facile. Je savais combien vous souhaitiez rester auprès d'elle, combien vous désiriez lui servir de mère.

— Vous admettez donc vous être servi de moi ?

— Oui, d'une certaine façon, j'ai fait preuve d'opportunisme — mais pas comme vous l'imaginez. Je vous ai épousée parce que j'avais envie de vous, avoua-t-il simplement. Vos raisons étaient-elles aussi nobles ? Qui devrait se sentir floué ici ? Vous vouliez Zoé, et moi, je vous désirais. Voilà pourquoi j'ai demandé votre main. Rien ne m'y obligeait, puisque de toute façon, vous vous occupiez déjà de ma nièce.

Il aurait pu ajouter qu'il en était venu à la respecter, à l'aimer profondément, mais les mots s'étranglaient dans sa gorge. Il n'acceptait pas qu'elle doute de lui, au moment où il avait le plus besoin de son amour, de son réconfort.

— Et cette femme ? Que vient-elle faire dans tout cela ?

— Si vous me faisiez confiance, jamais vous ne douteriez de moi, jamais vous n'imagineriez que je puisse vous trahir.

— Vous avez tout fait pour Zoé et seulement pour elle, reprit Théa sur sa lancée. Cet arbrisseau, je sais que vous l'avez planté pour elle.

— Vous avez tort, c'est pour *vous* que je l'ai fait. Je savais combien vous vous sentiez impuissante et je ne voulais pas que vous pensiez avoir déçu la petite.

Tous deux restèrent silencieux un moment qui sembla une éternité. Il aurait voulu la rassurer, la serrer dans ses bras, sentir leurs cœurs battre à l'unisson... mais il en était incapable.

Les doutes de Théa lui lacéraient le cœur.

La jeune femme n'en pouvait plus. Ses vieux démons l'empêchaient d'admettre la vérité, de reconnaître qu'il la chérissait sincèrement. Une petite voix lui soufflait qu'elle faisait fausse route, mais elle ne pouvait plus revenir en arrière, faire amende honorable et soutenir Booker comme une épouse aimante eût dû le faire.

Alors, sans ajouter un mot, elle s'en fut.

Resté seul, Booker se laissa tomber au bord de la paillasse, les coudes sur les genoux, la tête dans les mains. Rien n'avait plus d'importance. Si on le pendait, il mourrait et ne sentirait plus rien. Si on le libérait, il n'aurait plus de raison de vivre...

Sauf les enfants.

Pour eux, pour eux seuls, il devait lutter encore...

Allongée dans la chambre d'amis des Woodridge, Théa contemplait le ciel étoilé par la fenêtre ouverte. A côté d'elle, Zoé dormait d'un sommeil agité entrecoupé de gémissements. Dans l'après-midi, la jeune femme était retournée chez elle prendre des vêtements et avait traversé les pièces claires et silencieuses. Chaque meuble, chaque bibelot, reflétaient les goûts simples de Booker, chaque détail trahissait le soin méticuleux qu'il y avait apporté. Partout, on retrouvait un peu de lui...

Ce n'était pas une simple maison. C'était aussi le témoignage de l'amour de son mari pour Zoé, et de sa foi en l'avenir.

Comment aurait-il pu s'escrimer ainsi à la tâche pour construire la demeure et le moulin, consacrer du temps aux enfants, lui faire l'amour avec autant de passion... et trouver encore le temps et l'énergie de fréquenter une autre femme ?

Des larmes lui montèrent aux yeux.

C'était impossible !

Ses propres doutes l'avaient poussée à croire des rumeurs malveillantes plutôt que d'accorder sa confiance à un homme qui s'était toujours comporté en époux modèle.

Il lui avait pourtant affirmé qu'il l'aimait, elle, Théa-la-Géante, l'enfant dont on s'était toujours moqué, la jeune fille qui n'avait jamais eu droit à un baiser, qui s'était toujours convaincue que jamais un homme ne pourrait être attiré par elle !

Oui, toutes ces années de railleries et d'allusions blessantes l'avaient empêchée de croire véritablement en l'amour de son mari. Pendant quelques jours, elle avait cru avoir davantage confiance en elle, mais, au premier obstacle, tout s'était écroulé !

Quelles terribles accusations elle lui avait jetées au visage !

Pourtant, ce qu'elle lui reprochait, c'était *elle* qui l'avait fait : elle l'avait épousé pour Zoé. Bien que ce fût dur à admettre, elle devait se rendre à l'évidence : la noble, la généreuse Théa, qui se sacrifiait toujours pour les autres, s'était servie de Booker Hayes.

Pourrait-il encore lui pardonner ?

A cet instant, un bruit de sabots interrompit ses pensées. Elle se leva et se posta devant la fenêtre.

— Qui est-ce ? cria-t-elle au cavalier qui venait d'arriver devant la ferme.

— Je suis venu vous avertir ! cria Edgar Birch. Irving Jackson a entraîné tous les hommes... Ils veulent lyncher Hayes !

— Oh, mon Dieu !

Elle enfila une robe en tremblant, puis habilla Zoé. La porte s'ouvrit et la silhouette de Lucas se profila dans le halo de la lampe.

— Nous n'avons pas le temps de prendre le chariot, dit-elle. Nous irons à cheval. Lucas, je veux que tu ailles chercher mon père. Tu crois pouvoir retrouver sa maison d'ici ?

— Oui, madame, répondit-il en s'élançant au-dehors.

Adler et Œil-de-Faucon attendaient avec les bêtes. L'Indien l'aida à monter en selle et installa la petite devant lui.

Théa eut l'impression que le trajet n'en finirait jamais. Lorsqu'ils arrivèrent en ville, elle entendit le brouhaha de la foule avant de pouvoir la distinguer. Les hommes étaient rassemblés devant le bureau du shérif, fusils levés, portant des lanternes qui se balançaient au gré de leur fureur. Deux individus retenaient Hardy, qu'ils devaient avoir tiré du lit car il était encore en caleçons longs. Du sang coulait du coin de sa lèvre.

— Vous n'avez pas le droit, protesta-t-il. Un procès en règle doit avoir lieu demain matin.

— Vous savez bien que ce vieux Henney le laissera sortir ! hurla Irving Jackson. Il n'est pas question d'accepter cela ; ce type ne nous a apporté que des ennuis depuis son arrivée ici.

Adler aida sa nièce à descendre et s'adressa à Œil-de-Faucon :

— Restez ici, vous m'entendez ?

L'Indien, sachant que sa présence ne ferait qu'envenimer les choses, acquiesça .

Théa prit Zoé dans ses bras, puis suivit son oncle qui se frayait un chemin à travers la foule haineuse.

— Moi j'dis qu'il faut le pendre de suite et qu'on en finisse ! beugla une voix avinée.

Des cris d'approbation s'élevèrent parmi les émeutiers. Théa, pour une fois heureuse d'être aussi grande, reconnut l'ivrogne qui avait prononcé ces mots. C'était Ronan Bard, qui avançait vers la prison d'une démarche incertaine, suivi par un petit groupe d'individus visiblement aussi éméchés que lui. Irving Jackson monta sur le trottoir et se mit à haranguer ses compagnons.

— Allons-nous laisser des étrangers assassiner impunément nos concitoyens ? Il a d'abord essayé de supprimer Jim Coulson, puis il m'a acculé dans une ruelle et a failli me tuer. Et maintenant Clancy ! Que se passera-t-il ensuite ? Nous ne serons jamais en sécurité avec ce fou dangereux en liberté !

Des acclamations accueillirent ce discours, et la foule se referma sur le représentant de l'ordre de façon menaçante.

— Attendez un peu ! s'écria Ezra Hill en jouant

des coudes pour arriver vers les meneurs. Hayes m'a embauché et j'ai passé du temps à travailler pour lui. Ce n'est pas un homme qui tuerait quelqu'un de sang-froid, j'en suis sûr !

— Il t'a jeté de la poudre aux yeux, rétorqua l'accusateur.

— Et la montre, qu'est-ce que vous en faites ? renchérit Bard. On l'a bien trouvée sous le corps de Clancy, non ? Le coupable, ça ne peut être que cette Tunique Bleue à la manque, y'a pas de doute !

Le shérif luttait sans succès contre ses agresseurs. Irving et quelques autres entrèrent dans le bureau. La panique envahit Théa. Tenant fermement Zoé dans ses bras, elle tenta d'avancer parmi la cohue compacte.

— Arrêtez ! hurla-t-elle. Arrêtez !

Mais ses cris furent couverts par les vociférations des agitateurs.

Jackson et un autre individu sortirent en tenant Booker qui se débattait comme un beau diable. Il réussit à libérer un de ses bras et envoya un coup de poing bien senti en plein visage d'Irving. Ce dernier tituba et sortit un revolver qu'il appuya contre la tempe de sa victime. De l'autre main, il tenait une montre de gousset en or attachée à une longue chaîne.

— C'est à vous ?

— Elle est bien à moi, déclara le prisonnier d'une voix forte, mais je n'ai pas tué Clancy.

— Si, la preuve ! vitupéra Bard.

Le directeur de l'hôtel ligota les poignets de Booker derrière son dos et le poussa en avant. La foule se scinda pour les laisser passer, puis se regroupa pour les suivre. Théa les perdit de vue. Elle crut un instant défaillir, mais elle surmonta son angoisse et se hâta afin de rejoindre la tête du cortège.

Lorsque l'attroupement arriva au bout de la grand'rue, des lampes s'allumèrent aux fenêtres des dernières maisons. Lorraine Edwards apparut en robe de chambre sous sa véranda et considéra la scène d'un air affolé. Apercevant soudain sa nouvelle amie, elle courut à sa rencontre.

Deux énormes chênes se dressaient à la sortie de la ville. Quelqu'un attrapa une corde et la lança au-dessus d'une grosse branche. Théa jouait toujours des coudes pour traverser la marée des émeutiers, tout en tenant Zoé dans ses bras ; la couturière la suivait en s'agrippant à son bras. Un barbu empestant le whisky tenta de repousser Théa avec brutalité.

Au même moment, la jeune femme croisa le regard de Booker.

— Otez vos sales pattes de ma femme ! tonna ce dernier, les traits déformés par la rage.

Avec une énergie décuplée par la situation, il se jeta contre l'un des individus qui le retenaient et le fit tomber, déséquilibrant Jackson par la même occasion. Des huées s'élevèrent de la foule en colère. Le directeur de l'hôtel poussa un juron et tenta d'atteindre Booker, qui envoya un autre de ses agresseurs au tapis. Mais la crosse d'une carabine s'éleva et le frappa sur le crâne. Il vacilla et se calma.

Théa, le souffle court, vit qu'on le hissait sur un cheval. L'animal, nerveux, ne restait pas en place. Booker se tenait raide, le nœud coulant autour du cou, du sang maculant sa tempe. Dans un sursaut d'énergie, la jeune femme se fraya un chemin vers lui ; Zoé s'accrochait à elle de toutes ses forces. Elle réussit enfin à atteindre la monture et à attraper la bride. En la voyant, Ronan Bard poussa un chapelet de jurons et la gifla, mais elle ne lâcha pas prise.

Un coup de feu partit et le hongre se mit à hennir. Théa se cramponnait de toutes ses forces. Autour d'elle, tout était devenu flou. Elle n'avait qu'une idée, tenir bon, s'agripper à cette lanière de cuir qui séparait son époux de la mort. Ses articulations étaient blanches à force de serrer et ses muscles la faisaient souffrir le martyre, mais elle n'en avait cure. Son seul but était de contenir cette bête. Soudain... Quelqu'un attrapa les rênes ; elle pivota, prête à se débattre — mais poussa un soupir de soulagement en découvrant Lucas dont le visage exprimait un mélange de frayeur et de détermination. A eux deux, ils auraient plus de chance de réussir...

— Libérez-le immédiatement ! intima soudain une voix puissante.

Toutes les têtes se tournèrent vers Jim Coulson qui s'avançait. Théa tenta de se persuader que l'intervention de son père pouvait changer quelque chose, mais elle savait au fond d'elle-même que ces ivrognes assoiffés de sang ne pouvaient être rendus à la raison.

— Tout ceci n'est qu'une parodie de justice, poursuivit-il. Vous avez tous trop bu, sinon vous ne seriez pas ici.

— C'est trop tard ! éructa Bard.

— La justice, c'est nous qui la rendons, ajouta Irving Jackson en levant la main pour frapper la croupe du cheval.

— *No-o-o-o-n* !

Ce cri aigu transperça les oreilles de Théa. Elle baissa les yeux, fixant d'un air stupéfait l'enfant qu'elle tenait dans ses bras.

Zoé avait parlé !

18.

Même les émeutiers se turent.

— *N-o-o-n* ! hurla de nouveau Zoé.

Des larmes montèrent aux yeux de Théa mais elle les ravala et continua de s'accrocher à la bride de toutes ses forces. L'animal, effrayé, décochait de terribles ruades, menaçant de la jeter à terre. Lucas, les mâchoires serrées, s'employait à tenter de le calmer.

— Non ! C'est pas lui ! cria Zoé. C'est le méchant qui avait la montre ! J'ai vu le méchant la voler !

Jim Coulson parvint enfin à les rejoindre et prit la petite dans ses bras. Théa en profita pour se cramponner des deux mains à la lanière de cuir.

— Quel méchant, ma chérie ? Dis-le à grand-père.

— Lui ! répondit la fillette en pointant un index accusateur. Il a pris la montre le jour où il a fait mal à Lucas, pendant la fête pour la nouvelle maison !

Toutes les têtes se tournèrent vers l'homme désigné par Zoé. Bard recula d'un pas. La haine étincelait dans ses yeux.

— Nom de Dieu, vous n'allez pas croire cette sale gosse, quand même ? Une demeurée qui n'a jamais ouvert le bec ?

— Je crois que c'est parce qu'elle n'avait rien d'important à dire jusqu'à aujourd'hui. N'est-ce pas, ma puce ? dit Jim Coulson.

La petite fille hocha la tête.

— Alors, vous êtes aussi idiot qu'elle ! gronda l'accusé en titubant. J'aurais dû vous descendre pour de bon, l'autre fois !

A cet aveu, un murmure de stupéfaction parcourut la foule. Jackson considéra Bard, médusé, puis aida Lucas et Théa à contenir le cheval. L'horreur qui se lisait sur son expression était visible aux yeux de tous.

— Alors, tu as tiré sur Jim et assassiné Clancy...

Le coupable regarda autour de lui, tel un fauve aux abois, puis se baissa et tenta de s'enfuir ; mais deux hommes le retinrent fermement.

— Je crois bien qu'un autre prévenu comparaîtra devant le juge demain, déclara le shérif d'une voix forte. Jetez-moi ce misérable en prison, et libérez Hayes !

Théa, pétrifiée, était incapable de faire un mouvement. Irving dut ôter ses mains rigides de la bride, tout en évitant de croiser son regard. Edgar Birch trancha d'un coup sec les liens qui entravaient les poignets de Booker. Ce dernier attrapa la corde serrée autour de son cou et la fit passer au-dessus de sa tête, puis il mit lentement pied à terre. Alors, Théa s'élança vers lui et il la reçut sur son cœur.

— Oh, Booker..., murmura-t-elle. Booker...

Dire qu'elle avait été si près de le perdre... S'il était mort, elle n'aurait jamais pu lui dire qu'elle croyait en lui, qu'elle l'aimait plus que sa vie.

Lucas s'approcha d'eux, qui l'entourèrent de leurs bras.

— Je veux tonton maintenant ! interrompit une voix enfantine.

Une voix nouvelle pour Théa, une voix qui emplissait son cœur de joie. Elle s'écarta pour laisser son mari prendre Zoé dans ses bras. La petite fille s'accrocha au cou de son oncle.

— Le méchant, il nous fera plus de mal maintenant, déclara-t-elle.

— Non, ma chérie, répondit Booker d'une voix émue. Il ne nous fera plus de mal.

— Je t'aime, tonton, ajouta-t-elle timidement.

A ces mots, des larmes perlèrent aux yeux de Booker.

— Je t'aime aussi, ma puce, murmura-t-il.

Derrière eux, la foule s'était dispersée. Seules quelques personnes s'attardaient, parmi lesquelles Lorraine Edwards et le shérif Hardy.

Ce dernier semblait horriblement gêné.

— Je ne peux pas dire grand-chose, sinon que je suis navré de ce qui vous est arrivé, Hayes.

— Vous avez fait tout votre possible pour me protéger et me faire juger équitablement. Vous avez accompli votre travail, même si vous ne traitez pas vos pensionnaires de la meilleure manière qui soit...

— Venez prendre vos affaires dans mon bureau avant de partir, répondit le représentant de l'ordre en s'éloignant.

Booker acquiesça, puis dévisagea chacun de ses proches avec fierté, mais en silence. Théa ne s'en offusqua pas : elle savait qu'il était trop bouleversé pour parler. Ce n'était pas l'heure des explications.

Elle remercia Lorraine, qu'Œil-de-Faucon raccompagna ensuite jusqu'à sa porte. Puis l'Indien revint vers eux et se campa devant son ancien compagnon de route.

— J'ai pris une décision. Je vais partir pour le Colorado.

— Pourquoi ? intervint Théa. Tout est arrangé maintenant. Rien ne vous oblige à nous quitter.

— Vous êtes très généreuse, madame, mais il est temps que je mène ma propre vie.

Les deux hommes se serrèrent la main avec émotion.

— Je comprends, déclara Booker. Je te souhaite beaucoup de bonheur.

— Vous serez toujours le bienvenu chez nous, ajouta Théa avec sincérité.

— Je sais, répondit-il sobrement.

Toute remuée, Théa prit alors congé de son père et de son oncle puis se tourna vers son mari et les enfants.

— Rentrons à la maison, maintenant.

Booker se plongea avec délice dans le baquet rempli d'eau chaude que Théa avait préparé pour lui dans la cuisine. Jamais un bain ne lui avait semblé aussi bon ! Il lui semblait que l'eau, en coulant sur son corps fourbu, le purifiait de tous les miasmes et effaçait la souffrance de ces jours d'épreuve.

Quand enfin il se sentit un homme neuf, il se sécha vigoureusement avec la serviette que son épouse avait laissée sur une chaise, puis l'enroula autour de sa taille et gagna l'étage supérieur.

En pénétrant dans sa chambre, il observa les lieux avec l'avidité d'un voyageur fourbu qui retrouve son foyer après un long périple.

— Comment va votre cou ? s'enquit Théa en s'approchant.

— Il est un peu douloureux car cette maudite corde a bien failli m'étrangler, mais ce ne sera rien, expliqua-t-il en la contemplant intensément.

Ronan Bard était en prison, Œil-de-Faucon passait sa dernière nuit dans la grange, et les enfants dormaient du sommeil du juste.

Quant à lui, il était libre — et seul avec celle qu'il aimait.

— Je voudrais vous dire..., commença-t-elle.

— Non... pas ce soir.

— Mais je dois vous parler !

Le cœur en liesse, il admira ses courbes harmonieuses, sa chevelure flamboyante, ses traits délicats, ses yeux clairs, qu'il avait cru un moment ne plus jamais revoir.

— M'aimez-vous ? s'enquit-il doucement.

— Oui.

— Voulez-vous passer le reste de votre vie à mes côtés ?

— Oui.

— Je n'ai pas besoin d'en entendre plus ce soir. Nous aurons tout le loisir de discuter du reste plus tard.

Il souligna du doigt ses sourcils, ses pommettes, puis ses lèvres, avec une dévotion infinie.

— Je vous aime, murmura-t-elle en baisant ses mains hâlées.

— Dénouez vos cheveux, lui intima-t-il d'une voix rauque.

Elle obéit sans un mot.

— Maintenant, ôtez votre robe.

Docile, elle pivota pour qu'il l'aide à se déboutonner, puis laissa tomber le vêtement en corolle à ses pieds.

— Asseyez-vous sur le lit, à présent.

Théa s'installa au bord de la couche, et il se baissa pour délacer ses bottines de cuir. Alors, avec une lenteur exquise, elle fit rouler ses bas le long de ses jambes déliées... Oppressé, Booker s'efforça de contenir l'émoi que ce geste éveillait en lui, et il prit son temps pour caresser chaque parcelle de peau qu'elle dénudait au fur et à mesure...

— Je vous aime, répéta-t-elle dans un souffle.

Booker contempla l'adorable visage baissé vers lui — et son cœur fondit. Du tréfonds de son être naquit, s'enfla, déferla une vague amoureuse qui le submergea comme s'il était réellement englouti au vif de l'eau. A la lueur de la lampe, la nudité de Théa, nuancée de reflets ambrés, d'ombres qui palpitaient au rythme de sa respiration, était si éclatante qu'il s'attarda un instant à la contempler.

— Jamais je ne me rassasierai de vous, chuchota-t-il. Vous êtes et resterez la seule femme dans ma vie, vous le savez, n'est-ce pas ?

— Oui.

— Alors, dites-le-moi, implora-t-il, soudain poussé par le besoin urgent de l'entendre prononcer ces mots.

— Je sais qu'il n'existe personne d'autre. Je suis désolée, Booker..., balbutia-t-elle d'une voix altérée par l'émotion. Oui, je regrette tant d'avoir douté de vous...

Il prit son visage entre ses mains et le scruta longuement.

— Comment avez-vous pu imaginer une chose pareille ?

— Cela n'avait rien à voir avec vous. Je... je n'ai jamais cru en moi. Je ne parvenais pas à croire que je puisse vous plaire.

— Maintenant, vous le pourrez.

— Oui...

Elle se blottit dans ses bras, et soudain plus rien ne compta, hormis l'attente fiévreuse du bonheur à venir.

Ainsi que leurs corps, cette nuit-là, leurs âmes s'unirent, les liant pour l'éternité.

Théa, à demi endormie, perçut un frôlement sur sa joue. Elle leva les paupières et aperçut le chat gris. Zoé pouffa. La jeune femme, amusée, fit descendre l'animal et se redressa sur son séant. Le soleil entrait à flots par la fenêtre, indiquant que la matinée était déjà bien avancée. La fillette se tenait assise en tailleur au pied du lit.

— Où est Booker ? demanda Théa sans attendre de réponse.

— Il a reçu un message. Il a dit qu'il fallait que tu te lèves parce qu'il allait revenir avec une surprise.

La jeune femme dévisagea l'enfant, n'en croyant toujours pas ses oreilles.

— Je suis si contente que tu puisses parler !

Zoé sourit.

— Oh, ma chérie, je t'aime tant ! s'écria Théa. J'espère que tu le sais. Et ton oncle aussi t'adore ; il a été très ému hier soir, grâce à toi...

— Et moi aussi je vous aime, tonton et toi et Lucas.

Théa l'écoutait, fascinée par ses accents enfantins. Elle se demanda si elle se lasserait un jour de l'entendre babiller ainsi.

— Lève-toi, lève-toi, lève-toi ! intima la petite en sautillant sur le matelas.

— D'accord... Sais-tu s'il y a de l'eau chaude sur la cuisinière ?

Zoé sauta du lit et ouvrit la porte en montrant un seau posé dans le couloir.

— Lucas, il l'a montée ici.

Théa alla chercher le récipient qu'elle vida dans la cuvette en faïence placée sur la table de toilette.

— Peux-tu me laisser me préparer ? J'en ai pour une minute.

— D'accord, mais tu te dépêches, alors !

— Oui, ma puce. Allez, va maintenant.

Une heure plus tard, elle était en train de pétrir la pâte à pain quand Lucas et Zoé grimpèrent quatre à quatre les marches du perron et ouvrirent en grand la porte moustiquaire.

— Il est de retour ! s'écria son fils adoptif.

— Viens, viens, viens ! chantonna la fillette.

Elle s'essuya les mains, ôta son tablier et suivit les enfants à l'extérieur.

Le chariot pénétra dans le jardin. Théa reconnut immédiatement la femme assise sur le banc à côté de Booker.

— Bonjour, madame Vaughn, dit-elle en souriant.

Le maître des lieux aida son invitée à descendre le marchepied. Mme Vaughn rajusta son petit chapeau garni de plumes, lissa ses jupes, puis se dirigea vers Théa.

— Je suis ravie de vous voir, dit cette dernière en serrant sa main gantée.

— Votre époux m'a offert de loger quelques jours chez vous pendant que je m'assurerai que les enfants placés dans la région sont en bonnes mains. Il m'a affirmé que cela ne vous dérangerait pas.

— Pas du tout, bien au contraire ! Ce sera un plaisir de passer un peu de temps en votre compagnie.

— Je vous remercie. Nous allons d'abord en profiter pour nous débarrasser de quelques formalités administratives, poursuivit l'accompagnatrice en regardant Lucas. J'ai apporté les formulaires d'adoption définitifs.

Le cœur de Théa bondit dans sa poitrine, tandis que l'orphelin leur adressait un sourire timide.

— Et bien sûr, nous devons nous occuper d'autre chose.

Elle considéra son invitée d'un air perplexe. De quoi s'agissait-il donc ?

— Il n'y a pas de problème, j'espère ? Le tribunal a bien donné son accord pour l'adoption ?

— Oui, oui, ne vous inquiétez pas.

— Ma chérie, intervint Booker, je voudrais vous présenter quelqu'un...

Surprise, Théa pivota — et aperçut une adolescente. Elle ne devait pas avoir plus de treize ans, bien que sa maigreur la fît paraître plus jeune. Ses cheveux bruns, droits et ternes, étaient maladroitement coupés au niveau des oreilles, lui donnant un air de garçon manqué. Ses jambes maigres dépassaient d'un ourlet à moitié défait, et des chaussettes noires affaissées sur des chaussures usées complétaient cet ensemble pitoyable.

— Théa, je vous présente Claudia. Claudia, voici ma femme, Mme Hayes, dit Booker.

La jeune fille, effarouchée, s'empourpra.

— Bonjour, madame Hayes, bredouilla-t-elle enfin.

— Vous pouvez m'appeler par mon prénom, corrigea cette dernière. Je suis enchantée de faire votre connaissance.

Soudain, Booker sembla s'apercevoir qu'il lui devait une explication.

— Lucas, veux-tu conduire nos invitées à l'intérieur et leur offrir à boire ?

Le garçon obéit et guida les nouvelles arrivantes vers la maison. Zoé trottinait derrière eux en fredonnant.

Booker prit la main de Théa, et dit doucement :

— J'ai rencontré Claudia à New York au printemps dernier, quand je cherchais ma nièce. Lorsque j'en ai parlé à Mme Vaughn durant sa dernière visite, elle m'a dit que Claudia se trouvait toujours à l'orphelinat. Je sais que j'ai manqué à ma promesse de tout vous dire, mais je ne voulais rien vous révéler tant que rien n'était sûr.

— C'est pour cette raison que vous êtes allé à Lincoln ; vous aviez rendez-vous avec Mme Vaughn...

Il acquiesça d'un signe de tête.

— Votre vie dépendait de son témoignage !

s'exclama Théa, stupéfaite. Pourquoi ne pas lui avoir télégraphié ?

— J'ai essayé, mais elle m'a expliqué qu'entre-temps, elle avait visité plusieurs familles d'accueil et n'avait jamais reçu le message.

— Aviez-vous parlé d'elle au shérif ?

— Oui ; il était presque convaincu de l'attendre.

— Pourquoi ne m'avoir rien dit ?

— Vous ne m'en avez pas laissé le temps : déjà, vous aviez votre idée sur la question !

Théa, honteuse, baissa les yeux sans répondre. Pourrait-elle un jour se faire pardonner sa ridicule méfiance ?

— Je voudrais que nous l'adoptions, dit Booker. Je sais qu'il ne sera pas facile d'élever une fille de son âge, d'autant qu'elle a de gros problèmes, mais si vous voyiez d'où elle vient... comment elle vivait... Quand je l'ai rencontrée, elle était prête à tout pour quitter l'orphelinat. Vraiment à tout, si vous voyez ce que je veux dire...

— Oh, oui, je vois trop bien, hélas...

Bouleversée, elle posa la main sur le cœur de Booker. Un cœur aussi grand et pur que le ciel du Nebraska...

— Je suis d'accord, dit-elle. Nous allons l'adopter aussi.

A ces mots, un sourire radieux éclaira le visage de son mari. Il courut vers le véhicule et en tira un paquet enveloppé dans du papier.

— Voici du tissu pour lui confectionner des vêtements. Il y en a aussi pour vous et Zoé, bien sûr.

— De la satinette, du chintz et du lin, c'est ça ?

— Oui, répondit-il, étonné. Comment le savez-vous ?

— Oh... simple intuition féminine !

Elle se mit à rire et, la soulevant dans ses bras, il la fit tourbillonner jusqu'à ce que, à bout de souffle, elle demande grâce.

— Ah, Théa, Théa ! s'écria-t-il. Nous allons remplir cette maison d'enfants !

— Quelle bonne idée ! approuva-t-elle, la mine espiègle. Si nous commencions tout de suite ?

Épilogue

Théa étendit une nappe colorée sur la table à tréteaux installée dans le jardin et leva les yeux vers les frondaisons du chêne qui bruissaient doucement au-dessus d'elle. La porte moustiquaire claqua et Zoé sortit en portant un saladier... sa belle Zoé.

La gorge de Théa se noua comme toujours lorsqu'elle contemplait la magnifique jeune femme qu'était devenue sa fille adoptive. Ses cheveux blond platine, qu'elle portait en un élégant chignon, brillaient au soleil tels des fils d'argent. Sa silhouette gracieuse était parfaite. Pendant des années, Booker l'avait emmenée chez un spécialiste à Saint Louis, qui, à l'aide d'exercices et de chaussures correctives, avait fait disparaître sa claudication...

— Tu te souviens du jour où nous avons planté cet arbre, ma chérie ?

— Oui, maman. Je me rappelle que papa l'avait mis en terre à l'endroit même où nous avions jeté le gland.

— Tu savais ?! s'exclama Théa, ébahie.

— Je savais, avoua la jeune fille avant de partir d'un rire argentin.

Ben et Alex débouchèrent soudain du coin de la maison.

— Les garçons ! Vous m'aviez promis de garder vos vêtements propres jusqu'à ce que votre père revienne de la gare avec Lucas, leur reprocha Théa.

— Oh, maman, c'est inutile, de toute façon, nous nous salirons de nouveau.

A quatorze ans, Ben était un garçon espiègle et incontrôlable. Avec son sourire charmeur ainsi que ses cheveux et ses yeux aussi noirs que ceux de son père, il était difficile de lui reprocher quoi que ce soit. Alex, de deux ans son cadet, mais déjà aussi grand, était surnommé « Jim junior », à cause de sa ressemblance frappante avec son grand-père.

Sans aucun avertissement, leur cousin David s'élança vers eux et les percuta. Les trois garçons basculèrent dans la poussière en éclatant de rire.

— David, ta mère me tuera si tu gâches encore une autre paire de pantalons chez moi.

Le garçon, qui était le portrait craché de Denzel, avec ses cheveux blonds et ses yeux verts, se leva d'un bond et s'épousseta les genoux. Au même moment, un chariot s'approcha de la maison.

— Allez vous préparer ! leur ordonna Théa. Je crois que c'est Claudia.

Cette dernière, accompagnée de son époux, Selby Hill, s'arrêta près de la grange. Selby détela les chevaux, tandis que sa femme conduisait leurs deux enfants vers la maison. La petite Maggie, qui n'avait que cinq ans, se rua dans les jupes de Théa. Cette dernière s'agenouilla pour la serrer dans ses bras.

— Tu as des nouveaux chatons, mamie ?

— Tu trouveras une portée sous la véranda.

La fillette poussa un cri de joie et fila comme une flèche vers le lieu indiqué.

Jesse, qui avait déjà neuf ans, s'approcha de la table.

— On mange quand ? questionna-t-il tout à trac.

— Quand grand-père reviendra avec Lucas, lui dit Claudia.

— J'entends le buggy ! s'exclama Zoé.

Théa, qui était restée à l'ombre du chêne, lissa sa jupe vert émeraude et attendit avec impatience. L'attelage arriva enfin.

Booker, dont le chapeau noir était baissé sur les yeux, sauta prestement à terre. Le cœur de son épouse manqua un battement, comme aux tout premiers jours de leur union. Lucas descendit du siège arrière et se tourna pour aider une jeune fille.

Théa observa son fils adoptif, qui était devenu grand et fort. Dire qu'elle ne l'avait pas vu depuis un an ! Il se dirigea vers elle et la serra affectueusement dans ses bras avant de déposer un baiser sur sa joue et de se reculer.

— Je voudrais vous présenter quelqu'un, annonça-t-il en désignant la nouvelle venue.

— Claire, voici ma mère, déclara-t-il avec fierté.

— Je suis enchantée de faire votre connaissance, madame Hayes.

Cette dernière considéra les grands yeux bleus emplis de bonté de la nouvelle venue, les boucles blondes qui s'échappaient de son bonnet, et l'aima immédiatement.

— Appelez-moi Théa, je vous en prie. D'où venez-vous ?

— Je suis née en Indiana, puis ma famille s'est

installée dans l'Est. Là, je suis allée à l'école et maintenant j'enseigne dans le même établissement que celui où Lucas donne des cours de dessin.

— Claire parle quatre langues, maman, claironna son fils adoptif.

— Doux Jésus ! s'exclama Théa d'un air admiratif.

L'attention du jeune homme fut détournée par l'arrivée de ses sœurs.

— Zoé ! Claudia !

Il se précipita vers elles, les yeux brillant de joie. Après s'être embrassés affectueusement, ils restèrent un long moment ensemble, se remémorant une autre époque, une autre vie...

Soudain, Ben, Alex et David rejoignirent leur famille en courant.

— Et maintenant il ne te reste plus qu'à faire la connaissance de mes frères, annonça Lucas en se dirigeant vers Claire. Accroche-toi ! ajouta-t-il avec un sourire en coin.

Théa passa un bras autour de la taille de Booker et leva les yeux vers lui. Il ôta son chapeau et le posa sur la tête de sa femme.

— Vous allez attraper des taches de rousseur, lui murmura-t-il à l'oreille.

— Oh, mon Dieu ! plaisanta-t-elle en portant la main à son cœur. Quelle horreur !

Elle contempla avec admiration les quelques mèches argentées qui parsemaient ses tempes.

Puis tous deux restèrent un moment côte à côte, admirant la famille qu'ils avaient élevée. L'amour et la fierté gonflèrent le cœur de Théa et firent rouler des larmes sur sa joue. Son mari les essuya du doigt en un geste amoureux.

— Ma chère femme qui pleure de bonheur, murmura-t-il d'un ton badin. Vous souvient-il de la première fois où vous avez pleuré ainsi ? ajouta-t-il avec un sourire complice.

Elle lui tapota le bras et fit mine de s'indigner.

— Voyons, nous ne sommes pas seuls...

Pour toute réponse, l'ancien major, autrefois si austère, partit d'un grand éclat de rire. Les larmes de Théa coulèrent de plus belle.

Dieu, qu'elle aimait cet homme ! Toutes ces années passées auprès de lui n'avaient en rien émoussé ses sentiments, bien au contraire. Chaque jour lui avait apporté une preuve supplémentaire de ses qualités, de sa bonté, de sa générosité. Et sa beauté la faisait vibrer comme au premier jour...

Ses envies les plus secrètes, ses rêves les plus fous s'étaient réalisés au-delà de toute espérance.

L'OTAGE, *de Susan Wiggs* • *N° 207*

Chicago, 1871 Tandis qu'un terrible incendie se propage à travers Chicago, Deborah Sinclair, ignorant tout de la tragédie qui se prépare, annonce à son père — un riche bourgeois — sa décision de rompre avec l'homme qu'il lui a choisi pour époux. La fureur d'Arthur Sinclair s'annonce homérique quand, soudain, l'affrontement tourne au drame: alors même qu'une épaisse fumée envahit la maison, un inconnu armé surgit avec l'évidente intention de tuer le maître des lieux. Affolée, Deborah tente de s'interposer, mais le forcené la prend en otage et l'entraîne à sa suite dans la ville en flammes...

LES DIAMANTS DU SCANDALE, *de Deborah Simmons* • *N° 208*

Angleterre, 1815 Douée d'un tempérament volcanique, Georgina s'ennuie ferme dans la petite ville thermale de Bath où sa famille a décidé de passer l'été. Entourée de douairières acariâtres et de barbons goutteux, la jeune fille se morfond — jusqu'à ce bal chez la baronne Bellewether, durant lequel une somptueuse rivière de diamants est dérobée à leur hôtesse. Dès lors, Georgina n'a plus qu'une idée en tête: démasquer le mystérieux voleur...

L'ENFANT DE LA PROVIDENCE, *de Cheryl St.John* • *N° 209*

Kansas, 1885 Marquée par des souvenirs douloureux, Elliana nourrit une idée fixe: réunir assez d'argent pour obtenir la garde de ses deux jeunes frères, dont elle a été séparée après le décès de leurs parents. Mue par cette résolution, elle se consacre entièrement à son travail dans un hôtel et fuit la compagnie des hommes _ jusqu'au jour où un accident l'oblige à consulter le médecin du village, un certain Caleb Chaney, dont les méchantes langues affirment que les méthodes prétendument progressistes ont coûté la vie à sa propre épouse, morte quelques mois plus tôt en donnant le jour à leur premier enfant...

PASSION DÉFENDUE, *de Barbara Leigh* • *N° 210*

Caroline du Nord, 1870 Accusée d'homicide, Meagan échappe de justesse à la pendaison grâce à la probité d'un juge qui, contre l'avis de l'accusation, reconnaît à la jeune femme des circonstances atténuantes. Toutefois, si, en pareil cas, un homme est d'ordinaire condamné au bagne à perpétuité, il n'existe pas encore en Caroline de prison pour femmes. Aussi, faute de pouvoir incarcérer la coupable, le magistrat décide-t-il de lui appliquer une peine pour le moins originale...

LA CITADELLE ASSIÉGÉE, *de Sharon Schulze* • *N° 211*

Irlande, 1215 Lord Connor FitzClifford, un ténébreux chevalier normand, est chargé par son frère et suzerain de se rendre en Irlande avec ses hommes afin d'y défendre une citadelle assiégée, depuis la mort du maître de céans, par un clan ennemi. Cependant, loin d'être accueilli en sauveur comme il l'imaginait, FitzClifford est reçu fort fraîchement par la veuve du défunt qui, bien qu'enceinte et vulnérable, ne semble nullement diposée à accorder sa confiance au premier paladin venu...

Le 1er février, découvrez
la passionnante trilogie de

Susan WIGGS

Dans la nuit du 8 octobre 1871, un terrible incendie ravage Chicago, semant la panique dans la ville. Et pourtant, au milieu du chaos, trois jeunes filles vont découvrir le fragile miracle de l'amour.

Le 1er février 2002, ne manquez pas
la première partie de la trilogie
de Susan Wiggs : **L'Otage**.

Découvrez l'incroyable destin de Deborah Sinclair, une jeune héritière enlevée la nuit du drame par un inconnu assoiffé de vengeance…

Retrouvez ensuite, le 1er avril et le 1er juin,
les seconde et troisième parties
de cette passionnante saga.

après l'argent afin de reprendre une vie décente. Quand un client fortuné frappe à sa porte, il se croit sauvé de l'infortune. Hélas, le client est assassiné le soir même, et Gabriel, soupçonné d'être mêlé à l'affaire, mène l'enquête pour sauver sa peau...

Secrets et conflits, *de Debbie Macomber • N° 144*

Désireuse de faire le point sur sa vie, Lindsay Snyder revient à Buffalo Valley où, enfant, elle a passé ses vacances. Un secret de famille hante sa mémoire, et elle n'a de cesse de découvrir ce que sa grand-mère a toujours cherché à lui cacher. Mais à son arrivée, elle trouve la petite ville bien changée: boutiques fermées, quartiers désertés... Loin de la décourager, ce voyage au pays de son enfance se révèle un véritable pari sur l'avenir — y compris sur son destin de femme...
Secrets et conflits *est le premier volume des "Chroniques de la Vallée".*

La mémoire assassinée, *de Taylor Smith • N° 63*

Un tragique après-midi d'été, l'univers de la petite Mallory s'écroule devant ses yeux d'enfant. En l'espace de quelques secondes, toutes ses certitudes sont balayées — soufflées par l'explosion criminelle qui vient de tuer ses parents.
Bien des années plus tard, Mallory semble avoir réussi à surmonter ce drame: devenue journaliste, elle connaît un succès fulgurant dans sa profession. Pourtant, le spectre du souvenir la hante, menaçant de détruire tout ce qu'elle a construit...

Les Historiques

Pour prolonger le plaisir de l'aventure et de l'Histoire...

- ❑ n° 124 : NOCES BARBARES, d'Elizabeth Mayne
- ❑ n° 125 : LES FUGITIFS, de Lucy Elliot
- ❑ n° 127 : CAP ESPÉRANCE, de Susan Wiggs
- ❑ n° 128 : LES CHEVAUX DE FER, de Rae Muir
- ❑ n° 130 : LES AILES DE L'OUBLI, de Nina Beaumont
- ❑ n° 131 : LE SECRET DE L'AUBE, de Deborah Chester
- ❑ n° 132 : NUIT MAGIQUE, de Claire Delacroix
- ❑ n° 133 : LA VALSE INACHEVÉE, de Nina Beaumont
- ❑ n° 134 : LA DOUBLE MÉPRISE, de Candace Camp
- ❑ n° 135 : LE LIEN DE VELOURS, De Deborah Simmons
- ❑ n° 137 : MIRAGE VÉNITIEN, de Nina Beaumont
- ❑ n° 139 : FIANÇAILLES IMPROMPTUES, de Tori Phillips
- ❑ n° 141 : LE SONGE FLORENTIN, de Nina Beaumont
- ❑ n° 142 : LA GRIFFE DU DESTIN, de Catherine Archer
- ❑ n° 143 : PIÈGE POUR UN DANDY, de Margaret Moore
- ❑ n° 146 : LE TOURBILLON DES JOURS, de Susan Wiggs
- ❑ n° 149 : SCANDALE ET VOLUPTÉ, de Margaret Moore
- ❑ n° 150 : LES CONJURÉS, de Susan Wiggs
- ❑ n° 151 : L'HÉRITIÈRE EN FUITE, de Kit Gardner
- ❑ n° 155 : L'ÉDUCATION AMOUREUSE, de Susan Wiggs
- ❑ n° 156 : LE SECRET DE LA CITADELLE, de Sharon Schulze

❒ *n° 162 : LE BAL DE L'OUBLI, de Susan Spencer Paul*
❒ *n° 163 : L'ÉTÉ DES SORTILÈGES, de Sally Cheney*
❒ *n° 164 : UNE PROMESSE DE BONHEUR, de Muriel Jensen*
❒ *n° 165 : TRAÎTRISE ET PASSION, de Susan Wiggs*
❒ *n° 167 : LES CŒURS MASQUÉS, d'Ana Seymour*
❒ *n° 168 : NOCES POURPRES, de Patricia Potter*
❒ *n° 169 : LA PLUME ET L'ÉPÉE, de Laurel Ames*
❒ *n° 174 : UN CŒUR EN JEU, de Julia Justiss*
❒ *n° 175 : LA CITADELLE DES PASSIONS, Catherine Archer*
❒ *n° 177 : LE BONHEUR EN PARTAGE, d'Ana Seymour*
❒ *n° 178 : LE GLAIVE ET LA SOIE, de Ruth Langan*
❒ *n° 179 : TERRE PROMISE, de Maura Seger*
❒ *n° 180 : L'INCONNU DE LA DILIGENCE, de Louisa Rawlings*
❒ *n° 182 : L'ÉCOLE DU BONHEUR, de Liz Ireland*
❒ *n° 183 : UN LIEN DE CŒUR, d'Erin Yorke*
❒ *n° 184 : LE CERCLE D'AMOUR, de Sharon Schulze*
❒ *n° 185 : LE MAÎTRE DU JEU, de Laurel Ames*
❒ *n° 186 : FILLE DU DESTIN, de Nan Ryan*
❒ *n° 187 : L'HÉRITIÈRE IMPROMPTUE, de Candace Camp*
❒ *n° 188 : LE CŒUR EN FLAMMES, de Judith Stacy*
❒ *n° 189 : LE CHARDON ET LE LYS, de Susan Spencer Paul*
❒ *n° 190 : LE HORS-LA-LOI, de Susan Wiggs*
❒ *n° 191 : LA RANÇON DU DÉSIR, de Merline Lovelace*
❒ *n° 192 : L'INTRIGANTE, de Candace Camp*
❒ *n° 193 : L'ANGE DE MINUIT, de Diana Hall*
❒ *n° 194 : LE PIÈGE DE JADE, de Catherine Archer*
❒ *n° 195 : UN PARFUM DE SCANDALE, de Judith Mc Williams*
❒ *n° 196 : PROMESSE D'IVRESSE, de Laurie Grant*

Ces volumes sont disponibles auprès du Service Lectrices dans la limite des stocks. Si vous souhaitez commander certains titres, cochez les livres choisis et indiquez vos coordonnées ci-dessous. Chaque volume est vendu au prix de 4,75 € (31,15 F) auxquels s'ajoutent 1,97 € (12 ,90 F) par colis pour la participation aux frais de port et d'emballage. **N'envoyez pas d'argent aujourd'hui, une facture accompagnera votre colis.**

<u>Renvoyez de ce bon à :</u> Service Lectrices HARLEQUIN
CÉDAP / BP 77 - 94232 CACHAN CEDEX.

Je suis abonnée Harlequin : ❐ non ❐ oui : N° └┘ └┴┴┴┴┴┴┴┘

Mme ❐ Mlle ❐ Date d'anniversaire : └┴┘└┴┘└┴┴┴┘

NOM ______________________________

Prénom ______________________________

Adresse ______________________________

Code Postal └┴┴┴┴┘ Ville ______________________________

____

Tél. : └┴┘└┴┘└┴┘└┴┘└┴┘

e-mail : ______________________________

Signature indispensable

Le **Service Lectrices** est à votre écoute au **01.45.82.47.47** du lundi au jeudi de 9h à 17h et le vendredi de 9h à 15h.

Composé sur le serveur d'Euronumérique, à Montrouge
par les Éditions Harlequin
Achevé d'imprimer en novembre 2001

BUSSIÈRE
GROUPE CPI
à Saint-Amand-Montrond (Cher)
Dépôt légal : décembre 2001
N° d'imprimeur : 15747 — N° d'éditeur : 9050

Imprimé en France